W0321739

COLLECTION FOLIO

Erskine Caldwell

Toute la vérité

Traduit de l'anglais
par H. de Sarbois

Gallimard

Titre original :

THIS VERY EARTH

© *Éditions Gallimard, 1951 pour la traduction française.*

Erskine Caldwell est né à White Oak, près d'Atlanta, en Georgie, où son père était pasteur. Sa mère descendait d'une famille distinguée de Virginie. Son père était un personnage très connu dans les milieux protestants du Sud. Tous deux furent des universitaires. Erskine Caldwell lui-même a fait des études aux universités de Virginie et de Pennsylvanie. Mais il ressentit de bonne heure la vocation d'écrire et, comme tant de romanciers américains, plus qu'aux livres, il s'est adressé directement à la vie pour faire son apprentissage d'écrivain. Il nous a raconté lui-même dans *Call it Experience : the Years of Learning How to Write* (1951), comment en 1926, il quitta le journal d'Atlanta où il travaillait pour se retirer dans une ferme presque abandonnée du Maine et commencer là à écrire. Sa vie était dure, et il connut la faim et le froid.

Après avoir publié *The Bastard* (1929) et *Poor Fool* (1930) (*Un pauvre type*), deux récits, dont le second surtout donne déjà les couleurs les plus violentes de la manière de Caldwell et s'apparente au genre « noir », le succès est venu avec la publication de *Tobacco Road* (1932) (*La route au tabac*), puis de *God's Little Acre* (1933) (*Le petit arpent du bon Dieu*), qui firent connaître son nom à des millions de lecteurs, dans le monde entier.

I

Le soleil se coucha et la fraîcheur de fin octobre se fit sentir. Liz, Rocky et Margie, les trois chiens de chasse tachetés marron et blanc, étaient étalés à plat ventre dans un coin de la véranda. Margie, dont les longues oreilles soyeuses pendaient jusqu'aux babines, fut la première à dresser la tête, subitement aux aguets ; tout aussitôt, Rocky se mit à battre de sa queue lisse contre le plancher. Chism Crockett lança une poignée de croûtons dans la cour et vit les trois chiens se bousculer et bondir par-dessus la balustrade jusqu'au sol poussiéreux. Il s'assit sur les marches et regarda d'un œil soucieux ses chiens se disputer voracement leur nourriture. La dernière miette happée, ils se posèrent sur leurs arrière-trains et se grattèrent avec frénésie. Puis, pleinement satisfaits, ils se levèrent, s'ébrouèrent et partirent au hasard, bâillant, étirant leurs pattes, flairant un peu partout en quête de bonnes odeurs.

« Si je ne me grouille pas de faire prendre de l'exercice à ces gaillards-là, se dit Chism tout haut, ils vont finir par s'empâter et deviendront les chiens courants les plus engourdis de la région. »

Il contempla un long moment l'étendue de toitures

basses qui couvrait la partie sud-ouest de la ville et perçut peu à peu les effluves caractéristiques qui lui avaient manqué tout l'été. Renversant la tête en arrière, il se dilata les narines et aspira profondément l'air d'octobre. La délicieuse, la picotante odeur des feux d'automne, les bouffées mélangées de pins et de chênes fraîchement débités, voilà le signal qu'il attendait depuis le printemps. Puisque la grosse chaleur était passée et qu'il faisait assez froid pour allumer une flambée le soir, il pouvait enfin reprendre la chasse à l'opossum.

Il se courba, dénoua avec soin les lacets de ses chaussures, et les renoua solidement, première mesure à prendre pour marcher à travers prés et bois en pleine nuit.

« Ces mâtins devraient s'en donner à cœur joie, un soir pareil », se dit-il en hochant la tête.

Il se redressa et examina le ciel pur en train de s'assombrir. Le froid piquait.

« Ces sales bêtes d'opossums doivent galoper dur, eux aussi, ce soir. »

Il prit à peine le temps de rouler une cigarette, l'alluma et contourna la maison jusqu'à l'entrée. Bien qu'il fît presque nuit noire, Jarvis jouait encore dans la rue avec de petits voisins. Chism s'appuya au portail et appela son fils.

Celui-ci attendit comme d'habitude jusqu'à l'extrême limite de la prudence pour répondre à son père :

« J'ai pas envie de rentrer, Papa. Laisse-moi m'amuser encore un peu, finit-il par implorer de sa voix fluette. Ne me fais pas rentrer tout de suite, Papa. Il est trop tôt.

— Tu m'as compris ? » répliqua simplement Chism.

Tandis qu'il attendait Jarvis près du portail, les chiens tachetés, comme s'ils avaient senti ce qu'il projetait, débouchèrent au grand trot de l'angle de la maison et, tremblant d'excitation, se groupèrent devant lui, les yeux braqués sur sa figure, suspendus au commandement à venir. Lorsque Jarvis eut franchi le portail en traînassant, raclant ses pieds en ronchonnant à mi-voix, Chism le poussa d'une bourrade et le suivit sur les marches de la véranda. Liz, Rocky et Margie, excités, dressant et agitant leurs longues queues, se ruèrent sur ses talons.

Aussitôt entré, Chism alluma. Grandpa Crockett, dont la longue barbe neigeuse s'illumina tout à coup sous l'électricité, était pelotonné devant la cheminée de brique, l'œil fixé sur l'âtre noir de suie, mais vide. Grandpa, vieillard de quatre-vingt-cinq ans fortement charpenté, avec des petits yeux ronds, d'un bleu délavé, à l'expression triste et mélancolique ; mais une lueur de joie passa dans son regard quand il vit arriver son fils.

« Chism, je me suis installé là en attendant ton retour, dit l'aïeul en courbant les épaules et poussant sa chaise encore plus près de la cheminée. Sûr qu'un petit peu de feu, ce soir, ce ne serait pas du luxe. »

Il tendit ses mains vers le foyer tout noir, comme avec l'illusion d'en retirer quelque chaleur. Ses yeux bleu pâle se plissèrent peu à peu et la tristesse qui lui était habituelle s'incrusta plus profond dans ses vieilles rides.

« Ce froid d'automne me transperce les os, fils, gémit-il. Tous les ans, à cette époque, on dirait que je souffre du froid et de l'humidité pire que jamais. Dès que le soleil se couche, ces soirs d'octobre, je sens le froid me pénétrer. Une fois qu'il me mord les os, j'ai pas d'espoir de m'en défaire avant que revienne la belle saison. Une petite flambée, ce soir, ce serait joliment agréable, fils. Sûr que ça me ferait plaisir.

— Papa, tu sais bel et bien que nous n'avons pas un traître morceau de bois. As-tu de l'argent pour en acheter ? Si tu t'écartais de la cheminée et pensais à autre chose, tu ne t'apercevrais pas que les soirées fraîchissent. »

Grandpa se rapprocha encore de la cheminée.

« Je ne voudrais pas prendre mal à l'entrée de l'hiver, mon garçon. Quand un vieillard comme moi tombe malade, c'est un fardeau pour toute la famille. Je finis par croire que je suis de trop ici et qu'il est temps de mourir.

— Prends mon vieux manteau, lui dit Chism. Il te réchauffera jusqu'à ce que je puisse voir à te trouver du bois.

— C'était pas comme ça à la ferme, là-bas, avant que tu vendes et qu'on s'en aille », marmotta le grand-père avec amertume. Il aplatit sa longue barbe contre lui et reprit, d'une voix tremblante de nostalgie : « Avant de quitter la ferme et de venir en ville, nous avions toujours une quantité de bois coupé et rentré à cette époque et tout ce qu'il fallait d'autre aussi. Il y avait toujours de quoi manger pour celui qu'avait faim. J'en faisais mon orgueil ! Je voyais toujours à ce qu'il y ait des provisions de tout le nécessaire. Et c'était de même pour la culture. Nous avions un des plus beaux lopins de terre de la vallée. Sûr qu'il n'avait pas son pareil dans ce coin-là. Les deux cents acres, je les avais défrichés moi-même, d'un bout à l'autre, il y a près de soixante ans. J'avais arraché de mes mains les souches et les racines et, le soir, je veillais pour les entasser et y mettre le feu. J'avais vraiment le cœur à l'ouvrage et j'en étais fier, comme on peut l'être de son travail. Les champs de coton étaient en pente et bien drainés comme il fallait, et les bas-fonds, le long de la rivière, donnaient tous les ans la meilleure récolte de blé qu'on puisse voir. C'est pas avec de l'argent qu'on aurait dû acheter une terre comme ça. Tout l'or du monde n'aurait pas dû suffire à nous en arracher. Mais tu m'as pris en traître et tu l'as vendue pour cette saleté de bicoque en ville, juste parce que t'avais la paresse de te baisser pour récolter. C'est un malheur qu'Alice elle ait passé si jeune. T'aurais pas quitté la ferme pour un empire tant qu'elle était de ce monde, car elle t'aurait point laissé faire.

— Funérailles ! Pourquoi vas-tu toujours rabâchant cette histoire ? brailla Chism. Tout ça, c'est des vieux refrains et ça me casse les oreilles. J'en avais marre de gratter la terre et de me crever le tempérament pour elle. Parce que t'avais pris ce métier-là, c'était pas une raison pour que je suive. Moi, j'ai envie de me la couler douce, comme tous les gens des villes. Alors, continue à causer si ça te chante : personne ne me fera retourner là-bas pour redevenir un pauvre bougre de cul-terreux. Depuis que j'ai un peu de jugeote, ma seule ambition est d'être pareil aux gens de la ville. On peut regarder, on n'en voit pas un seul suer sang et eau comme font les campagnards. Les gens de la ville, ils ne s'en font pas, c'est ça qui me plaît. Quand ils ne s'en ressentent pas pour travailler, eh bien ! ils restent chez eux, ils tirent leur flemme et, quand leur placard est vide, la ville leur donne du secours. T'as jamais vu quelqu'un tendre une miche à un paysan, n'est-ce pas ?

— Chism, on ne peut pas fuir ses responsabilités et vivre pour son bon plaisir sans provoquer des catastrophes. Celui qui se cantonne dans ce qui lui plaît finit toujours par devenir nuisible. Dans ton cas, c'est tes enfants qui pâtissent. Ton devoir est de faire tout ton possible pour les élever selon la volonté de leur mère. Pour moi, rien n'a plus d'importance, car je suis au bout de mon rouleau ; mais, ce qui est grave, c'est l'avenir de tes filles. Il faut que tu y penses avant qu'il soit trop tard. Elles peuvent mal tourner. Tu ne voudrais pas voir ça, je pense. Jarvis aussi m'inquiète. Tu sais qu'il manque l'école la plupart du temps, mais tu supportes sa mollesse sans rien dire. Je te vois parti pour mettre chacun de tes enfants sur la paille. Tout peut encore s'arranger si tu le veux bien, sinon tu leur prépares une vie de misère. A toi de choisir ce qui te paraît préférable.

— Je suis parfaitement satisfait de ma façon de vivre et je n'y changerai rien. Elle me plaît comme ça. Habiter la ville, ça représente pour moi tout le bon temps qu'on peut s'offrir sur terre et je suis pleinement heureux. Alors, t'as rien à dire sur mon genre de vie. Perds pas ton temps à me faire des reproches. »

Il tourna le dos et partit dans l'antichambre. Jarvis, qui était resté sur le seuil, emboîta le pas.

« Où sont-ils tous à cette heure ? lui dit son père. Pourquoi Jane n'est-elle pas encore rentrée de l'école ? Où est Dorisse ? Vickie est-elle déjà partie au travail ? Comment diable veulent-ils que je mange quand ils ne sont là, ni les uns ni les autres, à cette heure ? » Il alla jusqu'au fond de l'antichambre et se retourna. « Va donc dîner tout seul, Jarvis, dit-il en poussant le gamin vers la cuisine. Il reste des biscuits et tu trouveras bien des saucisses et de la mélasse. Moi, je suis pressé de sortir. Allons, grouille, ne fouine pas tout le temps sur mes traces.

— Où t'en vas-tu, Papa ?

— Où je m'en vais ? dit Chism en forçant la voix. Chasser l'opossum, pardi ! Que pourrait-on faire d'autre, à moins d'être complètement cinglé, le premier soir d'automne où la chasse est possible ? T'as pas reniflé les bonnes bouffées de cette odeur dans l'air ? Tu ne sais donc pas ce que ça veut dire ? Y a pas d'erreur, le temps de la chasse à l'opossum est revenu.

— Je peux pas y aller avec toi ? Je peux, dis, Papa ? » Jarvis tira sur la veste de son père et se mit à sautiller, plein d'enthousiasme. « Tu m'as promis de m'emmener la prochaine fois. Je peux y aller, Papa ? Je peux ?

— Je t'emmènerais bien, si tu étais prêt.

— Mais je suis prêt ! On part ?

— Dès que t'auras cassé une croûte. »

Les trois chiens de chasse jappaient aux genoux de Chism et sautaient autour de lui. Lorsque Jarvis fila vers la cuisine, ils aboyèrent avec fureur. Penché sur eux, Chism tira leurs longues oreilles et leur frotta affectueusement l'échine. Grandpa Crockett était apparu sur le seuil et, une fois de plus, demandait la charité d'un peu de bois, mais Chism ne paraissait pas même l'entendre.

« Nous partons dans une minute, Liz », dit-il à la chienne en lui serrant la mâchoire dans sa main et en l'approuvant de la tête. « Alors, t'éreinte pas d'avance, ménage tes forces pour faire une bonne course. Du calme ! Calmez-vous donc, Rocky et Margie ! » Les chiens haletaient d'excitation. Tous les trois bondissaient, lançaient leurs pattes sur sa poitrine et lui léchaient la figure et le cou de leurs longues langues baveuses. « T'auras grandement le temps de courir tout ton saoul, dit-il à Margie en lui tirant les oreilles. Calme-toi donc. Et vous aussi, Liz et Rocky ! Je ne vous le cache pas, nous allons chasser ce soir. Je ne vous fais jamais de cachotteries, n'est-ce pas ? »

Il se redressa et leva sa main droite.

« Repos ! » commanda-t-il d'une voix forte.

Les trois chiens s'immobilisèrent. Leurs langues rouges, couvertes de bave, disparurent et leurs truffes noires, toutes frémissantes, se braquèrent sur sa figure. Quand ils eurent gardé la pose un certain temps, il reprit du même ton :

« Rompez ! » et en un instant, ils avaient recommencé leurs sauts et leurs gambades autour de lui.

« On va avoir du sport, Liz. Alors, tiens-toi tranquille en attendant. Nous allons passer une bonne nuit à traquer ces saletés d'opossums. Voyons ! Du calme, je te dis, Margie !

— Chism, si tu trouvais quelques brindilles pour faire du feu, ça me serait bien agréable », dit Grandpa.

Jarvis sortit en courant de la cuisine, la bouche pleine de biscuits à la mélasse et tenant un biscuit et un sandwich de saucisse froide dans chaque main.

« Je suis fin prêt, Papa », bafouilla-t-il en se contorsionnant les mâchoires.

« Va prendre une veste, lui dit Chism. Il fera frisquet là-bas au petit matin. »

Jarvis alla chercher sa veste et suivit son père. Ils sortirent de la maison et traversèrent la cour. Le grand-père alla jusqu'à la porte et appela plusieurs fois Chism, mais celui-ci n'en tint pas le moindre compte. Les chiens filèrent jusqu'à l'auto garée sous l'appentis et jouèrent de leurs griffes contre la porte jusqu'à ce que Chism arrivât et leur indiquât le siège arrière. En aboyant et se bousculant, ils se précipitèrent tous en même temps par la portière ouverte.

Chism mit le moteur en marche, puis ils sortirent de la ville, avec les chiens jappant et glapissant dans le fond de la vieille voiture. Presque toutes les fermes, des deux côtés de la route, étaient éclairées et, par les fenêtres de quelques-unes, on voyait briller des feux de bois. Flottant à ras de terre, un voile de fumée bleu foncé, qui s'échappait de leurs cheminées, se répandait sur la campagne.

Sur la hauteur, à deux kilomètres de la ville, Chism mit les phares en veilleuse et s'engagea dans un petit chemin tortueux, au sol boueux et défoncé. Les trois chiens, n'y tenant plus, posèrent leurs pattes de devant sur le siège de Chism et lui donnèrent des coups de langue aux oreilles. Il dut enfoncer son chapeau pour protéger sa nuque.

« Où allons-nous, Papa ? demanda Jarvis, fébrile, assis au bord du siège, au point de toucher le pare-brise. Où mène ce chemin, Papa ?

— Nous avons encore un kilomètre, ou un peu plus, à faire avant d'arriver à la butte, dit alors Chism. C'est un bon point de départ. Les opossums aiment les endroits élevés pour leur sécheresse, pourvu qu'ils y trouvent des fourrés, des taillis où se muser. Le seul moment où ils recherchent les ruisseaux, ou les fonds, c'est quand ils essaient de semer les chiens lancés à leurs trousses. Si t'as jamais idée de devenir un fin chasseur d'opossums, faut que tu connaisses leurs habitudes. Les opossums sont des roublards. Ces gredins-là te bernent à tout moment, si t'ouvres pas l'œil.

Avec des chiens comme ça, pourtant, y a pas trop à se tracasser. Ce Rocky est le plus formidable des chasseurs d'opossums que j'aie vu de toute ma garce de vie. Il a possédé plus d'opossums à lui seul qu'une demi-douzaine des meilleurs chiens de la région. Ce qu'ils font souvent de mieux, ceux-là, c'est d'abandonner une piste froide et de revenir bredouille, sans s'éreinter, après s'être aperçus que leur opossum, il détalait en sens inverse. Mais, avec ce Rocky, rien de tel. Non seulement il ne rate jamais une piste chaude, mais il sait coincer un opossum qui file vers un ruisseau et l'obliger à se réfugier sur un arbre. J'ai vu des opossums si fous de rage d'avoir été roulés et forcés de grimper sur un arbre par Rocky qu'ils étaient là, arrêtés pile, posés sur une fesse et grinçant des dents, crachouillant, hochant de la tête comme une vieille femme. La pluplart des chiens ordinaires galopent après un opossum la moitié de la nuit et font toute une randonnée avant de l'envoyer en haut d'un arbre. Mais, avec ce Rocky, c'est autre chose. Il sait qu'il y a trop d'opossums sous la calotte des cieux pour qu'il perdre trop de temps sur un seul. Bien des meilleurs chiens courants, il leur arrive de filer sur une fausse piste et de s'époumoner après le derrière blanc d'un lapin ; mais Rocky, lui, il ne s'y laisse pas plus prendre que si ça n'existait pas. Je l'ai vu en faire bondir, un de ces derrières blancs, dans un fourré et ne pas s'en soucier plus que d'un vieux tronc d'arbre. J'aimerais mieux perdre ma main droite que de voir arriver malheur à ce Rocky ! Vrai, j'aurais plus qu'à creuser ma tombe si je le perdais. Je m'en consolerais pas, c'est sûr. »

La route devenait de plus en plus mauvaise à mesure qu'ils approchaient de la butte. Chism manœuvrait le volant par à-coups, de côté et d'autre, pour maintenir l'auto malgré les ornières et l'empêcher de quitter la route. Les chiens jappaient et aboyaient de plus en plus fort sur la banquette arrière. Enfin la route aboutit subitement à un petit bosquet de chênes. Chism coupa aussitôt le contact et éteignit les phares.

Liz, Margie et Rocky avaient sauté par terre avant que l'auto fût tout à fait arrêtée et déjà ils galopaient en rond tout autour, à la recherche d'une piste. La nuit épaisse n'était trouée que par le scintillement des étoiles. Tremblant autant de peur que de plaisir, Jarvis s'accrochait à son père. Les chiens haletaient en battant les broussailles, mais c'était le seul bruit.

Le père et le fils restèrent immobiles, l'un près de l'autre, quelques minutes, puis, calmement, Chism appela les chiens. Ils accoururent avec une hâte folle et se piquèrent en face de lui. Jarvis vit son père se pencher et flatter chacun d'eux par de petites tapes sur la tête. Finis les sauts et les gambades : ils attendaient avec confiance le mot magique, le signal du lâcher.

« Et maintenant, les chiens, attention ! leur dit-il d'un air grave. Faut vous méfier de ces sales barbelés. On a trouvé malin d'en mettre partout sur cette garce de terre. Je ne veux pas vour voir revenir avec les pattes et les tripes en lambeaux. C'est plein de ces sapristis de fils de fer par ici et faut vous en méfier. Tu m'as compris, Rocky ? Et vous aussi, Liz et Margie ? Alors, faites attention à ce que j'ai dit ! »

Il leur donna une dernière tape affectueuse sur la tête et se recula d'un pas. Les chiens haletaient et bavaient, retenaient leur élan, immobiles et crispés, leurs pattes de devant prêtes à bondir.

« Allez-y ! » cria Chism.

Les trois chiens firent un saut en l'air et s'enfoncèrent dans le sous-bois, glapissant et hurlant de plaisir. Pendant quelques minutes, on les entendit galoper en rond autour de leur point de départ, cherchant une trace d'opossum. Un moment plus tard, ils étaient loin, silencieux, agiles et ils n'aboyaient plus. Chism et Jarvis restèrent quelques minutes sur place, puis Chism s'avança et alla s'asseoir par terre, en s'adossant à un arbre. Jarvis le suivit comme son ombre. Chism sortit son tabac et roula une cigarette. Toujours un peu tremblant, Jarvis s'assit tout près de lui.

« Comment saurons-nous qu'ils ont trouvé un opossum, Papa ? demanda-t-il anxieusement.

— Quand ils se mettront à hurler comme des fous, lui dit Chism. On ne peut pas manquer de les entendre, si loin qu'ils soient. Aussitôt qu'ils sont lancés sur une piste chaude, ils aboient à tue-tête. De ce moment-là, ils ne font pas grâce à l'animal. Ils suivront sa trace jusqu'au bout. » Il alluma sa cigarette et en tira plusieurs bouffées. « Donnons-leur une bonne demi-heure, une demi-heure au maximum et ils seront lancés sur une piste. Je parie que Rocky sera le premier à en trouver une, comme toujours. Neuf fois sur dix, c'est lui qui mène. C'est régulier comme une horloge. Ce mâtin-là, je ne le troquerais pas pour tout l'or du monde. »

Ils restèrent silencieux un quart d'heure, guettant le premier bruit d'une poursuite. Soudain, comme un coup de clairon dans la nuit, l'aboiement furieux de Rocky retentit au loin, signe indéniable. Chism se dressa d'un bond, arracha son chapeau et le jeta par terre, puis mit sa main en cornet derrière son oreille.

« Ecoute-le, hein ! dit-il avec exaltation. Ecoute-moi

ça ! C'est Rocky ! J'en étais sûr. Ce diable à longues oreilles a trouvé une piste chaude. Ecoute-le hurler ! Je t'avais dit qu'il serait le premier à en lever un ! »

Prêtant toujours l'oreille, ils entendirent Liz et Margie se joindre à la course et les trois chiens galoper en hurlant vers la butte.

« Ce vieux benêt d'opossum file droit vers nous », dit Chism. Il arrondit ses mains autour de sa bouche et cria aux chiens : « Whoo-way-ooo ! Whoo-way-ooo ! »

L'écho se répercuta dans les bois et dans les champs.

« Whoo-way-ooo ! Whoo-way-ooo ! » cria-t-il encore. Un instant après, il donna un coup de poing à Jarvis. « Ils m'entendent ! glapit-il en sautant de joie. Ils le cernent, ils vont le posséder. Il faut des vieux routiers de grande classe pour faire ça, tu peux me croire. Ils encerclent ce bougre d'opossum et le poussent vers la butte. C'est vraiment les chiens les plus épatants qu'on puisse voir sous la calotte des cieux. Plutôt mille fois crever que perdre ces chiens-là. Y a pas beaucoup d'humains qui les valent, je t'assure. Ils ont forcé le gredin, ils l'ont fait galoper ventre à terre quand ils m'ont entendu. Je parie que l'animal est si furieux d'avoir été roulé qu'il se mettrait à jurer comme un chef s'il savait comment s'y prendre. Whoo-way-ooo ! Whoo-way-ooo ! Ecoute-les cavaler vers la butte, sur le cul de cette sale bête ! Ils vont le faire grimper à l'arbre plus vite que le feu de l'enfer ne léchera nos fonds de culotte. »

Il était trop exalté pour rester immobile et se mit à marcher fébrilement de long en large, en attendant que Liz, Rocky et Margie aient forcé l'opossum à grimper sur un des chênes rouges de la butte.

II

Il était minuit quand Nobby trébucha bruyamment dans l'obscurité du vestibule et éclaira la chambre, mais Dorisse n'avait pas encore fermé l'œil. Elle se dressa sur son lit, les yeux papillotants, et vit Nobby lancer son chapeau en direction de la commode. Il éclata de rire en le voyant taper contre le mur et glisser derrière une chaise.

« Qu'est-ce qui te prend de me lorgner comme ça ? dit-il en lui jetant un regard furibond. Qu'est-ce que t'attends de moi ? Des sucreries, peut-être ? »

Nobby Hair, beau blond, bien balancé, âgé de vingt-cinq ans, l'aîné de quatre ans de Dorisse, avait une belle rangée de dents éblouissantes et, quand il voulait plaire, un sourire séducteur. Il avait été sélectionné centre d'une équipe de football de l'Etat durant sa dernière année d'école et avait reçu une bourse du collège. Mais il avait été éliminé au bout de la première semaine, pour s'être enivré et avoir enfreint les règles de l'Université. Il avait donc quitté le collège pour revenir chez ses parents et s'était mis à jouer au *snooker-pool* en prenant des paris pour des tiers. Là-dessus, ses parents quittèrent la ville et il y resta sans famille proche. Nobby, joli garçon se croyant tout permis, était outrageusement fier de son ancienne réputation de sportif. Il se vantait souvent d'avoir reçu des offres pour entrer dans une équipe professionnelle de football ; mais on le laissait dire et personne ne le croyait. Il lui arrivait d'entendre parler en ville de ses exploits passés et il en était venu à croire qu'il n'avait tenu qu'à lui d'être un champion célèbre. Presque toutes ses connaissances, à part Dorisse, lui donnaient un surnom.

« Je suis contente de te voir, Noble », lui dit Dorisse avec un sourire tendre. Elle ne savait jamais dans quelle disposition il rentrerait, mais elle espérait toujours le voir revenir d'humeur tendre. Elle écarta la couverture d'un air engageant et remonta une mèche qui lui pendait sur l'œil.

Dorisse était svelte et gracieuse, avec de longs cils noirs et une bouche attirante, accentuée de lèvres charnues et sensuelles. Ils étaient mariés depuis deux ans, mais il y avait longtemps que Nobby prolongeait ses soirées au-dehors et qu'elle le voyait rarement rentrer avant minuit, ou même plus tard.

« Je m'inquiète toujours quand tu t'attardes en ville, Noble, gémit-elle d'un air mutin. Comme je ne sais pas où tu es, j'imagine toutes sortes de dangers. Je n'y peux rien, c'est ma nature. Si je m'inquiète ainsi, c'est que je t'aime ! Je t'en prie, tâche de comprendre : tes absences me font terriblement souffrir ! »

Nobby se battait gauchement avec les boutons de sa chemise. Dorisse sortit du lit et vint à lui.

« Laisse-moi t'aider, Noble, dit-elle en lui tendant les mains.

— Fiche-moi la paix ! dit-il en la repoussant du

coude. Occupe-toi de tes affaires et laisse-moi tranquille. Je ne veux pas qu'on m'embête. »

Elle attendit docilement qu'il ait défait sa chemise et lui proposa de nouveau son aide. Une telle odeur de whisky se dégageait de lui qu'il avait dû en renverser sur ses vêtements.

« Je t'ai déjà dit de me ficher la paix ! brailla-t-il. Combien de fois faut-il le répéter ? »

Il la repoussa d'un coup de coude. Elle regagna son lit et s'assit en détournant les yeux pour cacher sa tristesse. Nobby réussit à enlever sa chemise et la jeta au hasard. Puis, en titubant, il contourna le pied du lit et se planta devant Dorisse. Reprise d'espoir, elle lui sourit anxieusement.

« Je veux une sèche, dit-il en la toisant. Donne-moi une sèche. »

Le cœur serré, elle se mordit les lèvres.

« Tu m'as compris ? bougonna-t-il.

— Mais je n'ai pas de cigarettes, Noble, dit-elle timidement. Il n'y en a pas ici ! » Elle se leva, tremblante. « N'en as-tu pas dans tes poches ? Laisse-moi chercher, Noble. »

Nobby la repoussa sur le lit avant qu'elle ait pu s'approcher.

« Si je t'ai demandé une sèche, dit-il rudement, probable que je n'en ai pas. Alors, donne-m'en une et sans traîner.

— Mais, Noble, je n'en ai pas une seule, dit-elle en essayant de refouler ses larmes. Tu sais que je ne fume pas. Je n'ai pas la moindre cigarette ! »

Elle pensa un instant qu'il allait la battre et fit un geste instinctif pour s'éloigner de lui.

« Hé ben ! Que fait-on dans ce cas-là ? Vas-tu rester là, à chialer ? »

Il s'écarta et s'appuya au pied du lit.

« Je ne sais pas ce que tu veux dire, Noble.

— Allez ! Ne fais pas l'idiote, va m'en chercher, dit-il d'une voix mauvaise. Cesse de pleurnicher et file, ou je cogne. T'entends ? »

Elle se leva en sursaut.

« Mais où veux-tu que j'aille, Noble ? gémit-elle, incapable de retenir ses larmes. Où en trouverais-je à cette heure-ci ?

— Ça, je m'en fiche, pourvu que tu te grouilles. » Il la menaça, d'un air furieux. « Hé ben ! Qu'est-ce que t'attends ? Une raclée, peut-être ?

— Tu veux que je descende en ville, Noble ?

— Connais-tu par hasard un autre endroit où ça se trouve ?

— Non.

— Alors, fais comme les autres, va en chercher !

— Mais, Noble, j'ai peur de sortir toute seule à cette heure-ci. Il est minuit passé. Je meurs de peur ! » Elle lui jeta un regard affolé. « Je t'en prie, ne me demande pas cela, Noble !

— Tu ferais mieux d'obéir sans me faire râler. Ça t'apprendra. La prochaine fois, t'en auras peut-être à me donner tout de suite. Va donc, fais comme je te dis.

— C'est bien, Noble. J'y vais. »

Saisie d'effroi, Dorisse enleva précipitamment sa chemise de nuit et enfila sa robe par la tête. Puis elle mit ses souliers et se donna un coup de peigne. Nobby lui jeta un *quarter*. La pièce tomba sur le sol ; elle se hâta de la ramasser. Ses doigts tremblaient tellement qu'elle avait peur de la lâcher et de la perdre ; aussi la serra-t-elle de toutes ses forces dans le creux de sa main. Elle savait qu'il était inutile dessayer d'attendrir Nobby et elle traversa la chambre comme une flèche. Arrivée devant la porte, elle se retourna vers lui.

« S'il te plaît, Noble, dis-moi où je peux trouver des cigarettes en pleine nuit. Je ne sais pas où aller. Je t'en prie, Noble.

— Les endroits ouverts ne manquent pas, dit-il cyniquement. T'as qu'à te promener jusqu'à ce que t'en trouves un avec de la lumière. Pourquoi ne vas-tu pas au Café Rainbow ? dit-il en riant tout seul. Ce serait une bonne surprise pour Vickie ! »

Dorisse attendait, les yeux pleins de larmes, espérant encore que Nobby se raviserait à la dernière minute et ne la ferait pas sortir ; mais, quand il se retourna et vit qu'elle était encore là, il fit un geste vers elle ; alors, elle s'élança et, sans y voir clair, traversa l'antichambre et dégringola les marches de la véranda jusqu'à la rue sombre et déserte.

Après l'avoir entendue sortir, Nobby ouvrit la fenêtre et la regarda disparaître en direction de la Grande-Rue. Après quoi il se déshabilla et s'assit au bord du lit. Il y resta quelques minutes. La maison était plongée dans le silence et il n'entendait que le halètement d'une locomotive qui faisait des manœuvres à quelques rues de là. Dorisse avait laissé ouverte la porte de l'antichambre, mais celle de la pièce voisine était fermée. Il savait pourtant qu'elle n'était pas fermée à clé, car, depuis qu'il habitait là, il n'avait jamais vu de clé à la serrure. Il guetta encore les bruits de la maison, puis se leva et, sur la pointe des pieds, traversa la chambre.

Il écouta si l'on remuait de l'autre côté de la cloison, puis tourna silencieusement le bouton et ouvrit la porte. La petite sœur de Dorisse, Jane, dormait dans son lit, près de la fenêtre. Elle partageait cette chambre avec Vickie, mais Vickie travaillait la nuit au Café Rainbow et dormait le jour pendant que Jane était à l'école. Jane était élève de seconde année et venait de gagner le premier prix de cuisine à la fête du pays. Aussi experte en couture qu'en travaux ménagers, elle était mince et charmante comme Dorisse, mais avec des cheveux foncés, presque noirs.

« Oh ! Nobby ! » s'écria-t-elle d'une voix blanche en voyant son beau-frère s'avancer.

Nobby s'approcha sans rien dire. Jane s'enfonça sous la couverture.

« Que me veux-tu, Nobby ? » bredouilla-t-elle. Elle dressa la tête et le regarda avec terreur dans la pénombre. « Que viens-tu faire ici, Nobby ? »

Nobby s'assit au bord du lit, à côté d'elle.

« J'avais envie de fumer, dit-il. Quand on se trouve en mal de cigarette, on est prêt à tout, tu sais, Jane !

— Mais, Nobby...

— J'ai eu l'idée de venir t'en demander une. Cette idée-là, il y a longtemps que j'y pense.

— Mais tu sais que je ne fume pas, Nobby. Je n'ai jamais une cigarette.

— Tant pis pour toi, dit-il avec un rire moqueur. Tu devrais en avoir. Tu devrais toujours en avoir sous la main, au cas où j'en manquerais en pleine nuit. C'est un bon conseil que je te donne. Arrange-toi toujours, si je te demande quelque chose, pour en avoir. C'est la meilleure manière d'être bons camarades, Jane.

— Nobby, où est Dorisse ? »

Nobby lui rit en pleine figure « Je me le demande moi-même. Oublie Dorisse, veux-tu ?

— Mais, Nobby... »

Il répliqua, d'un ton brutal et autoritaire : « Je t'ai défendu de parler d'elle, non ? »

Elle souhaitait le voir partir, mais, au contraire, il se rapprocha d'elle. Elle essaya de s'écarter vers l'autre bord du lit, mais il se pencha et la retint près de lui.

« C'est agréable pour les jeunes filles d'avoir de bons camarades, Jane, dit-il. Ne le sais-tu pas ? »

Elle nia nerveusement, d'un signe de tête.

Nobby se pencha encore plus et baissa la voix.

« Tu deviens jolie fille, dit-il. C'est pas étonnant qu'on t'ait donné un prix à la fête plutôt qu'à une laideronne. Ça prouve qu'y avait des gens corrects dans le jury. Depuis que j'ai appris ça, je suis venu à penser que je me privais d'un plaisir rare. J'y songeais tout à l'heure en rentrant et j'ai décidé qu'il fallait que ça change. J'ai toujours entendu dire qu'on néglige bien souvent les joies qui se trouvent à portée de la main. Je crois que c'était mon cas ; mais, heureusement, je m'en suis aperçu.

— Nobby, où est Dorisse ? Pourquoi n'est-elle pas là ?

— Oublie ça, veux-tu ? dit-il rudement.

— Mais je veux savoir où est Dorisse. »

Il lui rit au nez pour toute réponse. Elle essaya encore de s'écarter de lui, mais il l'immobilisa en s'appuyant sur elle de tout son poids.

« Qu'est-ce que tu fais, Nobby ? dit-elle tremblante.

— Qu'est-ce que tu crois ? » ricana-t-il.

Le souffle coupé, elle agita la tête.

« Du diable si tu ne le sais pas, lui dit-il brutalement.

T'es pas une oie blanche, avec ces mirettes-là. T'en sais long, je suis sûr. Je parie que tu pourrais m'en remontrer sur bien des petits trucs que j'ignore. »

Jane essaya de libérer ses bras, mais il ne fit que peser sur elle davantage. Elle comprit qu'essayer de lutter avec lui était inutile.

« Tu sais ce que ferait Dorisse si elle était ici, Nobby, dit-elle, épouvantée.

— Si je le sais, inutile de me le dire. Je m'en contrefiche, de ce qu'elle ferait. Si tu crois que j'en ai peur... J'en fais ce que je veux : je la ferais manger dans le creux de ma main. Je lui ai appris à filer doux, tu sais.

— Mais elle...

— Assez causé d'elle ! Je te dis que je la possède ! Y a rien à craindre. »

Jane sentit la partie perdue. Nobby lui retenait les bras derrière la tête et elle comprit qu'elle n'avait pas la force de se défendre. Elle se mit à pleurer mais, au bout d'un moment, s'arrêta en voyant que ses larmes étaient sans effet sur lui et elle se démena comme une folle.

« J'aime bien ça, un peu de bagarre pour commencer, dit-il en ricanant. Mais tu feras bien de savoir quand t'arrêter et ne pas forcer la dose. Je n'ai aucun goût pour les furies. Je finis toujours par les mater.

— Je t'en prie, Nobby...

— Oh ! Pas de prières ! »

Jane resta crispée et immobile quelques instants, puis tout à coup elle se mit à hurler à tue-tête. Nobby dut lâcher un de ses bras pour appliquer une main sur sa bouche, mais auparavant elle réussit à pousser un deuxième cri strident.

« Ta gueule, idiote ! »

Elle entreprit de lui lancer des coups de pied en luttant de toutes ses forces. Nobby lui assena une gifle à pleine main comme elle l'avait vu en donner une fois à Dorisse et elle se rendit compte alors de ce que sa sœur avait à supporter.

« On dirait que t'as l'habitude de te défendre, dit Nobby, le souffle dur en lui tordant le bras derrière la tête. Mais c'est pas à ce jeu-là que tu gagneras un prix. Tu perds ton temps. Avec moi, ça ne prend pas. Toutes ces amusettes-là, je les connais. »

Il lui faisait ainsi la leçon quand la porte s'ouvrit ; la lumière s'alluma et Grandpa Crockett arriva près du lit aussi vite qu'il le pouvait. Il était en chemise de nuit de flanelle et brandissait un gros gourdin de chêne au-dessus de sa tête, tenant de l'autre main sa grande barbe blanche. Au moment où Nobby se retournait pour voir qui avait allumé, la canne s'abattit sur son dos avec un bruit retentissant. Nobby hurla de douleur.

« Canaille ! Scélérat ! » dit le grand-père en continuant à le menacer du bout de sa canne.

Tout en rugissant, Nobby se dressa d'un bond, s'élança et tenta de saisir le vieillard par sa barbe, mais, avant qu'il se soit avancé assez près pour l'atteindre, il se heurta au bout de la canne que le vieillard brandissait contre lui et reçut un coup dans l'estomac. La douleur lui fit porter ses deux mains à sa poitrine et il tomba sur les genoux. Il s'écroula en criant un juron. Jane traversa la chambre et courut se cacher derrière son défenseur.

« Gredin ! Chenapan ! » dit le vieillard en piquant hardiment la tête et le corps de Nobby du bout de sa canne. « Tu n'as plus qu'à déguerpir, à filer loin d'ici. Je n'ai jamais vu d'un bon œil l'homme incapable de travailler et de gagner sa vie. Tu n'es qu'un sacripant de bas étage, tu es la plus ignoble des brutes !

— Ta gueule, vieil imbécile ! hurla Nobby. Ça ne te regarde pas, ce que je fais. Je te revaudrai ça. Attends un peu, tu verras ça, vieille brute toi-même !

— Je savais bien qu'il n'y avait rien de bon à attendre de toi. Du premier moment où je t'ai vu, je t'ai jugé, reprit le vieillard. Tu n'es capable que de nuire et, tout ce que tu peux faire, c'est le malheur des autres. Si j'étais le maître ici, je te flanquerais à la porte tout de suite et une bonne fois pour toutes.

— Si jamais j'empoigne ta garce de vieille balayette, ce sera pour t'envoyer crever à l'autre bout de la ville, gronda Nobby. T'as rien à voir dans mes affaires. »

Grandpa leva de nouveau vers lui le bout de sa canne, ce que voyant Nobby s'empressa de plonger pour s'abriter derrière une chaise. Il s'y accroupit, l'œil furieux, en insultant son agresseur. Celui-ci, sans réitérer ses coups, le tint prudemment à distance en menaçant toujours de l'empaler s'il s'avançait. Jane s'accrochait à son grand-père lorsque Dorisse entra brusquement. D'un coup d'œil, elle devina ce qui s'était passé.

« Mets-le à la porte, Dorisse », dit le vieillard, la canne toujours tendue vers Nobby, qui se recroquevillait derrière la chaise. « Flanque cette crapule dehors avant qu'un autre déshonneur n'arrive. Il ne mérite pas de rester un jour de plus dans cette maison.

— N'écoute pas ce vieux crétin, glapit Nobby. Il n'a pas à se mêler de nos affaires. »

En sanglotant, Dorisse passa devant son grand-père

et s'approcha de Nobby. Elle l'aida à se relever et se mit entre lui et son grand-père pour l'escorter jusqu'à la porte. Après leur départ, l'aïeul, serrant toujours sa longue barbe dans sa main gauche, s'effondra sur une chaise. Sa canne tomba par terre avec fracas.

Rentré dans sa chambre, Nobby s'assit sur le lit et se prit la tête à deux mains. Dorisse s'agenouilla devant lui et ouvrit fébrilement le paquet de cigarettes qu'elle lui avait apporté. Tout en pleurant, elle réussit à en allumer une et à la lui mettre à la bouche avant d'être tout à fait aveuglée par les larmes. Eclatant en sanglots, elle le prit dans ses bras. Nobby aspira une bouffée et se détourna.

« Pourquoi as-tu fait ça, Noble ? dit-elle avec angoisse. Qu'est-ce qui t'a pris, Noble ? »

Il resta immobile et muet, le regard fixé au loin, tirant nerveusement des bouffées de sa cigarette. Un nuage de fumée les enveloppa.

« Qu'est-ce qui t'a pris, Noble ? gémit-elle. Ne sais-tu pas combien tu me peines ? Je ferais tout ce que tu voudrais pour que tu soies plus gentil avec moi.

— La ferme ! Assez de sermons ! dit-il. J'en ai marre ! »

Dorisse se tut un long moment, puis elle releva les yeux vers lui.

« Il faut absolument que nous vivions de notre côté, Noble, implora-t-elle. Il faut absolument que nous partions d'ici et que nous ayons notre maison à nous. Je ne peux plus supporter cette existence, Noble. Je n'en peux plus ! Ne vois-tu pas que c'est épouvantable pour moi ? Ça m'est égal de vivre dans n'importe quel taudis, pourvu qu'il soit à nous et que nous vivions seuls. Si tu veux bien, Noble... » Elle se remit à sangloter et fut incapable de poursuivre. Nobby essaya de l'écarter, mais elle l'étreignit de toutes ses forces. « Noble, je t'en prie, mets-toi à travailler et ayons une maison pour nous deux seuls. Pense un peu à ce que ce serait merveilleux ! Je ferais tout ce que tu voudrais, si tu t'arrangeais pour que nous vivions chez nous. Je ne serais pas difficile : notre maison pourrait être n'importe comment, dehors et dedans. J'aimerais mieux vivre sous une tente ou au pied d'un arbre que rester ici un jour de plus. Tu ne voudrais pas te mettre à travailler, Noble, pour me faire plaisir ? Je t'en supplie, dis-moi que tu veux bien. Je ne te demanderai jamais, jamais rien d'autre, si tu acceptes. »

Nobby la bouscula d'un geste et se leva. Il prit le paquet de cigarettes et en alluma une autre au mégot qu'il pinçait entre ses doigts.

« Tu dérailles, dit-il sans regarder sa femme. Nous avons de quoi vivre ici sans que ça nous coûte. A quoi bon travailler pour avoir juste de quoi s'offrir un toit et de la pitance ? Je resterai ici : j'y vis à l'œil et je suis pas fou.

— Mais nous ne sommes pas chez nous, Noble ! Nous ne serons jamais vraiment heureux sans une petite maison à nous.

— La ferme ! J'en ai soupé de tes grimaces. Un de ces jours, je rentrerai les poches pleines et tu les regretteras, tes grimaces. Tu te traîneras à mes genoux en me suppliant de retourner en chercher encore plus gros. Je connais les femmes. Comment on gagne, elles s'en balancent, pourvu que tous les fifrelins qu'on ramasse, on les leur lâche jusqu'au dernier. Mais pas si bête ! Attends un peu pour voir si je les lâcherai. »

Dorisse s'écroula sur le lit.

« Grand Dieu ! s'écria-t-elle. Au secours ! Je n'en peux plus. Venez à mon secours avant qu'il soit trop tard ! »

Nobby devint rouge de colère. Il s'approcha de Dorisse, se pencha et, lui prenant l'épaule, la fit virevolter. Elle pleurait à chaudes larmes. Alors, levant le bras, il lui lança une gifle en pleine figure.

III

Il était deux heures du matin et une brume opaque flottait à ras de terre quand les chiens eurent attrapé leur troisième opossum. La lune s'élevait au-dessus de la bute boisée. Chism, radieux après une si bonne nuit de chasse, ramassait des feuilles mortes et des brindilles de bois qu'il entassait pour faire du feu en bordure du taillis. Il pensait déjà à toutes les nuits qu'il passerait à la chasse, cet hiver, avec ses trois chiens, et il maudissait l'été qui arriverait ensuite. Il apporta une dernière brassée de branches mortes et eut bientôt un feu vif, avec des flammes dorées qui sautaient aussi haut que sa tête. Flanqué de Jarvis il resta quelques minutes à contempler le brasier, puis ils s'assirent par terre pour se chauffer. Chism avait jeté un des opossums en pâture aux chiens et ils gisaient en rond autour du feu pétillant, allongeaient de temps en temps une patte pour détendre leurs muscles et poussaient de petits grondements de plaisir en tressaillant, heureux du repas qu'ils avaient fait.

Chism prit une baguette de bois et tisonna le feu. Des étincelles jaillirent, transpercèrent la fumée et disparurent.

« Ma parole, je ne connais rien de meilleur sur cette garce de terre, soupira-t-il, que chasser l'opossum à l'arrière-saison et s'installer devant un bon feu aux premières heures du jour. Plutôt mille morts que me passer de ce plaisir. Ça prouve que la vie simple est la seule bonne à vivre, au fond. Je changerai peut-être d'avis sur un tas de choses, mais pas sur la chasse à l'opossum. On palabre, on discute sur ce qu'il y a de bon dans la vie : pour moi, la chasse à l'opossum, y a rien de meilleur. Ma seule raison de vivre, c'est de suivre mes chiens ; tout le reste, c'est de la blague. La terre peut s'écrouler et tout s'en aller au diable, je continuerai à chasser l'opossum tant que je serai capable de mettre un pied devant l'autre. Je veux que tu te rappelles ça, Jarvis, et quand tu entendras des gens me maudire parce que je ne vis pas selon leurs idées, tu sauras que je n'y peux rien et que c'est dans ma nature, comme pour un coq d'avoir une crête. »

Ils passèrent une demi-heure assis devant le feu sans dire un mot, à regarder les flammes bondir et la braise rougeoyer, en écoutant aboyer les chiens des autres chasseurs d'opossums dans le lointain. Presque toutes les nuits de temps sec, pendant le reste de l'hiver, les chasseurs arpenteraient la campagne et suivraient leurs chiens. Au cours de la soirée, Jarvis avait eu sommeil, mais il était alors tout éveillé et redoutait le moment où son père aurait envie de rentrer. C'était sa première chasse et il aurait voulu que cette nuit fût sans fin. Pour la première fois, son père le traitait en égal et il voulait grandir pour être comme lui, et avoir des chiens de chasse pareils à Liz, Rocky et Margie. Une sensation grisante l'électrisait à penser qu'il était seul avec son père et les trois chiens, très loin de la maison et devant un grand feu qu'ils avaient fait eux-mêmes. Tout ce qui était au-delà de la lueur du feu lui paraissait un autre monde. En se rengorgeant, il fit un mouvement qui le rapprocha de son père. Chism alluma une cigarette à un tison.

« Papa, dit Jarvis en s'accrochant au bras de son père, pourquoi ne retournons-nous pas à la campagne pour vivre comme autrefois ? »

Il leva les yeux vers la figure de son père et resta fasciné par la lueur mouvante qui éclairait la peau tannée et les sourcils touffus.

La question de Jarvis tira Chism de sa béatitude. Il se pencha et cracha bruyamment dans le feu.

« Pourquoi ne retourne-t-on pas à la ferme, Papa ? insista Jarvis. J'aime tellement mieux vivre à la campagne ! En ville, tout a l'air mort et on ne s'y amuse pas autant qu'à rentrer les vaches et pêcher, le soir, après l'école. Voilà ce que j'aime ! Toi et moi, nous pourrions chasser toutes les nuits de l'année, si nous vivions à la campagne comme autrefois. Dis, Papa ? »

Chism jeta une poignée de bois mort sur le feu. Il regarda sauter les flammes, sans marquer d'intention de répondre.

« Pourquoi ne dis-tu rien, Papa ? » demanda Jarvis en tirant sur la manche de son père.

Chism hocha la tête.

« N'as-tu pas envie de retourner à la campagne, toi aussi, Papa ? Tu étais plus heureux à la ferme, n'est-ce pas ? »

Chism sortit du papier, du tabac et fit une cigarette sans rien dire. Il l'alluma. Sa main tremblotait.

« Où as-tu pris ces idioties-là ? » dit-il en regardant dans le feu d'un air farouche.

« Je ne sais pas, répliqua Jarvis effrayé par le ton bourru de son père. Je dis tout simplement que j'aime mieux vivre à la campagne. C'est pas de ma faute si c'est mon goût.

— C'est ton grand-père qui t'a seriné ces balivernes ?

— Il en parle souvent, mais tout ce qu'il dit, c'est qu'il aimait la campagne, lui aussi.

— Pourquoi crois-tu que j'aie déménagé de là-bas dès que je l'ai pu ? » maugréa Chism.

Ayant jeté un coup d'œil à son père, Jarvis hocha la tête et répondit évasivement.

« Parce que je déteste la campagne, voilà tout. Je suis bien plus heureux en ville.

— Tu veux dire que tu ne retourneras jamais à la ferme ? » Jarvis scruta avec désolation la figure renfrognée de son père. « Jamais, Papa ?

— Non, funérailles ! Non ! Tu te laisses influencer par ton grand-père. Cesse donc d'écouter ce qu'il dit : à son âge, il ne sait pas ce qu'il raconte, la plupart du temps. Tu n'as qu'à t'enlever ces sottises-là de la tête et ne plus penser à retourner là-bas. Je ne veux plus en entendre parler. Nous deviendrons des gens de la ville, comme les autres. » Il poussa une branche dans le feu, du bout de sa chaussure. « Quand tu seras grand, tu achèteras un petit fonds de commerce en ville. C'est ce que j'aurais voulu faire, moi.

— Mais ça m'ennuierait beaucoup, Papa ! Quand je serai grand, je veux retourner à la campagne. J'aurai des chevaux et un tracteur, j'élèverai des vaches et des cochons, comme tu faisais avant de venir en ville. Et j'aurai des chiens pour chasser l'opossum aussi. Voilà ce que je ferai dès que je le pourrai. »

Chism redevint taciturne. Au bout d'un moment, il cracha dans le feu, puis se leva et s'approcha de la voiture. En revenant vers le feu, il sortit un petit flacon de sa poche. Jarvis avait déjà vu plusieurs fois son père boire du whisky au goulot et il s'attendit à le voir en prendre une bonne gorgée, puis remettre le flacon dans sa poche; mais, au contraire, Chism déboucha la bouteille, nettoya le goulot en y passant la paume et la tendit à Jarvis. Celui-ci avait humé l'odeur qu'il jugeait effroyablement forte et s'était souvent demandé si l'alcool pouvait avoir un goût agréable. Il regarda la bouteille d'un air craintif.

« Que veux-tu, Papa ? demanda-t-il en reculant.

— T'es assez grand pour boire un coup, dit Chism en lui mettant la bouteille dans la main. Quel âge as-tu, Jarvis ?

— Onze ans, bientôt douze, répliqua-t-il, la gorge serrée. Pourquoi, Papa ?

— C'est ce que je croyais, dit Chism en soulignant ces mots d'un signe de tête. Tu ne seras pas un homme tant que tu ne sauras pas boire. Vas-y, allons! Avale-moi ça et laisse descendre. Ça te fera du bien et il est temps que tu t'y mettes. Quand on habite la ville, faut tout savoir. La ville te donne mille occasions que t'aurais pas à la campagne. Allons! Vas-y et bois comme je te le dis.

— Qu'est-ce... Qu'est-ce que c'est ? demanda Jarvis en tremblant.

— Pas du poison, bien sûr. C'est du whisky.

— J'ai peur, Papa, gémit Jarvis.

— Tu fais des mines comme une vieille fille, gronda Chism. Veux-tu être une mauviette toute ta vie ? »

Javis secoua hardiment la tête.

« Alors, vas-y, fais ce que je te dis. »

Avec une folle appréhension, Jarvis leva la bouteille. Une odeur forte lui remplit les narines et le brûla jusqu'au fond du crâne, une odeur si piquante que ses yeux s'humectèrent et, tout de suite, il sentit son estomac chavirer. Alors il ferma brusquement les yeux et détourna la tête pour fuir l'odeur. Boire du whisky lui faisait peur et pourtant il voulait prouver à son père qu'il était d'âge à se comporter en homme.

« Pourquoi tournes-tu la tête comme ça ? demanda Chism en lui bourrant les côtes. Assez de simagrées. Tiens-toi droit et bois comme je te dis. Tu peux te pincer le nez, pour la première fois, si tu veux. Ça t'aidera. Mais vas-y ! Je ne veux pas d'un gosse qu'ait l'air d'une poule mouillée. Pince-toi le nez, voyons, et envoie-toi une bonne rasade. »

Retenant son souffle et se pinçant le nez de toutes ses forces, Jarvis releva le flacon et prit une gorgée d'alcool. Dès qu'il put éloigner la bouteille, il la rendit à son père. Aussitôt, fermant bien les yeux, il pencha craintivement la tête en arrière et fis descendre une part du liquide brûlant dans sa gorge. Chism l'observait pour s'assurer qu'il n'essayait pas de le cracher par terre.

« Vas-y, avale ! ordonna-t-il. Avale comme il faut et cesse ces grimaces de vieille fille. » Il lui attrapa l'épaule et le secoua vigoureusement. Jarvis avala et eut un haut-le-cœur à sentir le whisky passer dans sa gorge : il croyait avaler une cuillerée d'eau bouillante. « Ça y est, entendit-il son père dire avec satisfaction. On ne s'y fait pas du premier coup. » Jarvis entrouvrit les yeux et, dans une vision, aperçut son père levant la bouteille jusqu'à sa bouche et buvant, ce qui faisait monter et descendre sa pomme d'Adam. Mais il referma les yeux, saisi par une sensation de brûlure jusqu'au fond de l'estomac. Il essaya de l'empêcher en retenant son souffle, mais il comprit qu'il n'y avait rien à faire : c'était intolérable. Il vacilla, la tête en avant et vomit le whisky. Peu après, il sentit sa tête cogner le sol et entendit le bruit.

Quand il revint à lui, il était allongé par terre auprès du feu et son père était accroupi à côté de lui, tenant la bouteille à la main. Il poussa un petit gémissement en voyant la figure sévère de Chism. Il essaya de s'écarter, mais Chism le saisit par le bras et le fit asseoir de force.

« Qu'est-ce que tu veux, Papa ? demanda-t-il d'une voix dolente.

— La seule façon d'aguerrir un chien qui a peur du fusil, c'est de continuer à tirer jusqu'à ce qu'il s'habitue.

— Je ne veux plus de cette sale drogue, dit-il, épouvanté. Je t'en prie, Papa, ne me fais plus boire ! »

Chism tenait la bouteille devant les yeux de son fils. Brusquement, de toutes ses forces, Jarvis tenta de la faire sauter hors des mains de son père. Du tac au tac, Chism le gifla si fort que ses oreilles se mirent à bourdonner. Il ne put s'empêcher d'éclater en sanglots.

« Je t'en prie, ne me fais plus boire, Papa », implora-t-il. Les larmes coulaient sur sa figure sans qu'il pût les retenir. Il fit une tentative pour les balayer, du revers de la main. « Je n'en veux plus, Papa ! Je déteste ça. Je t'en supplie, assez !

— Tais-toi ! entendit-il son père lui crier. Assez de raffût ! Tu feras ce que je te dis. Si le premier coup te rend malade, le seul remède est d'en prendre un autre. Je sais ce que je dis. Voyons, lève-toi comme un homme et prends une bonne, une grande lampée. Assez de boniments ! Tu te conduis comme une vieille fille. »

Jarvis essaya de retenir ses larmes, mais il ne pouvait les arrêter. Il était au supplice et détestait son père. Celui-ci lui faisait horreur. Il aurait voulu détaler à toutes jambes et ne jamais le revoir. Tout à coup, il roula de côté, dans l'intention de s'enfuir, mais Chism le saisit par le bras et le fit retourner. De nouveau, il ferma les yeux aussi fort qu'il le put et essaya d'échapper à l'odeur intolérable. Chism le secoua si durement qu'il se crut disloqué.

« Je t'en supplie, Papa, ne me fais plus boire, gémit-il d'une voix faible. Je n'en peux plus. C'est atroce. J'en suis malade. Je déteste ça, je te dis. Je détesta cette sale drogue.

— Tu en boiras, quand il me faudrait toute la nuit pour t'en faire avaler. Ne compte pas m'amadouer ! J'en ai assez de tes pleurnicheries et de tes grimaces. Allez, fais ce que je te dis et bois comme il faut, sans me faire râler.

— Papa, je ne parlerai plus jamais de retourner à la ferme, si tu ne me fais plus boire. Je te promets, Papa, j'y renoncerai jusqu'à la fin de mes jours. »

Chism passa son bras autour du cou de Jarvis et introduisit de force le goulot entre les lèvres du gamin, tandis que Jarvis se démenait et se débattait comme un diable pour repousser la bouteille. Son père essaya de lui desserrer les dents en appuyant si fort le goulot que les yeux de Jarvis se remplirent de larmes. La plus grande partie du whisky tomba sur sa veste et sur son pantalon, mais il en coula tout de même dans sa gorge. Quand la bouteille fut presque vide, Chism le lâcha, releva la bouteille et but ce qui restait, puis il la lança par-dessus son épaule, dans le noir.

Jarvis resta couché par terre, auprès du feu dont les flammes vacillaient et diminuaient sur la braise aveuglante. De temps en temps, il entrouvrait les yeux pour voir où il était. Sa tête se mettait à tourner et la figure sévère de son père devenait de plus en plus vague dans le brouillard. Il ne pleurait plus et se demandait depuis combien de temps il était couhé là.

Au bout d'un moment, Chism écarta les braises à coups de pied et siffla ses chiens. Jarvis espérait que son père s'en irait et le laisserait seul, mais il entendit crier son nom de quelque part, du fond de l'obscurité. Le bruit venait de si loin qu'il pensa inutile d'essayer de répondre. Il ferma les yeux avec bonheur et se vit à la ferme qu'il aimait, donnant à manger aux volailles avec sa mère. Des dindes et des canards accouraient avec des poussins et il fallait empêcher les goulus de prendre tout le grain au détriment des faibles. Il essaya de se lever pour les repousser du pied, mais il n'avait plus de jarrets et ne pouvait se tenir debout. Alors il invectiva les dindons en donnant toute sa voix, mais cela ne servait à rien. Il lui sembla entendre quelqu'un l'appeler, mais il était si occupé à protéger les poussins et à effaroucher les dindons voraces qu'il n'avait pas la tête à répondre. Tout à coup il sentit qu'on le secouait brutalement ; il ouvrit les yeux et vit son père penché sur lui. Eperdu, il appela sa mère, mais elle n'était plus là pour empêcher son père de le malmener. Il éclata en sanglots.

« Lève-toi et cesse de pleurnicher, lui dit rudement Chism. Nous rentrons. »

Il ne voulait pas bouger et referma les yeux pour ne plus voir la figure hostile de son père.

Mais à peine avait-il baissé les paupières qu'il fut mis sur pied, d'une bourrade. Ballotant la tête, titubant, il partit à l'aveuglette dans le noir et se sentit projeté sur le siège de l'auto. Tout à coup un vent froid souffla sur sa figure en feu ; il ouvrit les yeux et vit son père à côté de lui. Ils reprirent le mauvais chemin défoncé jusqu'à la grande route, puis la vieille auto roula sans secousses sur le pavé. A un moment il eut envie de sauter hors de la voiture ; mais il se sentait trop fatigué pour remuer. Ni l'un ni l'autre ne dirent un mot de tout le trajet, mais Chism le lorgnait du coin de l'œil. Les trois chiens étaient prostrés sur la banquette arrière, fatigués et endormis par leur nuit de chasse. Quand ils arrivèrent dans la ruelle et s'arrêtèrent devant le hangar, Jarvis était toujours assoupi. Chism essaya de le réveiller, mais il était affalé sur le siège et dormait profondément. Chism finit par le prendre dans ses bras et le porta jusqu'à l'entrée de la maison. Là, il le mit debout, pour allumer l'électricité. Jarvis s'écroula contre le mur et n'essaya d'ouvrir les yeux qu'en se sentant brutalement secoué.

« Nous sommes chez nous, mon gars, dit Chism en continuant à le houspiller. T'as le droit d'aller te coucher maintenant : il est près de cinq heures, c'est le moment. »

Chism lui fit traverser le vestibule et le poussa dans la chambre. Grandpa Crockett se retourna en voyant la lumière et leva la tête au-dessus de son oreiller. Il les suivit, d'un regard plein de sommeil. Chism se déshabilla, mais Jarvis se mit à parcourir la chambre en zigzaguant, sans faire un geste pour enlever ses vêtements. Tout à coup, Grandpa Crockett, serrant sa longue barbe blanche sur sa poitrine, se mit sur son séant.

« Chism, qu'a donc Jarvis ? demanda-t-il avec inquiétude. Je le trouve bizarre. »

Chism continua à se déshabiller. « Dors donc Pa », dit-il.

Jarvis heurta la table et tomba. Il essaya de se relever, mais il n'arrivait pas à se décoller du sol. Le vieillard bondit, enfila ses pantoufles, s'assit au bord du lit et dévisagea d'abord Jarvis, puis Chism.

« Ça sent l'alcool », déclara-t-il. Il renifla plusieurs fois de suite, d'un air soupçonneux. « Je reconnais l'odeur ! Chism, si c'est ce qui donne cette allure bizarre à Jarvis...

— Il va très bien, dit Chism en bâillant. Fiche-lui la paix et ça passera. Reprends ton somme, Pa. »

Jarvis, luttant toujours pour se lever, se mit inopinément à éclater de rire. Le vieillard se précipita vers lui et l'empoigna pour le relever.

« Ton fils est ivre, Chism. » Le grand-père porta Jarvis jusqu'à son lit. « C'est toi qui as fait ça ! C'est toi qui l'as saoulé !

— Fiche-moi la paix ! » dit Chism déjà au lit, en tirant la couverture sur sa tête.

Grandpa, courant aussi vite qu'il pouvait le faire sans sa canne, traversa la chambre et vint le découvrir.

« Tu lui as fait boire du whisky, gronda-t-il. Tu as fait ce coup-là ! Ce qu'il a, ce petit, c'est clair : il est ivre. Et à son âge ! Je ne pensais pas que je verrais jamais mon fils commettre un acte aussi coupable. La chasse à l'opossum, il n'y a rien à dire, mais tu en as fait une chose abominable. Tu mériterais d'être battu et, si j'en avais la force, c'est ce que je ferais. Tu ne l'aurais pas volé. Griser son enfant, ça mérite la pire des corrections. »

Tenant sa barbe sur sa poitrine, il leva la main droite et menaça Chism du poing. Ses yeux bleu pâle remplis de larmes, il se retourna pour regarder Jarvis effondré sur son lit. « Je ne peux plus supporter de voir des horreurs pareilles, dit-il d'une voix chevrotante. J'aimerais mieux mourir, je ne saurais plus ce qui se passe.

— Sacrebleu ! Je sais ce que j'ai à faire, dit Chism en se redressant. J'en ai marrre. Ça ne te regarde pas, ce que je fais. Je suis chez moi. Si tu veux rester ici, t'as qu'à la boucler. Je n'ai besoin de conseils de personne. »

A ce moment, Jarvis sortit de son lit et se dirigea d'un pas chancelant vers la porte. Grandpa s'élança derrière lui.

« Jarvis, recouche-toi », lui dit-il doucement, puis il le prit dans ses bras et le remit au lit.

Après l'avoir bordé, Grandpa s'étendit à son tour. Comme la lumière restait allumée, Chism se leva en rechignant pour l'éteindre. L'aube éclairait la chambre.

« Tu as eu grand tort, Chism, dit Grandpa Crockett de l'autre côté de la pièce. J'aurais donné n'importe quoi pour que Jarvis ignore ces horreurs. A son âge...

— Je ne l'aurais pas fait s'il ne s'était pas mis à parler de cette satanée ferme, déclara Chism. Il fallait lui fermer le bec sans attendre un jour de plus. »

IV

Dorisse et Jane, les plus matinales comme toujours, préparaient les saucisses et le pain chaud à la cuisine, en faisant du café, lorsque leur grand-père entra et prit sa place habituelle à table, d'un air accablé. Les matinées devenaient fraîches et, pour la première fois de la saison, il avait mis son vieux chandail de laine grise. Il paraissait plus vieux, plus usé que jamais et ses yeux d'un bleu délavé clignotaient sans pouvoir cacher leur tristesse. Il ne dit rien, pas même bonjour, comme il le faisait d'habitude en entrant, et resta, le regard perdu, à contempler avec amertume la rosée qui brillait au soleil, sans cesser de palper sa longue barbe blanche.

Dorisse vint tout à coup près de lui, l'entoura de ses bras et prolongea son embrassade jusqu'à ce qu'il se détourne de la fenêtre et lève la tête vers elle. Alors il esquissa un petit sourire.

« Qu'est-ce qui te chiffonne, Grandpa ? » demanda-t-elle tendrement en pressant sa joue contre celle du vieillard. « Tu penses à ce qui s'est passé cette nuit ? J'ai demandé à Noble de...

— Oui, Dorisse, je me tourmente à son sujet, balbutia-t-il en lui caressant le bras. Et aussi au sujet de Jarvis.

— De Jarvis ? dit-elle en reculant et en le dévisageant, stupéfaite. Pourquoi donc, Grandpa ? »

Il crispa sa main sur sa barbe. « Ton père l'a emmené chasser l'opossum et l'a grisé au whisky.

— Comment ? Elle sursauta. Papa a fait ça ? »

Le grand-père hocha tristement la tête.

« Il a vraiment grisé Jarvis ? »

Il fit un petit signe affirmatif et se retourna vers la fenêtre. Dorisse s'effondra sur une chaise et se cacha la figure dans ses mains. Jane, qui avait tout entendu, se détourna du fourneau et s'assit à l'autre bout de la table.

Dorisse finit par relever la tête. « Arrive-t-il de pareilles ignominies ailleurs ? Ou bien sommes-nous des exceptions, Grandpa ? La vie est-elle aussi laide pour tout le monde ? »

Grandpa tira sur sa barbe à plusieurs reprises. « Je ne voulais pas te faire cette peine, Dorisse, lui dit-il avec la plus grande douceur, mais il fallait vous mettre au courant toutes les deux.

— Oui, Grandpa. Je comprends. Tu as bien fait de nous le dire. Mais il ne se passe que des horreurs ici, depuis la mort de Maman ! Ce n'était pas comme ça, de son vivant.

— Tu as raison, fit-il en branlant la tête. On peut dire qu'elle nous manque. D'une voix tremblante, il continua : Chism... »

De l'autre bout de la table, Jane regarda sa sœur. « Te rappelles-tu les derniers mots de Maman avant sa mort, Dorisse ? demanda-t-elle. Moi, j'y pense tous les jours. Cela ne s'effacera jamais de ma mémoire.

Très souvent, c'est ma première pensée quand je me réveille et je revois sa figure à ce moment-là, d'une manière hallucinante. Cette vision me fait mal. » Elle tourna la tête. Au bout de quelques minutes, les yeux noyés de larmes, elle reprit : « Maman nous a dit : Je souhaite que vous tous, chers enfants, vous ne connaissiez que le bien, toute votre vie. Et c'est sur ces derniers mots qu'elle est morte. »

Jane s'arrêta et ferma les yeux. Grandpa se pencha sur la table et lui tapota la main.

« Qu'est-ce que Maman entendait exactement par là ? demanda-t-elle en scrutant son grand-père. Quel est le bien ? Comment savoir qu'on est quelqu'un de bien ? Ce n'est pas vivre comme nous, je pense. Ce doit même être tout le contraire. N'est-ce pas que Nobby ne devrait pas traiter Dorisse comme il le fait ? Ni Papa griser Jarvis, ni Vickie se conduire ainsi, ni tout le reste ? Maman n'aurait pas voulu de ces histoires-là chez nous, n'est-ce pas ? J'en suis certaine, parce qu'elle voulait que nous vivions dans le bien — et tout cela, c'est mal.

— Ce n'est pas facile de déterminer le bien, Jane, car il n'a pas toujours de nom. Mais, quand on mène une vie honnête, on le sent au fond de sa conscience, même quand on ne sait pas pourquoi. Pour certains, le bien, c'est Dieu. Sans doute ; mais, à mon avis, ce n'est pas tout. Il faut être bon et raisonnable — et s'efforcer d'être honnête et loyal. Les uns pensent peut-être que le bien, c'est la richesse, le luxe, l'absence de privations. Pour les autres c'est trouver le moyen d'améliorer la vie en général. Certains diront que c'est avoir une bonne éducation, d'autres que c'est simplement être aimable et estimé. Non, ce n'est pas facile de dire en quoi consiste le bien. Chacun doit chercher lui-même comment il le comprend. Tu sauras ça plus tard.

— Je sais déjà que Vickie ne vit pas comme il faut, dit Jane. Elle a très mauvais genre.

— Ne juge pas trop sévèrement ta sœur, Jane. Vickie est une bonne fille. Un jour ou l'autre, elle sera une excellente femme.

— Mais Maman ne l'aurait pas laissée mener cette vie.

— Toi aussi, tu deviendras une excellente femme, Jane, si tu ne manques jamais de faire ce qu'elle attendait de toi. Avoir eu une mère comme Alice est un des grands biens que tu auras toujours. Elle a laissé sur toi une empreinte profonde et qui t'aidera toujours à discerner le bien du mal. Votre mère vous aimait tellement qu'elle s'est usée à travailler pour vous vêtir convenablement et pour vous procurer une bonne éducation, afin de vous mettre dans le droit chemin. Elle serait encore là, si elle avait eu l'aide qu'elle méritait. C'est elle qui a gagné de quoi envoyer Ross à l'école de Droit, en prolongeant ses veillées pour faire de la couture, quand toute la famille dormait. Je sais qu'elle ne s'en est pas tenue là et qu'elle en a fait bien d'autres pour ses enfants. Votre père aurait pu l'aider, mais il ne le faisait pas. »

Jane se leva pour sauter au cou de son grand-père.

« Quand tu parles comme ça, Grandpa, tu fais paraître la vie si belle qu'on a peine à croire aux vilaines choses qui nous arrivent. »

Le grand-père caressa de ses mains calleuses les cheveux de Jane.

« Tu vas arriver en retard à l'école, Jane, dit anxieusement Dorisse. Il te faut dix minutes. Je t'en prie, file. »

Jane se cramponna au cou de son grand-père. « Je ne veux plus aller à l'école.

— Si, tu dois continuer, Jane, lui dit-il avec fermeté en l'obligeant à le lâcher. L'instruction est un des biens que souhaitait ta mère. Tu le sais, Jane. Elle aurait tenu à ce que tu fasses de bonnes études. »

Jane serra encore une fois son grand-père dans ses bras, puis elle attrapa son paquet de livres sur la table et sortit de la cuisine et de la maison. Dorisse prit la cafetière qui chauffait sur le fourneau, remplit la tasse de son grand-père et s'assit à côté de lui. Ils restèrent un long moment sans dire un mot.

« Je vais aller en ville, pour voir Ross, dit enfin Dorisse. Je veux lui parler de Jarvis. J'espère qu'il trouvera le moyen d'empêcher Papa de recommencer une chose pareille. Je me demande avec terreur ce qu'il est capable d'inventer. Ross saura sûrement nous venir en aide. Il se tourmente pour nous depuis le jour où nous sommes arrivés ici. — Elle se leva. — Je pars tout de suite, Grandpa. »

Elle débarrassa la table avant que son grand-père ait répondu.

« Que vas-tu faire de ton mari, Dorisse ? demanda-t-il d'un air grave. C'est important aussi. Il ne peut plus rester ici après ce qui s'est passé cette nuit. C'est dur de te dire ça de ton mari, Dorisse, mais il le faut. Nous devons protéger Jane.

— J'essaie de convaincre Noble, Grandpa, dit-elle sur le même ton. Ces choses-là n'arriveraient pas si nous avions notre maison à nous. » Elle hésita, le regard perdu vers la fenêtre. « Du moins, je l'espère.

Mais, quelquefois, je n'en suis pas tout à fait sûre. » Elle ferma les yeux avec force et se retourna. « Mais je ne le lâcherai pas. Je resterai en ménage avec Noble, quoi qu'il arrive.

— Faire bon ménage, c'est bien, Dorisse. »

Elle sortit de la cuisine sans lui laisser le temps d'ajouter un commentaire au sujet de Nobby et partit dans sa chambre pour s'apprêter. Nobby dormait encore ; elle prit soin de s'habiller sans faire de bruit. Il était près de neuf heures quand elle quitta la maison ; son grand-père était toujours à la même place.

Ross s'étonna, non pas tant de sa visite que de la voir paraître à cette heure matinale. Il était jeune employé chez un avoué ; son nom ne figurait pas officiellement, mais était inscrit sur la porte de son bureau et on lui avait promis de l'associer à la charge dans quelques années. Agé de vingt-sept ans, il était célibataire et habitait seul un appartement de deux pièces dans le quartier nord de la ville. C'était l'aîné des cinq enfants Crockett. Il avait la haute taille de son père, mais l'expression et la physionomie de sa mère.

« Quelle est la dernière invention de Nobby Hair ? » demanda-t-il en plaisantant, tandis qu'elle prenait une des chaises de cuir en face de son bureau. « Je parie que je devine pourquoi tu viens me consulter, Dorisse. » Il fronça les sourcils, avec la mine de son emploi. « Tu veux que je te dicte la marche à suivre avec Nobby ? Mais pourquoi ne réussissez-vous pas à vivre en bonne intelligence ? Des millions d'êtres humains cohabitent et la grande majorité s'arrange pour faire plus ou moins bon ménage, d'année en année, sans s'entre-tuer. Pourquoi n'y parvenez-vous pas, toi et Nobby ? Ce n'est qu'un grand enfant, obnubilé par la pensée qu'il a été un éphémère champion de football. Il n'arrivera jamais à rien tant qu'il vivra de ses souvenirs. Ton devoir est de l'arracher à son passé qui ne compte plus et de lui faire comprendre que les équipes sportives de collèges font, chaque automne, de plus jeunes et de meilleures recrues. Je croyais être de première force, moi-même, quand je faisais partie de l'équipe du collège, mais j'ai perdu mes prétentions quand j'ai vu que je n'arrivais pas en tête.

— Je ne viens pas te parler de Noble, cette fois-ci, Ross, dit-elle timidement. Je m'efforce de le pousser à travailler pour que nous puissions quitter la maison et nous installer chez nous. — Elle s'avança sur le bord de sa chaise. — Il y a du nouveau, Ross, et c'est très grave. »

Ross changea complètement d'attitude. « Que se passe-t-il, Dorisse ? » demanda-t-il avec anxiété.

Elle respira profondément avant de lui répondre. « Papa a emmené Jarvis chasser l'opossum, la nuit dernière, commença-t-elle, l'air angoissé. Quand ils sont rentrés, ce matin, Jarvis était ivre, Ross. Grandpa l'a vu dans cet état. Il m'a dit que Papa lui avait fait boire du whisky. »

Ross tressaillit. « Bon Dieu ! s'écria-t-il. En es-tu sûre, Dorisse ? Peux-tu me l'affirmer ?

— Je crois Grandpa. N'aurais-tu pas confiance en lui, Ross ?

— Je n'ai jamais douté de la moindre de ses paroles.

— Je n'ai pas vu Jarvis moi-même — et heureusement ! Mais Grandpa ne s'est pas trompé : il faisait presque grand jour quand ils sont rentrés.

— Jarvis n'a que onze ans, dit Ross en considérant sa sœur. C'est ignoble, c'est vraiment monstrueux !

— Que faut-il faire, Ross ? N'aurais-tu pas un moyen de convaincre Papa à quitter la ville et à retourner vivre à la campagne ? Ces histoires-là ne seraient jamais arrivées quand nous habitions la ferme. » Elle se tut et baissa les yeux sur ses mains croisées sur ses genoux. « Maman vivait à cette époque. Voilà ce qui faisait la différence.

— La dernière fois que j'ai tenté de chapitrer Papa, il s'est mis en colère et a tourné les talons. Je ne sais plus comment aborder ce sujet. Quelquefois je crois qu'il cache le vrai motif de son installation en ville. Quel que soit ce motif, nous l'ignorons. Je voudrais tout de même bien le savoir.

— Tout ce que je sais, moi, c'est que, la prochaine fois qu'il emmènera Jarvis passer la nuit dehors, il inventera quelque chose de pire.

— Papa est un autre homme depuis la mort de Maman, dit Ross, songeur. C'est effrayant ce qu'il a changé. Je ne sais pas s'il est désemparé, ou si le fait de se trouver libre tout à coup lui a fait perdre la raison. Mais, je le répète, il doit avoir une idée derrière la tête. Il est toujours en guerre ouverte avec Grandpa, ce qui est bizarre, car aussitôt après la mort de Maman, il s'était soumis à l'autorité de Grandpa. Mais, tout à coup il a changé d'avis et vendu la ferme, sous le simple prétexte qu'il aimait mieux vivre en ville. Cela s'est fait si vite que je n'en ai rien su à temps. J'aurais pu trouver une erreur dans le titre de propriété, ou quelque autre subterfuge et faire durer la transaction indéfiniment, si j'avais connu les projets de Papa. Mais il était si pressé de quitter la ferme et de venir en ville qu'il a bâclé l'affaire sans me consulter. Il savait que j'aurais empêché la vente. »

A ce moment, la porte s'ouvrit et Chism entra. Il resta quelques instants debout à dévisager Ross et Dorisse d'un air soupçonneux, puis il saisit une chaise et la traîna jusqu'à la fenêtre. Il s'y assit en la faisant basculer sur ses deux pieds arrière et fit un large sourire sans desserrer les lèvres.

« Que me veux-tu, Papa ? lui demanda Ross.

— Je sais de quoi vous étiez en train de parler, tous les deux, déclara-t-il avec suffisance. Quand je me suis réveillé, tout à l'heure, j'ai appris par votre grand-père ce que vous combiniez. Je n'ai pas eu de peine à lui tirer les vers du nez. Voilà ce qui m'amène ici. »

Il tourna la tête, lâcha un petit éclat de rire et sourit à Dorisse, comme pour lui dire qu'il ne se laisserait pas jouer par elle.

« Mais ça, jamais, déclara-t-il solennellement.

— Quoi donc ? lui demanda Ross.

— Jamais je ne retournerai dans cette satanée ferme. Vous cherchez le moyen de m'y faire repartir, mais je suis ici, j'y reste et je m'y cramponnerai comme un pou de clochard sur un pantalon de laine. Chacun a le droit de faire ce qu'il veut, de la manière et dans les conditions qui lui plaisent. Je n'ai pas besoin d'un avoué de quatre sous pour me faire la leçon. Je suis né avec une bonne dose de bon sens et je n'en ai pas perdu une miette depuis quarante-huit ans que je suis au monde. Je suis un homme comme les autres, avec une petite tendance au bien, une petite tendance au mal, comme tous ceux qui se baladent de par le monde. Il y a des tas de gens comme moi ; et il faut me prendre comme je suis. On n'irait pas aborder un inconnu et lui reprocher d'être ci ou ça : moi, j'entends qu'on me traite comme les autres. Si l'un de vous désire ce qu'il n'a pas ici, qu'il parte et qu'il se l'offre ; mais ne me reprochez pas d'avoir des goûts différents des vôtres. Je vais chasser l'opossum quand ça me chante et, un de ces jours, j'achèterai un petit fonds de commerce. Que peut-on rêver de mieux qu'être satisfait de son sort ? »

Il croisa ses jambes et se carra confortablement sur sa chaise.

« Maintenant, parlons de Jarvis. C'est pas parce que j'ai emmené le môme à la chasse et que je lui ai donné une gorgée d'alcool qu'il fallait faire ce tintamarre. La chasse à l'opossum serait loin d'être aussi agréable, si c'était pas surtout l'occasion de passer la nuit dans les bois, à l'abri des papotages de femmes et de boire un coup à son aise. Ça fait partie du programme, tout le monde le sait. Il faut que Jarvis apprenne à se conduire en homme. Je ne veux pas d'un gamin éduqué par des femmes et des vieillards gâteux.

— Mais, Papa, Jarvis n'a que onze ans, dit Dorisse. C'est encore un enfant, tu le sais bien.

— Il l'est moins, grâce à moi, depuis la nuit dernière. Et, si je réussis, il le sera moins encore, dès que j'en aurai l'occasion. »

Ross et Dorisse se regardèrent. Chism sourit en voyant leur effroi.

« Savez-vous ce qui cloche, dans le monde ? dit-il. Chacun croit savoir ce que devrait faire son voisin, mais il ne réussit pas toujours à se débrouiller lui-même. Si j'étais toi, Dorisse, je m'occuperais de Nobby Hair et c'est à ce propos-là que je chercherais à voir clair. Je commence à en avoir sérieusement marre de le voir vivre à mon crochet. Oblige-le donc à travailler et à t'installer chez toi et, si tu n'y arrives pas, plaque-le, prends-en un autre qui te donne de quoi vivre. Rien ne me fait plus râler que de voir une jolie femme mariée à un garçon qu'est pas capable de l'entretenir. Tu mérites quelqu'un de mieux que Nobby Hair. Et lui, il ne mérite pas de faire pleurer une jolie fille comme toi. Tu peux viser plus haut ! Tu devrais prendre un gars qui travaille dur et qui t'apporte la paie, le samedi soir. Un homme peut être laid comme le péché, mais, s'il te nourrit correctement, t'auras tout ce qu'une femme peut demander de plus.

— Papa, nous allons partir de la maison et nous installer chez nous, s'empressa de dire Dorisse. Nobby va travailler.

— Tu crois ça ! » dit Chism, sceptique. Il sortit de sa poche du papier et du tabac et se mit à rouler une cigarette. « A force de le répéter, tu finiras par le croire, hein ? Je voudrais que Nobby Hair me paie la semaine chaque fois que je t'entends dire ça. Qu'on me coupe la tête, parole, si je vois jamais Nobby Hair avoir un autre métier que celui de se tourner les pouces. »

Dorisse se leva et gagna la porte. « Il faut que je parte, Ross, dit-elle en hâte. Toi, parle à Papa. »

Après son départ, Chism évita le plus longtemps possible de regarder Ross. Ils restèrent sans rien dire, attendant chacun que l'autre prenne la parole. Finalement Chism se redressa et jeta son mégot dans un cendrier.

« Pourquoi tiens-tu à rester en ville, Papa ? lui demanda gravement Ross. Il vaudrait beaucoup mieux pour tous que tu retournes à la campagne, tu le sais bien.

— Je vais te dire la vraie raison, répliqua aussitôt Chism. Je suis fier de toi, fiston, et je veux rester par ici pour te voir devenir un grand homme. Je ne serais pas autrement surpris que t'arrives à être gouverneur, ou quelque chose d'approchant, un jour ou l'autre. Je sais que t'es un homme à ça. Ce n'est qu'une question de temps, à condition que tu fréquentes les gens capables de te donner un coup d'épaule. N'aie pas honte de prendre rang dans les plus petits, pour commencer : plus tu voudras, mieux tu te tireras d'une charge modeste et, tu verras, la première chose que les gros te diront, c'est que t'es fait pour grimper et ils auront vite fait de te nommer en haut de l'échelle avant que tu aies le temps de dire ouf. C'est ça le monde, mon gars. Les plus mauvais, dans la racaille qui nous gouverne, c'est ceux qu'ont commencé la vie en turbinant trop dur et qu'on été assez idiots pour le montrer. Laisse-toi donc vivre et fréquente les gens bien en place : le reste se fera tout seul. »

Ross sourit, gardant son quant-à-soi. « Mon ambition est de devenir un bon avoué, Papa. Il faut que je connaisse parfaitement les lois avant de me permettre des aspirations politiques.

— Ça serait bien rare qu'un de ces crétins d'avoués sache se tourner au bon moment vers la politique pour y prendre une bonne place. Il n'y a pourtant qu'un piètre avenir, dans ces affaires de lois, si elles ne mènent pas à guigner un siège au gouvernement. Potasser les lois, c'est très joli, ça procure le pain et le café ; mais la politique, c'est ça qui donne le beurre et la crème à manger avec, tous les jours. »

Ross ouvrit un tiroir et en sortit une grande enveloppe. Il la vida et étala plusieurs papiers devant lui, sur le bureau, mais ne dit rien avant de voir que la curiosité de son père s'éveillait.

« Pendant que j'y pense, Papa, dit-il d'un air détaché, je veux te parler d'une affaire qu'un de mes clients m'a confiée. Il avait monté une petite scierie et des raisons de santé l'obligent à reprendre ses capitaux. Je crois que je pourrais t'en rendre propriétaire pour un prix raisonnable. Le bien consiste en un bon lopin de terre, à une douzaine de kilomètres d'ici, avec une petite scierie. Cela m'a toutes les apparences d'un excellent placement.

— Combien de labours y a-t-il autour de cette scierie ? demanda Chism d'un air méfiant.

— Je ne le sais pas exactement, répondit Ross en se penchant sur les papiers. Une assez belle superficie, sans doute. Mais tu ne serais pas obligé de cultiver le tout. Juste assez pour...

— Si je ne devais creuser qu'une seule saleté de sillon d'ici la fin de mes jours, ce serait déjà de trop. Ah ! Si tu me proposais un petit commerce quelconque en ville...

— Mais l'important, c'est la scierie, Papa. Il y a gros à gagner dans ces débits de bois actuellement. Je ne serais pas surpris si...

— Je ne serais pas surpris si tu essayais de faire le malin et de me prendre dans un traquenard pour me renvoyer dans une satanée ferme où il faudrait que je m'esquinte à labourer.

— Il est évident que tu tiendrais sans doute à vivre à proximité de la scierie pour garder l'œil dessus ; mais, en ce qui concerne la culture... »

Chism se leva et s'étira. Puis il se dirigea tranquillement vers la porte.

« Tu vas y réfléchir, Papa ? demanda Ross en suivant son père dans le bureau.

— Si j'y réfléchis, ça m'étonnerait bougrement de changer d'idée. Je ne perdrais pas mon temps à penser à une mine d'or, s'il me fallait labourer la terre autour. »

V

Il était un peu plus de minuit lorsque le Membre du Congrès, Daniel Boone Blalock, flanqué de deux ingénieurs qui venaient d'inspecter un barrage à titre de membres d'une Commission gouvernementale, entrèrent au Café Rainbow et demandèrent des steaks maison, avec des pommes de terre à la française, c'est-à-dire frites. Vickie était appuyée au bar, en conversation avec Ben Humphrey, quand elle reconnut le Membre du Congrès. Depuis une demi-heure, Ben Humphrey lui faisait des propositions galantes ; mais, du moment où elle aperçut Daniel Boone Blalock, ces avances perdirent tout leur intérêt. Si bien que Ben Humphrey se leva et, déconfit, quitta le restaurant.

Pauline, l'autre servante de nuit, sortit une nappe et des serviettes propres. Les bras chargés, elle se dirigeait vers les trois clients, lorsque Vickie lui arracha le linge et se mit à dresser la table. Pauline, qui avait dix ans de plus que Vickie et qui était laide et boulotte, s'enfuit rageusement au lavabo, dont elle ferma la porte à clé. Nick Dopolous, le gérant du café, se précipita derrière elle et la somma de sortir pour s'occuper de deux consommateurs qui venaient de s'installer au bar ; mais Pauline se mit à tempêter et refusa de quitter sa retraite, si bien que Nick dut s'empresser lui-même auprès des deux autres clients.

« Quelle joie de vous revoir, Mr Blalock ! » s'écria Vickie avec pétulance. C'était la première fois qu'elle avait l'occasion de parler à Dan Blalock et elle essayait de cacher son excitation en se penchant sur lui et en le frôlant de sa jupe, d'un air ingénu. « Vous voilà donc revenu, Mr Blalock ? C'est pour longtemps, j'espère. »

Dan Blalock s'épanouit en se renversant sur le dossier de sa chaise et leva des yeux vivement intéressés. Un sourire charmé illumina sa figure rondouillarde.

« Plaisant accueil ! » dit-il galamment, en suivant du regard les mouvements qui se dessinaient sous la robe étroite. Dan était un personnage bedonnant d'une cinquantaine d'années, avec des mains courtes et féminines et des traits, un nez surtout, également petits, mais perdus dans une face de pleine lune à la mine florissante. Il était Membre du Congrès depuis cinq sessions et, aux dernières élections, avait été réélu sans l'ombre d'opposition. Depuis qu'il occupait cette charge officielle, pas un de ses fidèles électeurs ne s'était vu refuser une juste requête et il avait la réputation de réussir toujours à caser les braves gens, à condition que leur cas fût réellement digne d'intérêt. En dehors des sessions du Congrès, Dan Blalock parcourait sa circonscription dans tous les sens, à longueur de journées et même de semaines, prodiguant les poignées de main, distribuant des gâteries aux enfants et cherchant à se renseigner sur les questions susceptibles d'être soumises au Congrès, pour être à même, le jour du vote, de donner un avis éclairé.

« Que pourrais-je vous offrir, Mr Blalock ? » lui demanda Vickie avec un sourire aguichant. Elle avait une manière bien à elle de soutenir avec hardiesse le regard d'un homme et puis, tout à coup, de détourner les yeux, comme effrayée des conséquences qui se produiraient si elle appuyait trop longtemps son regard sur lui.

« Heureux homme à qui cette question s'adresse ! » dit l'un des ingénieurs en secouant la tête d'un air jaloux.

Dan Blalock fit un signe à Vickie pour qu'elle s'approche et, comme elle se penchait sur lui au point de lui frôler la bouche de son oreille, il murmura :

« Tu es trop jolie fille pour perdre ton temps avec eux. Et il ajouta, d'un ton confidentiel : Il y a de plus gros poissons dans l'océan que ces deux maquereaux-là !

— Oh ! Mr Blalock ! dit-elle, offensée dans sa pudeur en se reculant avec vivacité. Je m'étonne de vous entendre tenir ces propos-là devant une jeune fille ! »

Les deux ingénieurs de Washington éclatèrent de rire en se tapant sur les cuisses, tandis que Dan Blalock, tout secoué d'hilarité, faisait des clins d'œil et des signes d'intelligence à Vickie.

Elle laissa les trois hommes riant à gorge déployée et alla se refaire une beauté au vestiaire. Quand elle en sortit, au bout de quelques minutes, elle se trouva nez à nez avec Pauline.

« Vickie Crockett, lui dit celle-ci d'un air pincé, tu n'es qu'une allumeuse de bas étage. Une fille honnête rougirait, rien qu'à penser aux manigances que tu te permets.

— Toi, occupe-toi de ton boulot, lui dit Vickie en l'écartant. Je n'ai pas besoin de tes conseils. »

Pauline revint vers elle et s'élança pour lui tirer les cheveux, ce que voyant, Nick, sachant par expérience que, dans ces cas-là, il lui fallait avoir l'œil sur ses deux servantes, s'interposa et envoya Vickie servir un nouveau client à l'autre extrémité du bar. A ce moment-là, Dan Blalock agita sa main en l'air pour appeler Nick.

« Ces beefsteaks sont parfaits, lui dit-il avec un geste large. Je crois n'en avoir jamais dégusté de meilleurs.

— Merci beaucoup, monsieur le Représentant, dit Nick en s'inclinant et en souriant. Je fais toujours de mon mieux pour vous servir, monsieur le Représentant. »

Dan Blalock prit sa serviette pour épousseter son gilet où restaient accrochées quelques miettes.

« Je suis toujours enchanté quand j'ai l'occasion de venir dans le pays et de me régaler au Rainbow », reprit-il avec l'air de négliger une interruption en plein débat au Parlement. « Tu es toujours aux petits soins pour moi et mes amis ; j'y suis très sensible, Nick. C'est un vrai plaisir de savourer les bons beefsteaks du Rainbow. »

Un des ingénieurs lui offrit un cigare. Il l'accepta et, en examinant la bague :

« De plus, continua-t-il, je tiens à te féliciter de la charmante jeune femme qui nous a servis. Grâce à elle, ce dîner restera un souvenir mémorable. »

Les mains croisées sur l'estomac, Nick fit plusieurs petites courbettes. Entre-temps, Dan Blalock avait reculé sa chaise et tourné le dos aux ingénieurs. Faisant signe à Nick d'approcher, il lui dit à l'oreille :

« Mes amis et moi, nous allons finir la soirée dans

ma chambre, à l'hôtel », fit-il confidentiellement, en prenant soin de baisser la voix pour n'être pas entendu des autres. Je serais heureux que toi et cette charmante jeune femme fussiez des nôtres.

— Ce serait avec plaisir, monsieur le Représentant, répondit Nick d'une voix troublée, mais je ne peux quitter le café. Je n'ai personne pour me remplacer à la caisse. Il m'est impossible de sortir en laissant la maison sans surveillance. Vous savez qu'on ne blague pas avec le travail, monsieur le Représentant.

— Bien sûr, Nick, dit le Membre du Congrès d'un ton compréhensif. Je m'en voudrais de te faire négliger ton devoir pour me tenir compagnie ; mais je n'en suis pas moins déçu, car j'aurais aimé te prouver ma reconnaissance pour un si excellent dîner. »

Il se pencha, saisit Nick par le revers de son veston et chuchota :

« Je serais très honoré si cette jeune femme — tu vois bien laquelle, hein ? — acceptait de se joindre à nous. J'habite à deux pas d'ici, au Southland, chambre n° 505. Dis-lui d'entrer par la porte de service.

— Entendu, monsieur le Représentant, murmura Nick avec un petit hochement de tête. Vickie est libre. Mon autre servante s'occupera des clients. Je m'en vais l'avertir.

— Une minute reprit Dan Blalock en s'agrippant au revers de Nick. Je ne voudrais pas que tu sois trop chiche de son temps. Il s'agira d'une petite partie fine. Dis-lui que je l'attendrai dans un quart d'heure, au n° 505. Et n'oublie pas de spécifier : par la porte de service. »

Un des ingénieurs paya l'addition en laissant un pourboire de cinquante cents pour Vickie et, consciencieusement, en prit note sur un petit calepin rouge. Dan Blalock racla bruyamment sa gorge, repoussa la pièce vers l'ingénieur et sortit de sa poche un dollar qu'il posa sous l'assiette. Puis, les trois hommes se levèrent et allèrent serrer la main de Nick. Au moment de sortir, Dan Blalock se retourna et lui fit un petit signe affectueux de la main.

Perché sur son haut tabouret, derrière le comtoir, Nick regarda Vickie débarrasser la table. Puis il l'appela auprès de lui, profitant du moment où Pauline servait un consommateur.

« Le Membre du Congrès passe la soirée près d'ici, au Southland, chambre n° 505, lui dit-il négligemment. Il m'a chargé de te dire qu'il compte sur toi dans un quart d'heure.

— Combien me retiendras-tu de mes gages, si j'accepte ? demanda-t-elle de son air avisé.

— Eh bien ! Je ne sais pas exactement. On verra ça. C'est un bon client, pour sûr, mais si tu t'attardes trop longtemps, il faudra en causer. Nous nous arrangerons d'une façon ou d'une autre.

— Qu'entends-tu par : trop longtemps, Nick ?

— Dis donc, j'aime pas qu'on se paie ma tête.

— Moi non plus, Nick. Alors pourquoi ne me réponds-tu pas tant que tu me tiens ?

— Allons, ça dépendra de toi, Vickie, lui dit-il d'un air vague. Mais, si tu ne rentres pas de la nuit, faudra trouver le moyen de réparer le temps perdu, ou bien je rognerai sur tes gages.

— Tu ferais mieux de te décider et d'en prendre ton parti tout de suite, parce que j'ai le sentiment que je ne rentrerai pas de sitôt.

— Tu ne vas pas quitter ton travail pour toujours,

hein, Vickie ? fit-il anxieusement. Je ne sais pas où je trouverais à te remplacer !

— Qu'est-ce qui te fait croire que je te quitterais ?

— Eh bien ! C'est un gros personnage, Vickie. Un homme très important. Il peut beaucoup pour toi, si ça lui chante.

— Alors, raison de plus pour que je ne rentre pas de la nuit. »

Elle éclata de rire et partit en se dandinant au vestiaire.

Après s'être soigneusement coiffée et avoir troqué sa tenue de serveuse pour une robe seyante, elle sortit du lavabo et traversa le restaurant. Pauline, qui avait deviné qu'elle avait rendez-vous avec Dan Blalock, l'attendait à l'autre extrémité du bar.

« Qu'est-ce que ces filles-là feraient pour une paire de bas nylon ! marmotta-t-elle entre ses dents. Je voudrais les voir craquer du haut en bas, le premier jour ! »

Vickie l'entendit parfaitement, mais se dirigea droit vers la porte, sans même se retourner pour lui jeter un regard de mépris par derrière. Quant à Nick, qui avait étalé un journal sur le comptoir, il ne broncha pas et laissa Vickie passer devant lui sans lever les yeux. Elle avait déjà ouvert la porte quand il se redressa pour la héler.

« Vickie ! Le Membre du Congrès te fait dire d'entrer par la porte de service.

— C'est pas la première fois que je vais au Southland », dit-elle avec désinvolture.

Nick replongea le nez sur son journal et Vickie sortit. Aussitôt arrivée dans la rue, elle pressa le pas.

Le Southland était un hôtel de six étages, assez

moderne et confortable, avec des rideaux de chintz aux fenêtres du hall et des cabinets de toilette à eau courante, pourvus d'appareils à douches, pour toutes les chambres. Vickie passa rapidement devant l'entrée principale, prit la porte de service et traversa le hall jusqu'à l'ascenseur. Le groom nègre s'était endormi et elle dut le secouer jusqu'à ce qu'il se réveillât. Au cinquième étage, le groom sortit de l'ascenseur et resta piqué sur place, les yeux bouffis, en la regardant chercher le n° 505.

Après avoir frappé un coup léger à la porte, elle fit prestement mousser un peu ses cheveux et tira sur sa jupe. Dan Blalock, comme s'il l'attendait avec la main sur le bouton de la porte, ouvrit immédiatement. Surprise de cette apparition en pyjama de soie vert pomme, elle pensa un moment s'être trompée de porte : mais elle s'étonna encore plus, en entrant dans la chambre, de ne pas y voir les deux ingénieurs. Dan Blalock referma vite la porte et la prit par la taille.

« Comment, Mr Blalock ? » dit-elle en se dégageant et en regardant d'un air ingénu la grosse figure épanouie. « Je croyais trouver une petite réunion. Où sont vos deux amis, Mr Blalock ? Pourquoi ne sont-ils pas là ?

— Naturellement, je les avais invités et j'espérais qu'ils seraient des nôtres, Vickie. » Il passa le bras autour de son épaule et lui donna une petite tape. « Mais, figure-toi... qu'ils avaient sommeil. Ils n'ont pas l'habitude de se coucher plus tard que le soleil, sans doute, dit-il en s'esclaffant. Mais ne nous laissons pas attrister, dit-il en l'enlaçant et en la poussant dans la chambre. Nous passerons la soirée entre nous, n'est-ce pas, Vickie ? Ce sera plus mignon, ne crois-tu pas ? »

Elle posa son sac sur la table. Dan lui tendit un grand verre au quart plein d'un whisky ambré. Puis il remplit le sien plus qu'à moitié. Il la regarda sans dire un mot. Elle ferma les yeux et but à peine un peu de whisky. Aussitôt, fascinée par la couleur éblouissante du pyjama, elle s'assit sur le lit.

Il poussa la table chargée de bouteilles et de verres au bord du lit et s'assit à côté d'elle. Après avoir bu une autre rasade, il s'allongea en prenant appui sur un coude et se laissa aller à son admiration.

« Tu es d'une beauté comme on en voit peu, Vickie », dit-il en hochant la tête avec délices. Sa voix devenait de plus en plus caverneuse, si bien que la fin de ses phrases se perdait dans une sorte de mélopée, où les mots étaient informes, mais avaient une résonance émouvante. « Je t'ai admirée du premier moment où je t'ai vue au Rainbow. Ta beauté m'a bouleversé, comme elle l'aurait fait pour tout homme ayant du sang rouge dans les veines, je n'hésite pas à le dire. Il est rare que j'aie la bonne fortune de rencontrer une si charmante jeune femme. Tu ne sais pas combien je suis heureux de t'avoir là, ce soir ! Je me sentais si seul ! Un homme dans ma situation mène une vie lamentablement solitaire, une vie difficile et on peut dire qu'elle est un défi lancé à toutes les lois de la nature. Me voilà tout seul ici, dans la circonscription que je représente, pendant que ma femme — vieillie avant l'âge et d'un naturel très popote, je l'avoue — vit loin de moi, à Washington. Il est de mon devoir de venir périodiquement dans ma circonscription, afin de défendre les intérêts des uns et des autres ; mais je mène une existence inhumaine et cruellement solitaire, dépourvue de véritables amitiés et de compagnie agréable. »

Vickie se repoussa jusqu'à pouvoir s'accoter à la tête du lit. Là, elle s'installa commodément et replia ses jambes sous sa jupe.

« Pourquoi vos amis, ceux qui étaient au Rainbow ce soir, ne vous tiennent-ils pas compagnie, Mr Blalock ? » Elle posa la main sur la sienne et fit une petite pression amicale en lui adressant un sourire engageant. « Je le regrette pour vous, si vous souffrez de votre isolement. Vraiment, j'en suis navrée, Mr Blalock.

— Appelle-moi Dan, Vickie. Appelle-moi Dan tout court.

— Il me semble que vos amis auraient dû rester avec vous, au lieu de se coucher si tôt.

— Mes amis? dit-il d'un air désabusé, tout en se rapprochant d'elle. Je n'ai pas d'amis, Vickie. L'homme dans ma situation n'a pas ce que le commun des mortels nomme amis, dans le vrai sens du mot. »

Elle le regarda, séduite par la résonance de cette voix qui s'effondrait à la fin des phrases.

« Non, Vickie. J'ai des relations politiques, des gens que je vois par obligation et des ennemis, réels ou en puissance, mais pas un seul ami au monde, parce que c'est la rançon d'un homme comme moi. C'est ce qu'il doit payer pour se dévouer au bien public. La vie de Membre du Congrès est toute d'abnégation. On ne peut avoir des amis et, en même temps, améliorer sans cesse la vie de ses semblables. C'est pourquoi la carrière politique est une tyrannie, l'a toujours été et le sera toujours. »

Dan se rapprocha encore et posa la tête sur les seins de Vickie. Elle caressa lentement son crâne chauve. Dan poussait de petits gloussements de plaisir.

« Le seul moment de ma vie où je puisse me détendre, me permettre les exigences et les désirs du commun des mortels, dit-il d'une voix sourde, c'est quand je peux m'enfermer dans une chambre d'hôtel avec un flacon de whisky et une gentille petite femme, dont la beauté réjouit les yeux et dont le tempérament réchauffe le cœur. Je ne peux pas m'afficher en public, comme les autres, pour jouer au golf, ou chasser le canard, ni même simplement m'asseoir dans un hall d'hôtel, sans être constamment sur mes gardes et craindre les commérages. Si je m'oublie un seul instant et lâche la réflexion la plus innocente qui soit, sans soupeser au préalable la portée qu'elle peut avoir, immédiatement ou dans l'avenir — et tant dans le pays qu'à l'étranger — je m'expose à ce qu'un mot insignifiant me retombe sur la tête et compromette mon avenir politique et peut-être même le succès de mon parti. Vois-tu, je porte sur mes épaules une lourde responsabilité, qui s'étend bien au-delà de ma carrière personnelle. C'est pourquoi la seule paix, le seul repos, les seuls moments de joie humaine de ma vie, je ne les trouve que bien à l'abri derrière une porte fermée et des rideaux croisés, dans une chambre d'hôtel comme celle-ci, avec une bonne bouteille et une gentille petite femme qui me plaise, comme toi. Tu ne peux t'imaginer, Vickie, quelle force et quelle confiance tu m'auras données, ce soir, pour affronter les questions mondiales !

— Mais, Mr Blalock, vous êtes si important... Et je croyais que les hommes importants comme vous...

— Je t'en prie, appelle-moi Dan. Appelle-moi Dan tout court.

— Eh bien ! Dan, il me semble que vous preniez du

bon temps tout à l'heure, avec vos compagnons, au Rainbow. Je vous entendais rire, comme des hommes qui s'amusent.

— Façade, Vickie ! Pure apparence trompeuse, qui ne cachait que le désir féroce d'une douce compagnie féminine, comme celle que tu es si gentiment venue m'offrir. Toute la soirée, je pensais en moi-même combien tu me rendrais heureux et quel bien tu me ferais en venant me voir à l'hôtel. Sans doute ne peux-tu t'en rendre compte, Vickie, mais ta présence est un bienfait divin. Je n'étais qu'un pauvre homme triste et désemparé, avant que tu aies franchi le seuil de cette porte, il y a quelques minutes ; tandis que, maintenant... »

Il passa son bras autour d'elle et la serra contre lui. « Que pourrais-je faire pour t'obliger, Vickie ? »demanda-t-il de sa voix caverneuse. Vickie caressa la petite frange de cheveux qu'il avait sur la nuque. « Que souhaiterais-tu recevoir en gage de mon admiration ?

— Vous me prenez au dépourvu, Mr Blalock... Non, je voulais dire Dan. J'étais loin de m'attendre... Faire votre connaissance et passer quelques instants avec vous, c'est déjà un si grand honneur pour une jeune fille ! C'est la première fois que j'approche un homme si puissant et c'est tellement flatteur d'avoir votre amitié ! Je suis bien embarrassée pour vous demander la moindre babiole.

— Il ne faut pas te gêner, Vickie. Demande-moi ce que tu veux : je m'y attends, c'est la coutume. As-tu quelqu'un de ta famille, à qui je puisse rendre service ? Un frère, ou une sœur, ou...

— Il y a bien Ross, répliqua Vickie. Il aimerait peut-être...

— Ross ? demanda le Membre du Congrès. Qui est-ce ?

— Ross Crockett, mon frère. Il est avoué...

— Crockett... Avoué... Ross Crockett... » Dan Blalock hocha la tête. « Je ne crois pas avoir le plaisir de le connaître. Ce nom ne me dit rien. Exerce-t-il depuis peu cette profession ?

— Il a un bureau sur la place du Palais-de-Justice et c'est un travailleur. Il n'est sorti de l'école de Droit que depuis deux ans. Je suis sûre qu'il serait reconnaissant que vous pensiez à lui, Dan.

— Je vais certainement noter cela. Et ton père ? Puis-je faire quelque chose pour lui, Vickie ?

— Papa ? » Elle resta songeuse un instant. « Ce serait merveilleux, si vous pouviez le tirer d'affaire : je n'aurais plus à lui donner dix dollars de ma paie, chaque semaine.

— Quel est le métier, ou la profession de ton père ?

— Il ne travaille pas actuellement. Autrefois, il était cultivateur.

— Je ne manquerai pas de penser à lui, Vickie. Et toi-même ? Une jolie fille comme toi doit être coquette...

— Serait-il abusif de vous demander une petite bague ?

— Quel genre de bague ? fit-il, d'une voix étranglée.

— Oh ! Une petite bague toute simple, avec un diamant dessus, murmura-t-elle en se blottissant dans ses bras. J'ai toujours rêvé de porter un diamant, chéri. »

Dan gonfla ses pectoraux. Après avoir retenu son souffle aussi longtemps que possible, il respira en poussant un grognement prolongé. Puis il se leva et versa du whisky dans les deux verres qui étaient vides.

VI

Dès qu'il eut fini de dîner, Chism attrapa son chapeau, l'enfonça d'un seul geste en baissant le bord d'un coup de pouce rageur et sortit. Il resta un instant sur le bord de la véranda, dans l'obscurité, écoutant malgré lui les voix de la famille restée à table, tout en regardant avec de la colère dans les yeux les maisons éclairées du voisinage. Grandpa Crockett avait fait un discours interminable sur la différence de goût et de consistance du lard fait chez soi et de celui qu'on achète. Dorisse et Jane n'avaient pas cessé de jeter à leur père des regards réprobateurs. Il n'y avait eu à manger que des pois chiches bouillis avec des déchets de viande. De tout le dîner, Chism n'avait pas dit un mot et il ne décolérait pas. Peu à peu, un projet mûrit en lui : il décida d'aller faire un tour, pour fuir la famille et ne plus entendre d'allusions acerbes au temps heureux où ils vivaient à la campagne.

Il bougonnait entre ses dents, sur le seuil, quand il entendit Jarvis sortir de table. Il descendit précipitamment les marches et s'élança vers la ruelle. Mais Jarvis claqua la porte de la cuisine, traversa la véranda en courant et aperçut son père avant que celui-ci ait eu le temps de filer.

« Papa ! Tu retournes chasser l'opossum ? » dit-il d'une voix haletante.

Jarvis rejoignit son père et le tira par le bas de sa veste. Chism lui donna une taloche sur la main et essaya de lui faire lâcher prise.

« Je peux aller avec toi, Papa ? insista Jarvis. Dis, tu veux bien, Papa ?

— C'est pas précisément l'opossum que j'ai envie de chasser, ce soir, dit Chism exaspéré, en éloignant Jarvis d'un geste brusque. Rentre et tiens-toi tranquille ! »

Dorisse apparut sur le pas de la porte et appela Jarvis plusieurs fois de suite. Il allait lui répondre quand il leva les yeux vers son père. Chism, regardant la silhouette de Dorisse, avait l'air de la narguer.

« Je sais que tu es là, Jarvis ! » cria Dorisse avec indignation, en s'efforçant de le voir dans la pénombre. « Ne t'avise pas de sortir ! » Elle aiguisait son regard et essayait encore de percer l'obscurité. « Dis à Papa que je te défends de faire un pas dehors. Ne sors pas de la cour. Tu m'entends, Jarvis ? »

Jarvis examina la figure silencieuse et immobile de son père, qui le dominait de sa hauteur. Tout à coup Chism hocha la tête et se remit en marche.

Dorisse continua ses appels, mais Chism se dirigea vers le hangar en accélérant son allure et d'un pas décidé. Jarvis hésita un instant, puis se mit à courir et rattrapa son père. Ils marchèrent sans s'arrêter jusqu'à l'impasse.

« Où vas-tu, Papa ? chuchota Jarvis. Je voudrais

aller avec toi. Tu me permets ? Je n'ai pas besoin d'obéir à Dorisse ? Je peux sortir, n'est-ce pas ?

— Tu te rappelles le raffût de la famille, la dernière fois que je t'ai emmené ? dit Chism. Ils ont tous crié au scandale. — Il cracha par terre. — On dirait qu'ils ont tous les droits sur toi ! J'en ai tout de même quelques-uns, moi aussi. »

Il s'accota au mur du hangar et regarda les lumières qui brillaient de l'autre côté de la ruelle. Jarvis se rapprocha de lui et se cramponna au bas de sa veste, attendant la permission de le suivre, en prenant la résolution de boire du whisky sans rechigner, s'il le fallait.

« Jarvis ! cria tout à coup Dorisse d'une voix vibrante. Je sais que tu te caches dans le noir. Reviens tout de suite, tu m'entends ? Je ne veux pas que tu sortes avec Papa, même s'il insiste. Tu n'auras pas le culot de recommencer, n'est-ce pas ? Tu m'as compris, Jarvis ? Ne t'avise pas de sortir avec Papa. »

Chism sentit Jarvis tirer le bas de sa veste.

« Faut-il que je lui obéisse, Papa ? chuchota-t-il. Je ne suis pas obligé de rentrer, n'est-ce pas ? Et, d'une voix pressante : Je veux aller avec toi. Je ne suis pas forcé de lui obéir, hein ?

— Non ! dit Chism énergiquement. Tu n'es pas forcé de lui obéir. Je suis ton père, tu n'as qu'à rester avec moi. J'en ai assez de leur manière de régenter toute la famille et de fourrer leur nez partout. Il est temps que ça change. »

Dorisse appela encore plusieurs fois. Mais elle finit par s'en lasser et rentra dans la maison. Dès qu'elle eut disparu, Jarvis leva les yeux vers son père.

« Je veux faire comme toi, Papa, dit-il. Je veux faire

tout ce que tu fais. Je te promets de ne plus me débattre quand tu me donneras du whisky. »

Chism considéra Jarvis. « Ils finissent par traiter les gens comme si c'étaient des chiffes et j'en ai par-dessus la tête. » Il tapa du talon. « Ils exagèrent de plus en plus. Ils ne peuvent donc pas me fiche la paix ? Jusqu'à quand vont-ils chialer à propos de cette satanée ferme ? Funérailles ! A les entendre, on croirait que labourer la terre, c'est une gloire. S'il y a quelqu'un qui sait ce qui me plaît, c'est moi. »

Les chiens, que Chism avait enfermés avant le dîner en leur donnant leur soupe, se mirent tous les trois à gémir dans le hangar et à gratter la porte pour qu'on la leur ouvre.

« Je veux que tu deviennes un mâle, un homme fort, mon garçon », dit Chism en regardant la lumière encadrée par la fenêtre de la cuisine. « Ecoute-moi bien. Je ne suis peut-être pas très exigeant sur certaines choses, mais il y en a desquelles je ne démordrai pas. Je ne veux pas d'un gosse qui reste indéfiniment empoté. Et je sais ce que je dis. Si je venais à mourir, ou s'il m'arrivait malheur, ils te prendraient en main et, ça ne traînerait pas, tu deviendrais un freluquet, une mauviette. C'est pourquoi je n'ai qu'un conseil à te donner : prends désormais modèle sur moi, Jarvis. Ton grand-père et les autres sont incapables de t'élever comme il faut. Je suis ton père ; dorénavant, t'as qu'à m'obéir. »

Il se remit délibérément à marcher et Jarvis emboîta le pas.

« J'ai mon idée, dit Chism. Viens !

— Où allons-nous, Papa ?

— T'inquiète pas, lui dit Chism. Viens avec moi. »

Chism avançait à grandes enjambées dans l'impasse, et il débouchait dans la rue lorsque Dorisse réapparut sur le pas de la porte et appela Jarvis ; mais, sans lâcher la veste de son père, Jarvis se mit à son pas, souhaitant qu'il ne se ravise pas et ne l'oblige pas à rentrer, si bien qu'ils furent rapidement hors de portée de la voix de Dorisse. Ils traversèrent la rue et prirent une autre ruelle, au bout de laquelle ils arrivèrent à la voie du chemin de fer. Chism s'arrêta et inspecta les alentours. Il finit par distinguer la haute masse de briques de la tannerie. Alors, tournant le dos à la ville, il entraîna son fils le long de la voie ferrée en passant devant des réservoirs d'essence et une scierie. Peu après celle-ci, une voie étroite s'embranchait sur la grande ligne et aboutissait, non loin de là, à un entrepôt. Après avoir jeté un regard circulaire pour être sûr de reconnaître l'endroit, Chism s'engagea sur les traverses de la voie étroite, jusqu'à une centaine de mètres de l'entrepôt. Là, il s'arrêta, regarda encore autour de lui et s'assit sur le bout d'une traverse. Jarvis se blottit contre lui, tremblant d'excitation, et se demandant ce qu'ils allaient faire dans cet endroit bizarre. Une locomotive manœuvrant du côté de la ville ébranla quelque peu la voie.

Chism prit son tabac et fit une cigarette. Quand il l'eut bien roulée, il craqua vite une allumette en prenant soin d'arrondir ses mains en cornet autour de la flamme. Il tira plusieurs bouffées coup sur coup en faisant tomber la cendre du bout du doigt. Soudain il tourna la tête vers Jarvis.

« Tu seras prié de ne parler à personne de notre équipée de ce soir, lui dit-il. Les hommes ne sont pas obligés de raconter chez eux tout ce qu'ils font. Si tu veux sortir avec moi, je t'engage à te rappeler ça. Sinon, je ne t'emmènerai plus.

— Qu'est-ce que nous allons faire, Papa ? demanda Jarvis en tremblant.

— T'as qu'à attendre et tu verrras. La vie est pleine de distractions, si on sait où les prendre. C'est ce que nous sommes venus chercher ici, t'as qu'à avoir un peu de patience. Mais je ne veux pas, demain matin, au réveil, entendre toute la famille pousser des cris d'orfraie. Tu recevras une raclée de première, si tu ne tiens pas ta langue. Personne n'aurait su que tu avais avalé une goutte, l'autre soir, si ton grand-père ne s'était pas réveillé et n'en avait pas fait un drame. Mets-toi bien ça dans la tête. »

Ils restèrent assis dans l'obscurité une demi-heure, pendant laquelle Chism ne cessa pas de se retourner pour regarder le long de la voie. Il avait roulé plusieurs cigarettes et les avait fumées nerveusement, jusqu'à ce qu'elles fussent réduites à de minuscules mégots qu'il pinçait entre le pouce et l'index. Plus le temps passait, plus Jarvis était intrigué et il aurait aimé redemander à son père ce qui l'attirait là, mais il n'osait plus l'interroger.

Tout à coup, il vit Chism jeter sa cigarette et se lever. Un peu plus loin, dans l'ombre, il entendait nettement des pas crisser sur le mâchefer.

« Toi, reste ici. Je reviens », chuchota Chism.

Il avait trop peur pour répondre quoi que ce soit et, quand il vit son père s'éloigner rapidement, il se mit à pleurer. Mais, tout de suite, il distingua les silhouettes de deux négresses, à la lueur des rues éclairées. Les filles s'arrêtèrent en voyant Chism leur barrer le passage, puis elles firent demi-tour et détalèrent à toutes jambes en retournant vers la ville. Mais Chism les rattrapa et Jarvis retint ses larmes pour essayer d'entendre ce que son père leur disait. Il lui sembla qu'une des filles se rebellait, mais il ne réussit pas à saisir le sens de ces chuchotements. Peu après, Chism revint en poussant devant lui les deux négresses. Elles marchaient sans rien dire, mais se retournaient presque à chaque pas pour le regarder. Sans s'arrêter devant Jarvis, elles lui jetèrent un coup d'œil ahuri et passèrent. Il se leva et les suivit au pas de course, terrifié à la pensée de rester là, tout seul, dans le noir. Les filles marchaient de plus en plus vite, à croire qu'elles avaient des ailes et Jarvis avait peine à suivre le trio. Arrivés au bout de la voie étroite, elles lancèrent encore un regard par-derrière à Chism et Jarvis vit leur expression affolée. Une seule lampe éclairait l'entrée de l'entrepôt et jetait une lueur imprécise sur un camion arrêté devant la porte et à moitié chargé de balles de coton. Sans un mot, mais d'un geste pressant, Chism montra aux négresses l'ouverture de la plate-forme et leur fit signe d'y monter. Tremblantes de peur, les filles retroussèrent leurs jupes et grimpèrent. L'ouverture était trop haute pour Jarvis, mais son père le hissa. Quand ils furent tous à l'intérieur, Chism s'assit sur une balle de coton et fis une cigarette à la vague lueur de la lampe. Jarvis se tapit derrière lui et regarda les deux négresses.

« Pourquoi nous avez-vous forcées à venir ici, monsieur ? » demanda l'une d'elles d'une voix tremblante.

Elles devaient avoir dix-huit ou dix-neuf ans. Les cheveux crépus, la peau mordorée, elles se pressaient l'une contre l'autre dans la partie éclairée du camion. Chism négligea de répondre et continua la préparation de sa cigarette, puis l'alluma en l'abritant entre ses mains.

« Vous voudriez me faire croire que vous ne savez pas ce qu'on fait dans les camions le soir ? dit-il en s'esclaffant.

— Mais c'est la vérité ! lui dit énergiquement la fille, cessant de claquer des dents. Nous avons chacune notre homme, monsieur. Nous ne plaisantons pas avec les blancs, comme ça, où ça se trouve. Je vous le jure, monsieur !

— Et moi, je te jure que voilà un rude mensonge. Tu sais bien qu'on n'a jamais vu de jolie fille café au lait repousser les avances d'un blanc. »

L'autre négresse se mit à trembler.

« Qu'est-ce qui vous flanque la frousse, à toutes les deux ? ricana Chism. Y a rien à craindre ici.

— Nous voulons rentrer chez nous, monsieur », implora l'aînée, et toutes deux firent un mouvement pour sortir. « Je vous en prie, monsieur, ne nous forcez pas à rester, monsieur. Nous voulons rentrer chez nous : on nous attend.

— Eloignez-vous de cette porte ! » cria Chism. Il attendit de les voir revenues au milieu du camion. « Comment t'appelles-tu ? demanda-t-il à la plus grande.

— Ruby.

— Et l'autre ?

— Ethelmae.

— Est-ce que je ne vous ai pas déjà rencontrées quelque part ?

— Je ne sais pas, répondit Ruby. Je ne vous reconnais pas, monsieur.

— D'où veniez-vous, par là ?

— De notre travail. Nous rentrions chez nous, en pensant à notre maison, comme toujours, quand vous nous avez arrêtées pour nous faire monter dans ce sale camion.

— Quel genre de travail faites-vous ?

— Domestiques.

— Chez des blancs ?

— Oui, monsieur. Toutes les deux.

— Est-ce qu'ils ne vous traitent pas bien, ces blancs ?

— Si, monsieur. Très bien.

— Alors, pourquoi avez-vous si peur de moi ?

— Parce qu'on connaît les blancs, monsieur. Ils ne cherchent tous qu'à lutiner les filles de couleur. Vous savez bien que c'est la vérité, monsieur. La vérité vraie.

— Je ne vais pas vous écorcher toutes vives si vous vous conduisez correctement.

— Mais nous voulons rentrer : nous serons en retard.

— Rien ne presse, à cette heure, dit-il en leur riant au nez. C'est bien trop tôt ! Vous ne sauriez pas à quoi employer votre temps ! Vous ne trouveriez rien de plus drôle à faire que vous tourner les pouces. »

Les deux filles échangèrent un regard de détresse. Ethelmae, la plus jeune, était frêle et menue ; Ruby, grande et plus développée.

« Pourquoi nous avez-vous poussées dans ce sale camion, monsieur ? implora-t-elle d'un air désespéré.

— Fais l'innocente !

— Sûr que je ne sais pas ce que vous voulez, monsieur.

— Ça va, dis ! Toutes les mal blanchies savent ce qui fait plaisir aux blancs.

— Vous avez tort de nous dire ça, monsieur. Nous sommes des filles sérieuses.

— Tu ne vas pas m'en remontrer, hein ! Je sais ce que je dis et je connais les garces de ton espèce. Allez, assez de boniments. A poil !

— Nous ne sommes pas des filles à ça, monsieur, protesta-t-elle. Nous sommes honnêtes et nous voulons rentrer chez nous.

— Si jamais je trouve une mal blanchie qui soit une sainte-nitouche, je jure que je veux bien qu'on me les coupe, dit-il en lui lançant une poignée de bourre de coton. Je les connais, les mal blanchies. Je ne traîne pas mes semelles depuis si longtemps sans avoir appris ce qu'elles valent, tes pareilles.

— Vous ne nous connaissez pas, monsieur, dit Ruby avec un hochement de tête énergique. Nous sommes des filles sérieuses, nous ne courons pas avec les blancs. Peut-être d'autres filles de couleur le font-elles, mais pas nous. Je vous le jure, monsieur.

— Continue tes discours si tu veux une baffe ! Allez, enlevez vos oripeaux, toutes les deux, en vitesse.

— Qu'est-ce que ce petit garçon fait là ? demanda Ruby en désignant Jarvis.

— T'es bien curieuse. Tu crois donc qu'il n'est pas comme les autres ? Mais, assez bavardé, retire tes frusques !

— Nous ne voulons pas d'histoires, monsieur, dit-elle d'un air égaré. Il est trop petit pour voir des filles. J'ai peur, monsieur. Je vous en prie, laissez-moi partir.

— Si je prends la peine de te fiche une raclée à t'arracher le goût de la parlote, tu regretteras de ne pas avoir fermé le bec avant.

— Je ne voulais pas vous contrarier, monsieur,

mais, vrai, je n'ai jamais vu de petit blanc aussi jeune que lui courir avec les filles. Ça nous attirera une vilaine histoire s'il le raconte à sa maman. »

Chism se redressa. « Il n'a plus de mère pour l'écouter. Ouste ! Ferme ça et mets-toi à poil ! »

Ethelmae fit un pas vers la porte, mais Chism la vit à temps pour l'attraper avant qu'elle ait pu sauter au-dehors. Il la bouscula sur les balles de coton.

« Pour moi, encore, ça va, monsieur, mais il ne faut pas demander ça à Ethelmae.

— Pourquoi donc ?

— Parce qu'elle n'est mariée que depuis un mois et que son mari ne sera pas content. Pourquoi ne la laissez-vous pas rentrer chez elle, monsieur ? Je vous jure que moi, je resterai et que je vous obéirai, si vous la laissez partir.

— Qu'est-ce que tu veux que ça me fasse ? Son mari ne le saura que si elle le lui dit. Explique-lui que je l'engage à filer doux, sinon je la rosse de telle manière que son mari et les autres s'en apercevront sans s'y prendre à deux fois. Dis-lui que, si elle ne marche pas, elle le paiera. Encore un mot de l'une ou l'autre et je parle de vous aux Ku-Klux-Klan. Ils vous remettront à votre place, toutes les deux, et si vite que vous n'aurez pas le temps de dire ouf.

— Etes-vous un Ku-Klux-Klan, monsieur ?

— J'en ai bien la tête ! » dit Chism en s'esclaffant.

Ruby disparut dans un coin sombre du camion et n'en revint qu'au bout de quelques minutes.

« Est-ce que ta copine est décidée à obéir ? demanda Chism.

— Elle ne voulait pas, mais faut bien, dit Ruby d'un air accablé. Vrai, ça m'ennuie que vous lui demandiez ça. Les blancs ne devraient pas folâtrer avec les filles de couleur. C'est pas joli, monsieur. »

Chism roula encore une cigarette et l'alluma. Puis il s'étendit sur les balles de coton et cracha sa fumée par la porte.

« Prenez-vous ce chemin-là tous les soirs pour rentrer chez vous ? demanda-t-il.

— Nous en avions l'habitude, mais sûr que nous ne le ferons plus, lui lança Ruby d'un air provocant. Nous aimerons mieux prendre une route plus longue et passer par la ville. On ne me reverra plus sur ce sale chemin. Plutôt mourir. »

Chism éteignit sa cigarette contre sa semelle et jeta le mégot par la porte.

« C'est pas ce qui m'empêchera de vous rattraper si ça me chante, dit-il en pouffant de rire. Vous aurez beau changer de route, j'arriverai bien à vous coincer. » Il se mit à son aise sur les balles de coton. « La prochaine fois, c'est avec Ethelmae qu'on rigolera. Je suis prêt à encaisser les pires pépins pour des mignonnes pareilles. »

VII

Chism vit de loin un attroupement devant le bureau de poste et crut d'abord que c'était une bagarre ; mais, en s'approchant, il aperçut Dan Blalock pérorant au milieu du groupe et forçant suffisamment la voix pour que les dix ou douze personnes qui constituaient l'auditoire puissent profiter de son discours. En jouant du coude, Chism s'avança comme il le put dans la mêlée. Le Membre du Congrès était lancé dans une longue histoire à épisodes multiples, au sujet d'un paysan que sa femme cocufiait avec un journalier. Il gesticulait et ne s'arrêtait de parler que pour lâcher un petit éclat de rire, mais, arrivé au passage le plus scabreux, il baissa la voix et on n'entendit plus que des murmures enroués. Chism se fraya un chemin à coups d'épaule, mais il était encore trop loin pour bien entendre. Les mieux placés riaient à gorge déployée, l'un d'eux tapa dans le dos du représentant. Celui-ci, content de son succès, prit le temps de rallumer son cigare. Chism, qui ne voulait pas être le seul à rester à l'écart et à perdre une occasion de rire, se joignit à l'hilarité générale.

Il reçut un coup de coude.

« Pour la rigolade y a pas mieux que Dan Blalock, dit son voisin en se tapant sur les cuisses. L'as-tu entendu raconter l'histoire du type qui se réveille au beau milieu de la nuit et demande à sa femme quel jour on est ? C'est à payer sa place. On peut dire qu'il a le chic pour nous faire tordre. On l'écouterait des heures entières. On croit quelquefois reconnaître une de ses bonnes histoires, mais il a une façon de la retaper de-ci de-là, de changer un mot ou un autre et ça finit par être ce que tes coquilles d'huîtres ont entendu de plus marrant. Faut être un as pour arriver à ça.

— De quoi parlait-il tout à l'heure ? demanda Chism.

— Oh ! C'était formidable. D'une bonne femme qui décampe avec le journalier au lever du jour, en emportant son matelas. Il faut entendre ce qu'elle dégoise à son mari, le soir ! Cette histoire-là, elle court les rues, mais quand c'est Dan Blalock qui la raconte, c'est à se tenir les côtes. »

La voix retentissante du Membre du Congrès s'éleva tout à coup au-dessus du brouhaha. Tous les spectateurs se turent et ne firent plus que se pousser et se bousculer pour ne pas en perdre un détail.

« Voyons, ceci me rappelle une drôle d'aventure qui se passa voici quelques années, au fin fond de la campagne », reprit Dan Blalock en se tortillant pour faire des petits signes d'amitiés aux uns et aux autres, cependant que sa grosse figure ronde brillait au soleil comme un miroir.

Les gens se pressèrent de plus en plus, en jubilant d'avance. Tous avaient déjà entendu Dan Blalock raconter cette histoire, mais le souvenir qu'ils en avaient gardé, joint à l'espoir d'une petite variante, redoublait leur curiosité.

« Voilà. C'était un jeune homme, un certain Jeff Ransom. Il épousa une jeune veuve de dix-neuf ans, qui venait juste d'enterrer son mari, à peine quinze jours plus tôt. Jeff, qui n'était qu'un pauvre gars de la campagne, ne savait pas très bien comment faire pour... »

Dan Blalock s'arrêta subitement. L'auditoire resta muet pour lui permettre de continuer tout de suite, mais il se haussa sur la pointe des pieds et inspecta de nouveau toutes les têtes à la ronde. Puis, avec l'air de se désintéresser de l'histoire, il en précipita la fin. Chism se demanda pourquoi Dan Blalock le dévisageait ainsi et il se retourna pour voir qui l'orateur pouvait fixer avec tant d'intérêt. Mais il n'y avait personne derrière lui. Pourtant Dan Blalock s'excusa d'être obligé de lever la séance à cause d'un rendez-vous urgent et il écarta tout le monde jusqu'à l'endroit où était Chism. Celui-ci s'empressa de s'effacer pour lui livrer passage.

Il n'en crut pas ses yeux quand l'orateur lui saisit la main et la serra avec transport.

« Tu es bien Chism Crockett, n'est-ce pas ? » lui dit-il et, là-dessus, il le prit par le bras et l'entraîna hors du groupe, sans que Chism songeât à se défendre.

Ils s'éloignèrent rapidement. Chism était trop éberlué pour dire quoi que ce soit. Dan Blalock ne lui avait jamais adressé la parole et il cherchait comment ce grand personnage le connaissait de vue et l'appelait même par son nom.

« Comme le hasard fait bien les choses ! dit familièrement le Membre du Congrès. C'est toi que je désirais voir. Je t'ai cherché, ce matin, en arrivant devant le bureau de poste et j'avais peur de devoir passer toute la journée à t'attendre. Que deviens-tu, Chism ? Comment va-t-on chez toi ? Tous les tiens en bonne forme, j'espère ! »

Chism en perdit le souffle. « La famille va bien », dit-il en épiant la figure épanouie de Dan. Et il s'appliqua à se mettre au même pas que lui. « Etes-vous sûr que ce soit bien moi que vous cherchiez, Mr Blalock ?

— Et comment ! fit Dan de sa voix vibrante, en étouffant un rire joyeux. A tel point que j'aurais considéré ma tournée comme une vraie perte de temps et d'énergie, si je n'avais pas réussi à bavarder un moment avec toi.

— Qu'avez-vous à me dire, Mr Blalock ? » Chism se demanda quel méfait il avait commis pour que le Membre du Congrès vienne d'aussi loin que Washington pour le pincer. Il le lorgna du coin de l'œil. « Je vous jure que j'essaie toujours d'être régulier dans le boulot, Mr Blalock. »

Ils descendirent la Grande-Rue au bras l'un de l'autre. Le Membre du Congrès ne cessait de saluer de la tête et de faire des signes de sa main libre. Chism se sentait gêné en compagnie d'un si grand homme. S'il avait su, il aurait mis une chemise propre, le matin. Il était de plus en plus intrigué quand, à un coin de rue, Dan Blalock dégagea son bras et ralluma son cigare. Chism en profita pour s'écarter un peu.

« Je vois que tu te demandes de quoi je veux t'entretenir, Chism ; mais gagnons d'abord un endroit tranquille. Je n'aime pas traiter les affaires personnelles sur la voie publique. » Il mit sa main sur l'épaule de Chism. « Je suis vraiment heureux d'avoir pu te découvrir dans la foule de tout à l'heure.

— Mais qu'est-ce que vous me voulez, Mr Blalock ? »

Le Membre du Congrès hocha la tête d'un air entendu et reprit sa marche vers le Southland Hôtel. Chism emboîta le pas.

Ils ne dirent pas un mot jusqu'à l'entrée du hall.

« Montons dans ma chambre. Personne ne viendra nous déranger », dit Dan Blalock en reprenant le bras de Chism et en le poussant sur le seuil.

En traversant le hall, Dan prodigua encore quelques saluts et quelques gestes de la main. Quand ils arrivèrent au cinquième étage, devant la porte de Dan Blalock, Chism était au comble de l'inquiétude.

« Nous y voilà ! » dit le Membre du Congrès avec un geste large quand il eut introduit son hôte et refermé la porte. « Mais buvons une petite goutte avant d'attaquer le sujet. Rien ne vaut une bonne bouteille pour lier tout à fait connaissance. Goûte-moi un peu ça, Chism. »

Chism prit le verre que Dan lui avait rempli et le vida d'un trait. Il se sentit un peu ragaillardi et chercha un siège. Dan emporta son whisky et s'assit sur le bord du lit. Là il leva son verre et dit en fixant Chism :

« Pour que tu aies un peu plus de foin dans tes bottes ! » Et il lampa l'alcool. Puis il posa son verre à côté de lui et alluma un cigare. « Chism, dit-il en inclinant légèrement la tête, je veux t'exprimer mes remerciements pour le secours loyal que tu m'as accordé pendant des années. Tu me vois d'ailleurs confus d'avoir négligé jusqu'à présent de te témoigner ma gratitude la plus cordiale. Je suis, en effet, intimement persuadé de n'avoir pas, dans toute ma circonscription, de partisan plus fidèle que toi et je ne veux point tarder davantage à te manifester mon estime. C'est grâce aux hommes de ton mérite que me voilà élevé à une situation lourde d'innombrables devoirs et de graves responsabilités, mais aussi, disons-le, d'honneurs — et je tiens à te dire que je te serai éternellement reconnaissant de ta confiance en moi.

— Y a pas de quoi, Mr Blalock. J'ai voté pour vous une ou deux fois, si je me rappelle, mais autrement, j'ai pas seulement pris la peine d'aller jeter ce bout de bulletin dans l'urne, au dernier couple d'élections. Mais, sûr que je voterai pour vous, la prochaine fois. Vous pouvez compter dessus.

— Je te remercie de me promettre ta voix, Chism. Je sais que je puis dorénavant me fier à ton soutien. » Il se leva pour emplir de nouveau les deux verres. Chism vida tout aussitôt le sien. « Les promesses comme celle que tu viens de me faire sont d'un puissant secours pour les hommes de mon rang. Elles facilitent notre besogne et nous permettent ainsi de nous dévouer davantage à l'amélioration du sort de nos semblables. Si tous les Représentants étaient assurés de la voix d'hommes de ta trempe, nous pourrions consacrer plus de temps aux affaires essentielles du pays. Ce va-et-vient continuel entre Washington et nos circonscriptions freine singulièrement les roues du char de l'Etat. »

Dan vida son verre et le posa sur la table. Chism se mit à rouler une cigarette.

« Maintenant, attaquons le vif du sujet, fit Dan Blalock avec entrain. Je crois t'avoir exprimé mon vif désir de te remercier en proportion de l'aide précieuse que tu m'as accordée ces dernières années — et, en cela, je suis profondément sincère. Je me propose, en outre, d'agir avec la promptitude et la décision qui s'imposent. » Il s'adossa et tira une bouffée de son cigare, en regardant Chism confectionner sa cigarette. Il attendit de la lui voir allumer. « J'ai la ferme conviction qu'un homme comme toi se doit de participer au gouvernement lui-même. C'est là que doit accéder un homme doué de capacités supérieures et j'aimerais voir le gouvernement dont je m'honore de faire partie s'assurer tes services, en te plaçant dans une situation appropriée à tes mérites. Grâce à mes influences, j'aurais le bonheur d'être en mesure d'y pourvoir. Tu as été un bon citoyen, tu es un soutien loyal du parti ; en somme, tu es un défenseur de notre civilisation.

— Sûr que j'aimerais travailler au gouvernement, Mr Blalock, mais, à première vue, je ne vois guère à quoi je pourrais être utile.

— Eh bien ! Nous allons voir ça, dit gravement le Membre du Congrès. Tu as une considérable expérience de l'agriculture, me suis-je laissé dire.

— Oui dame ! J'ai travaillé de mes mains sur deux cents arpents, jusqu'au jour où j'en suis devenu le maître ; alors, je les ai vendus pour venir habiter la ville, il y a un an à peu près. Pa prétend que je l'ai pris en traître, mais c'est tout simplement parce que je lui ai fait signer des papiers auxquels il ne comprenait goutte et qui m'ont permis de vendre la ferme. Si j'ai quitté la terre, c'est que j'en avais marre de me crever dessus et j'ai juré que je n'y remettrais jamais les pieds, même si...

— Mais tu as une connaissance solide et éclairée des travaux agricoles, n'est-ce pas ?

— Vous pouvez le dire.

— Et tu es bien au courant des cultures locales. Est-ce exact ?

— Pour ça, oui.

— Et tu sais bien reconnaître les plantes parasites quand tu les vois, n'est-il pas vrai ?

— Pour sûr.

— Eh bien ! C'est parfait, Chism ! dit Dan avec un sourire épanoui. J'étais sûr que tu avais toutes les qualités requises.

— Je suis aussi très fort sur la chasse à l'opossum, s'empressa d'ajouter Chism. J'ai passé le plus clair de ma vie à suivre mes chiens et je suis capable...

— Peu importe, éluda le Membre du Congrès. Tes réponses me suffisent. Voilà : je suis à même de savoir que le ministère de l'Agriculture s'est vu voter un supplément de crédit pour étendre ses activités à l'inspection des plantes et primeurs. Nous avons impérieusement besoin d'hommes qualifiés. Accepterais-tu de servir le pays de cette manière ? Bien entendu, tu toucherais un gros salaire.

— Sans blague ? répliqua Chism. A mon avis, y a rien de plus chic sur cette garce de terre que travailler au gouvernement. Et être payé pour ça, par-dessus le marché !... J'aurais jamais pensé qu'on me demanderait ça. Je croyais qu'il fallait un piston du diable pour décrocher ces postes-là et être régulièrement payé.

— Oh ! Ne sais-tu pas, Chism, que dans notre petite sphère nous passons notre temps à nous entraider ? C'est ce qui fait la grandeur de la vie. Et c'est un des côtés de notre idéal. Idéal, il faut le dire, assez particulier à mon propre district. J'avoue que, dans d'autres endroits, — oui, même sans aller chercher très loin dans notre pays, — cet esprit fraternel fait cruellement défaut. Mais ici, c'est bien net. Chacun aide son voisin s'il le voit dans la détresse et, en retour, il ne s'étonne nullement que l'obligé lui tende une main secourable au moment où il a besoin d'aide. C'est pourquoi je déclare que, dans ma circonscription, nous sommes tous frères. Oui, nous nous faisons un plaisir de nous rendre mutuellement service. Tel est vraiment notre vœu le plus cher, grâce à Dieu. C'est un bel idéal.

— Vous dites bien vrai là-dessus, Mr Blalock. C'est un plaisir de rendre service à ses amis et connaissances.

— C'est donc au nom de cet esprit fraternel que je veux t'accorder cette faveur, Chism. J'en serai amplement récompensé par ton dévouement à ma cause, par ta confiance, aussi bien que par la coopération des membres de ta famille, de ceux qui ont l'âge de voter, s'entend. Je considère comme très blâmable une famille divisée sur la question politique. Il n'est pas digne de notre coin de ne pas s'unir en famille sur le même candidat, pas plus qu'il ne serait décent, à nous autres, personnages officiels, de mettre en pièces l'étiquette du parti.

— Si on pouvait entendre ça chez moi! s'écria Chism illuminé. C'est ça qui va les faire tenir tranquilles quand ils sauront que j'ai une mission du gouvernement et que je suis payé en plus. Comment qu'ils vont écarquiller les yeux quand ils apprendront ça ! Pa et les autres n'auront qu'à la boucler sur cette satanée ferme. »

Dan Blalock se leva et versa de généreuses portions de whisky. Après avoir sifflé la sienne, Chism s'étala sur sa chaise. Il commençait à ne plus se sentir très stable et, quand il se mit à préparer une autre cigarette, tout le tabac tomba sur le plancher. Dan lui tendit un cigare.

« Maintenant que nous avons réglé cette affaire, dit Dan Blalock en baissant la voix, j'aimerais te demander un service, Chism.

— Mr Blalock, je vous donnerais ma chemise, après ce que vous avez fait pour moi.

— Je te serais personnellement reconnaissant, Chism, fit Dan dans un murmure enroué, en se rapprochant, si tu m'aidais à arrêter certains potins qui courent sur ta fille Vickie. Voilà : j'ai reçu l'autre soir un petit groupe d'amis dans cette chambre et il s'est trouvé une chipie qui, sans respect ni pour ma situation ni pour ma carrière, a répandu le bruit que ta Vickie était parmi mes hôtes. On a même été jusqu'à prétendre qu'on l'avait vue quitter ma chambre à une heure avancée de la nuit. Un mot de toi par-ci par-là empêcherait ces commérages de se répandre en ville et je t'en saurais gré. Nous devons faire tout ce que nous pouvons pour défendre la femme. »

Chism hocha la tête. « Je ne vois pas d'inconvénient à marcher avec vous.

— A la bonne heure ! fit Dan. Et j'espère que tu auras à cœur de démentir les cancans injurieux qu'il t'arriverait d'entendre. Tu comprendras que je ne puis admettre de savoir mon nom accolé à celui d'une personne du beau sexe. Les politiciens doivent être prudents, tu sais. D'un autre côté, Vickie est une jeune femme très sympathique et, au nom de l'esprit fraternel qui règne dans ma circonscription, j'entends que tout soit mis en œuvre pour défendre la réputation de la femme en général. Ce point a fait l'objet de plusieurs de mes déclarations publiques et j'ai toujours tenu à définir bien clairement mon opinion sur un problème de cette importance. Je n'ai jamais manqué d'y mettre l'accent au cours de différents discours officiels. Il ne faut jamais négliger l'occasion de sauvegarder au maximum la réputation de la femme.

— Quand croyez-vous que j'aurai la mission du gouvernement, Mr Blalock ? demanda Chism. Autant vous dire tout de suite que j'ai mangé tout l'argent de la ferme et que je suis complètement à sec. Si Ross et Vickie ne me faisaient pas de petites avances, nous n'aurions rien à nous mettre sous la dent.

— Je vais m'occuper de ton affaire sans tarder, Chism. Il me faudra quelques jours pour imposer ta candidature, mais tu peux être assuré d'ores et déjà que je m'emploierai activement à défendre tes intérêts. »

Là-dessus, Dan Blalock se leva et, d'un pas titubant, alla ouvrir la porte. Sentant qu'il avait de la peine à conserver son équilibre, il s'agrippa au dossier d'une chaise et s'y appuya. Il y resta un long moment, immobile, attendant que Chism se levât à son tour. De guerre lasse, il alla jusqu'à lui et le secoua vigoureusement.

« Pourquoi ne t'en vas-tu pas ? » dit-il en s'efforçant de fixer son regard sur Chism.

Chism hocha la tête.

« Je suis bien, ici, et je voudrais que vous me parliez encore de ce que le gouvernement va me donner à faire. » Il se leva, s'approcha cauteleusement de la table et commença à se servir. « Il y a longtemps que je n'ai pas eu tant d'alcool à ma disposition. Restons encore, Mr Blalock, et parlons de nos petites affaires. »

Il emplit son verre et tendit la bouteille à Dan. Celui-ci la vida, mais il restait à peine de quoi couvrir le fond de son verre. Dan lança la bouteille vide par la fenêtre. Il attendit le bruit qu'elle fit en se cassant sur le pavé, puis il en prit une autre, qu'il entreprit de déboucher. Pendant qu'il s'absorbait dans cette opération, Chism lui passa un bras autour du cou.

« Comment qu'elle était, cette histoire que vous racontiez tout à l'heure, devant le bureau de poste, au sujet de Jeff Machin-chouette et de la jolie veuve ? Comment a-t-il fait, pour finir, ce pauvre Jeff, Mr Blalock ? »

Avant que Dan ait pu répondre, Chism recula et, prenant son élan, lui décocha une tape magistrale dans le dos. Dan lâcha la bouteille sur la table, si violemment que les verres tombèrent sur le parquet.

« Je me vengerai, Crockett ! cria-t-il avec indignation. Tu verras !

—Mr Blalock, je voulais seulement vous montrer que j'avais l'esprit fraternel », bredouilla Chism d'un air penaud.

VIII

Derrière une cloison mince, la partie de dés se déroulait comme d'habitude, à la tombée de la nuit, dans une salle de jeu sommairement meublée, où un tabouret de bois haut de cinq pieds dominait une longue table couverte d'un tapis où quelques crachoirs étaient disséminés sur le plancher rêche et poussiéreux. Aux murs, quelques calendriers de couleurs vives portaient l'image de femmes nues dans des poses aguichantes. Les carreaux des fenêtres, enduits de peinture blanche, empêchaient les gens qui passaient dans la ruelle de regarder à l'intérieur et la porte était fermée à double tour : il fallait montrer patte blanche pour entrer. Ce jour-là comme tous les autres, la salle hermétiquement close était saturée d'une odeur de tabac refroidi. Les habitués avaient pris leurs places dès quatre heures et d'autres étaient venus s'attabler un petit moment.

Nobby avait essayé sans succès de se faire prêter de l'argent par l'un ou l'autre de ses camarades et Vince Wood, qui présidait du haut de son tabouret, lui avait déjà fait de nombreux signes de tête sur lesquels il n'y avait pas à se méprendre. Le règlement était formel :

celui qui n'avait plus d'argent sur lui et ne trouvait pas à en emprunter devait quitter la salle de jeu. Nobby s'attendait donc à être mis à la porte d'une minute à l'autre s'il ne se hâtait pas de sortir de son plein gré. Bien plus, il s'exposait à se voir condamner l'entrée la prochaine fois, même s'il arrivait les poches pleines. C'était un risque à ne pas courir. Il venait de perdre quarante dollars, c'est-à-dire toute sa fortune, car il avait même vu filer les cinq dollars qu'il gardait toujours en réserve en cas de coup dur — et sans parler des vingt autres qu'il avait empruntés au cours de la partie à Ben Humphrey, comptant toujours forcer la chance. Mais Ben Humphrey qui avait perdu lui-même quinze dollars, avait refusé de lui prêter davantage et était d'ailleurs parti reprendre son service de veilleur de nuit à l'entreprise de pompes funèbres. Rien à espérer des autres joueurs, qui lui avaient fait la sourde oreille. Nobby était d'une humeur massacrante.

Il cracha rageusement sur le plancher, en narguant Vince Wood d'un regard haineux. Celui-ci dégringola aussitôt de son perchoir, mais Nobby eut vite fait de déguerpir avant que l'autre ait mis la main sur lui. Il savait bien qu'il était meilleur au *snooker-pool* qu'au coup de dés, mais ce jeu le fascinait par sa rapidité à faire passer de grosses sommes de mains en mains et, chaque fois qu'il ramassait dix ou quinze dollars grâce à son habileté au *snooker-pool,* il s'empressait de revenir dans cette salle, absolument sûr que, cette fois, il raflerait l'argent de tous les joueurs. Pourtant, s'il se mettait de la partie, Vince Wood ne le lâchait pas de l'œil : il l'avait pincé un jour en train de tricher et l'avait prévenu qu'en cas de récidive l'entrée de la salle de jeu lui serait fermée à tout jamais.

Nobby se résigna donc à partir et sortit lentement dans la rue, serrant ses poings au fond de ses poches, la paume des mains en sueur et maugréant à la fois contre Vince Wood qui l'obligeait à renoncer et contre tous ceux qui lui refusaient de l'argent. Il repoussa l'idée de se diriger vers le bureau des pompes funèbres pour y chercher une somme quelconque : Ben Humphrey lui avait dit d'un ton ferme et catégorique qu'il ne lui avancerait plus un dollar avant d'être remboursé.

Nobby resta donc un instant en bordure du trottoir et débita toute une série de jurons, les lèvres tremblantes de rage et les yeux fixés sur le cinéma d'en face qui rutilait de lumières. Il était près de neuf heures et le froid de la nuit commençait à piquer. La séance de cinéma ne serait pas finie avant onze heures, au plus tôt, et les passants étaient rares à ce moment-là. Pourtant il hésita un peu au coin de la rue, espérant voir surgir un richard susceptible de lui faire une avance ; mais, après avoir lâché un dernier juron, il décida de s'en aller et descendit la Grande-Rue.

Arrivé devant le Café Rainbow, il s'arrêta et, appuyant sa figure contre la paroi vitrée, avec les deux mains en cornet à hauteur de ses yeux pour s'abriter de la lumière, il chercha Vickie. Il aperçut Pauline, l'autre servante de nuit, qui servait un client au bar et il attendait encore que Vickie paraisse lorsque Nick Dopolous surgit sur le pas de la porte et le regarda dans le blanc des yeux, sans dire un mot. Nobby fit un écart et le couvrit d'injures. Nick resta impassible. Alors, Nobby cracha avec ostentation sur le trottoir et se remit en route.

Il ne savait pas où aller, bien qu'il ne fût qu'à peine

plus de neuf heures. Finalement, il se résolut à rentrer. Devant l'église presbytérienne, il pestait encore contre Vince Wood, Nick Dopolous, Ben Humphrey et tous ceux dont le souvenir se présentait.

Quand il mit le pied chez lui, Grandpa Crockett et Jarvis, effarés de le voir rentrer de si bonne heure, le dévisagèrent comme s'ils ne l'avaient jamais vu. Nobby tira la langue et fit une grimace à Jarvis. Puis, passant outre, il entra dans sa chambre et claqua vigoureusement la porte.

Jarvis courut à la cuisine, pour avertir Dorisse. Elle finissait de laver la vaisselle avec Jane et bavardait devant l'évier. Jarvis la tira par la manche.

« Nobby vient de me faire une grimace, frangine. Il m'a tiré la langue.

— Que dis-tu là, Jarvis ? demanda-t-elle sans y croire.

— Il vient de rentrer, lui dit-il en dressant son pouce en direction de leur chambre. Même qu'il fait une sale tête.

— Es-tu bien sûr de ce que tu dis, Jarvis ?

— Sûr et certain. Je l'ai vu. De mes yeux, vu. Sinon, comment saurais-je qu'il m'a fait une grimace ? Et aussi vrai, je t'assure qu'il a l'air drôlement en rogne. »

Dorisse jeta un long regard à Jane en s'essuyant les mains au torchon à vaisselle, mais ni l'une ni l'autre ne dirent un mot. Elle quitta précipitamment la cuisine et courut à sa chambre.

En ouvrant la porte, elle vit Nobby assis sur le lit, le dos tourné, les épaules un peu penchées en avant et la tête dans les mains. Son chapeau était par terre, il avait dû le jeter au hasard en entrant.

Elle avait envie de s'élancer, de le prendre dans ses

bras et de lui dire combien elle était heureuse de le voir rentré de si bonne heure, mais elle ne savait pas quelle était son humeur et elle craignait de l'agacer. Elle fit donc un petit détour et s'arrêta prudemment à quelques pas de lui.

« Bonsoir, Noble ! » murmura-t-elle en freinant le plus possible son élan. Elle s'en tint là et attendit qu'il eût levé la tête. Alors, elle accourut et s'assit à côté de lui. « Je ne t'espérais pas si tôt, Noble », se risqua-t-elle à dire et, pendant quelques instants, elle le couvrit d'un regard ardent, mais sans oser lui parler. « As-tu dîné, Noble ? Veux-tu que je te fricote quelque chose ? Ce serait vite prêt et je serais si contente de te faire une douceur. » Elle attendit de minute en minute, mais il s'obstinait dans son mutisme. « Qu'est-ce qui ne va pas, Noble ? gémit-elle. Que se passe-t-il ? Je t'en supplie, dis-moi. »

Il sortit une cigarette et l'alluma nerveusement. Elle se contraignit à attendre, les mains crispées l'une contre l'autre sur ses genoux. Il jeta l'allumette enflammée par terre.

« J'ai besoin d'argent », déclara-t-il.

Elle eut envie de lui répondre que, s'il travaillait, il en gagnerait ; mais elle sentit que ce n'était pas le moment de le lui dire. Et elle se contenta de poser la main sur son bras pour attirer son regard. Il la repoussa d'un geste brusque.

« Il me faut de l'argent, reprit-il. Je n'ai plus le rond, je suis ratissé. Je veux de l'argent tout de suite.

— Noble, tu sais que je ferais n'importe quoi pour toi..., dit-elle tendrement, et elle se pencha en avant pour capter son regard. Tu le sais bien, Noble.

— Alors, donne-moi du fric !

— Mais je n'en ai pas, Noble. Comment en aurais-je puisque tu ne m'en donnes jamais ? »

Nobby leva son pouce par-dessus son épaule.

« Eh bien ! va leur en demander.

— Grandpa et Jane n'en ont pas, Noble. Et Papa n'est pas là.

— C'est pas sur lui que je compte, ricana-t-il. Ton vieux ne me cracherait même pas sa fumée à la figure, s'il savait que j'étais en mal de cigarettes. Il n'a aucun égard pour moi depuis que je lui ai dit que je n'étais pas homme à patauger la nuit dans le bled pendant que ses sacrés chiens courent après l'opossum. Il a une dent contre moi depuis ce jour-là. » Nobby se leva, fit quelques pas dans la chambre et revint.

« Assez d'histoires, dit-il d'un air tragique. Je veux de l'argent. J'en ai besoin tout de suite. Alors, débrouille-toi. Va m'en chercher ! »

Dorisse se mit à trembler devant cet ordre impératif. Le cœur battant, elle resta pourtant immobile au bord du lit, tandis que lui, sans sourciller, la fouillait du regard avec une cruauté impitoyable. Elle crispa encore plus fort ses mains l'une contre l'autre.

« Eh bien ! Va ! Débrouille-toi, fit-il. Tu ne comptes pas rester là comme une souche ? »

Elle se leva docilement. « Que veux-tu dire, Noble ? demanda-t-elle d'une voix humble.

— Cette question ! Assez de comédie, hein ! J'ai besoin d'argent. Faut que tu m'en donnes. Est-ce assez clair ? »

Elle secoua la tête et implora : « Mais, Noble, où... ?

— Crédié ! C'est ton affaire. Je ne vais pas te mâcher ton métier.

— Mais je ne sais pas au monde... » Elle s'arrêta,

suffoquée à la pensée de ce qu'il attendait d'elle. « Noble, comment pourrais-je... ?

— Comment font les autres ? Où crois-tu que Vickie prenne son fric, quand elle en a besoin ?

— Mais, Noble, tu ne peux pas me demander ça ! Elle hocha la tête, désespérée. C'est impossible, Noble. Tu blagues. Sûr que tu blagues, Noble !

— C'est pas une blague que je veux du fric. »

Elle éprouva une sorte de soulagement et essaya de sourire.

« Tu ne pouvais pas me demander de faire comme Vickie. Je pensais bien que tu blaguais.

— Si tu crois ça, tu te trompes, car c'est bien ce que je veux. — Il la regarda durement. — Tu vas y aller tout de suite. Sinon, je cogne.

— Mais, Noble, tu ne veux pas que j'aille faire le trottoir ?

— Fais ce que tu veux. Je m'en moque, lui cria-t-il. Tu entends ? » Il la prit par le bras et la poussa brutalement vers la porte. « Vas-tu te décider, ou attends-tu que je cogne ?

— Noble, je t'en prie », implora-t-elle, terrorisée. Il fit un pas vers elle. « Ta gueule ! rugit-il. J'en ai assez de tes pleurnicheries. »

Elle baissa la tête, alla ouvrir la porte et sortit. Son grand-père l'interrogea du regard en la voyant passer dans l'antichambre, mais elle n'osa pas même risquer un coup d'œil vers lui. Elle traversa la cour en luttant pour retenir ses larmes ; mais, quand elle fut dehors, elle s'avisa que ce n'était pas le moment de pleurer. Elle partit vers le centre de la ville en se disant et se répétant que Nobby ne lui aurait jamais imposé cela s'il n'avait pas tout essayé pour se débrouiller seul.

Elle se demanda ce qui se passerait si elle revenait sur ses pas et rentrait les mains vides, mais l'image de Nobby en colère l'effraya tellement qu'elle fit effort pour l'écarter.

Elle passa devant l'église presbytérienne et prit la Grande-Rue. Là, elle croisa quelques hommes, des inconnus, qui se retournèrent à son passage et la suivirent d'un long regard curieux. Elle se hâta vers le Café Rainbow, contrariée de devoir s'adresser à Vickie, mais se disant qu'il n'y avait pas d'autre méthode.

De loin, Vickie la vit entrer et s'accouder au bar. Elle arriva aussitôt et lui demanda ce qui l'amenait à cette heure. Dorisse lui avoua qu'elle avait besoin de dix dollars tout de suite. Vickie la regarda un moment et pouffa de rire.

« Tu ne trompes pas ton monde, Dorisse.

— Que veux-tu dire ?

— C'est Nobby qui t'envoie, hein ? »

Dorisse hocha la tête malgré elle et murmura : « Oui. »

« Peut-on savoir pourquoi ? Il n'a pas eu la chance qu'il méritait aux dés ?

— Je ne sais pas. Il ne me l'a pas dit.

— J'en sais plus long que toi sur Nobby Hair, Dorisse. Nick l'a vu, il y a une demi-heure, le nez collé à la vitre, mais il a détalé dès que Nick s'est approché de la porte pour voir ce qu'il voulait.

— Ça ne nous regarde pas, protesta Dorisse. Personne n'a le droit de calomnier Noble.

— Ça nous regarde énormément, Dorisse. Qu'est-ce que Nobby Hair a jamais fait pour toi, sinon te rendre la vie infernale ? Pourquoi ne le plaques-tu pas, Dorisse ? Il faut que tu le laisses tomber avant que ça se gâte. Crois-moi, tu l'oublieras et t'en trouveras un autre. Tout le monde sait que c'est un vaurien et qu'il ne sera jamais capable de travailler, même s'il voulait s'y mettre. T'auras beau faire et t'éreinter pour lui, tu ne le changeras pas. Il a dépassé les bornes et dégoûté tous ceux qui auraient pu l'aider. Plaque-le, Dorisse. Je sais ce que je dis. Il n'y a rien de bon à espérer de lui et il t'entraînera dans la catastrophe, si tu ne te débines pas à temps. Je t'en supplie, fais-le avant qu'il arrive du vilain, Dorisse. N'attends pas trop, je t'assure. C'est le moment. Si tu hésites, il sera trop tard. Regarde donc les choses en face !

— Mais je l'aime ! protesta Dorisse en bravant le regard de sa sœur. Comprends-moi bien, Vickie. Je ne pourrais pas lui faire un sale coup, puisque je l'aime. Et je suis sûre que je l'aimerai toujours, quoi qu'il fasse. C'est mon mari. Je sais qu'il a grand tort, mais ça ne m'empêche pas de l'aimer. Tu verras, il changera beaucoup, dès que nous habiterons seuls. J'en suis sûre, ce sera un autre homme.

— En effet, je vois bien que tu l'aimes, avoua Vickie. Il faut vraiment que tu l'aimes pour supporter la façon dont il te traite, y a pas à tortiller. »

Elles tombèrent l'une et l'autre dans le mutisme. Au bout d'un moment, Nick, surgissant de derrière sa caisse, vint à elles :

— Qu'est-ce qui vous rend si sombres, fillettes ? demanda-t-il.

— Ça ne te regarde pas, Nick », répondit Vickie en lui faisant signe de s'en aller. Mais il les dévisagea l'une et l'autre.

« En tout cas », dit-il en menaçant Vickie du doigt, avant de tourner les talons, « défense de laisser ton travail, ce soir, et de sortir. Pauline s'est plainte d'avoir à faire ton boulot pendant que tu te pavanes en ville. Rappelle-toi ça, Vickie. »

Dorisse attendit que Nick fût retourné assez loin pour ne pas entendre ce qu'elle voulait dire.

« Je ne sais pas quoi faire, Vickie, murmura-t-elle tout abattue. Il faut que je trouve ces dix dollars. C'est absolument indispensable.

— Je sais bien sur quoi je parierais dix dollars, dit Vickie en lorgnant sa sœur.

— Que veux-tu dire ?

— Je parie que Nobby Hair, en rentrant tout à l'heure, t'a mise à la porte avec mission d'aller chercher cette somme et que, si tu lui as demandé où t'adresser, il t'a répondu de te débrouiller comme tu pourrais. Ça ne m'étonnerait pas de lui.

— Mais il en a besoin et il ne me veut aucun mal.

— Il t'a envoyée de force, hein ? — Vickie vit sa sœur détourner la tête. — Tu ne crois même pas toi-même qu'il ne te veuille aucun mal.

— En tout cas, je veux lui faire plaisir, Vickie. Il a besoin de moi. Si tu étais amoureuse, tu ferais n'importe quoi...

— Dieu m'en garde, si c'est pour en arriver là », s'écria Vickie.

Elle se leva et se dirigea vers l'entrée du restaurant, où Nick trônait derrière la caisse. Elle lui parla d'un air sérieux et convaincu, sans qu'il cessât de hocher la tête en continuant à parcourir son journal. Mais Vickie trouva sans doute le bon argument, car il finit par ouvrir le tiroir-caisse, au-dessous de la pancarte : « Pas de crédit », et par lui tendre dix dollars. Elle signa un reçu et revint vers sa sœur, cependant que Pauline, qui n'avait rien perdu de la scène, faisait un sourire ironique.

« Je n'aurais jamais cru que je ferais ça pour Nobby Hair », dit Vickie en reprenant sa place près de Dorisse et en lui remettant la somme. « Mais, aie la bonté de lui dire que j'ai fait ça pour toi, pas pour un homme qu'envoie sa légitime faire le tapin.

— Merci, Vickie ! » dit Dorisse toute radieuse.

Elle se leva et sortit tout droit, sans même regarder Nick en passant devant lui. Elle remonta prestement la Grande-Rue en s'appliquant à éviter le regard insistant des hommes piqués au coin des rues et, arrivée devant l'église presbytérienne, elle se mit à courir à toutes jambes.

En ouvrant la porte de sa chambre, elle découvrit Nobby affalé sur le lit, fumant une cigarette. Elle hésita un instant devant son regard gouailleur. Puis elle accourut et s'assit près de lui. Il resta renfrogné jusqu'à ce qu'elle eût desserré les doigts pour lui offrir l'argent. Il se dérida instantanément, prit la somme à pleines mains et palpa les billets, la figure détendue par un sourire de ravissement. Il regarda de nouveau le butin et l'enfouit dans sa poche.

« Je ne croyais pas que tu y arriverais, dit-il avec un ricanement. Je pensais que tu n'aurais pas assez de cran pour ça. »

Dorisse ne répondit pas et pensa à ce que Vickie venait de lui dire.

« Comment as-tu ramassé ça, Dorisse ? » finit-il par lui demander.

Elle préféra se dispenser de répondre et baissa les yeux.

« As-tu fait le tapin, ou quoi ? »

Elle prolongea son mutisme.

« Qu'est-ce qui te prend ? C'est un secret ? »

Avant qu'elle ait su quoi répondre, Nobby s'était levé et avait attrapé son chapeau. Il se campa devant la glace et baissa le bord sur ses yeux. Quand elle le vit gagner la porte, elle eut envie de s'élancer vers lui et de le supplier pour qu'il reste, mais elle ne se sentait la force ni de faire un mouvement, ni de proférer une parole. La main sur le bouton de la porte, il se retourna et cligna de l'œil.

« Merci mille fois, Dorisse, l'entendit-elle lui dire. Sûr que ça va me tirer de la poisse. »

Il sortit de la chambre et claqua la porte. Elle resta immobile, les doigts crispés au bord du lit, écoutant les pas s'éloigner. Quand elle n'entendit plus rien, elle s'effondra, se laissant aller de tout son long, la tête contre la couverture.

IX

Jane s'était attardée à l'école après la fin des cours pour faire un travail supplémentaïre au laboratoire et, quand elle fut prête à partir, il faisait presque nuit. Le portier, impatient de la voir s'en aller pour fermer le bâtiment, trépignait depuis un quart d'heure. Pour rentrer chez elle, le chemin le plus court consistait à couper le *campus* en diagonale et à passer derrière la petite estrade de bois adossée à la rue. L'équipe de football s'était entraînée dans l'après-midi, mais le terrain de sport était désert quand elle s'y engagea. Un vent de sud-est, chargé d'humidité, soufflait sur le *campus* et un voile de brouillard nocturne flottait à ras de terre.

Elle pressait le pas en passant dans l'ombre que projetait l'estrade, quand elle vit surgir une ombre devant elle. Elle pensa que quelqu'un avait dû se cacher derrière un des piliers de bois et la guetter pendant qu'elle traversait le *campus*. Elle allait faire demi-tour et s'enfuir en courant, lorsqu'elle reconnut le capitaine d'équipe, Russ Thornton. Il s'avança et lui prit le bras.

« Bonsoir, Jane, dit-il amicalement. Pourquoi sors-tu si tard ? Il fait presque nuit. Le professeur t'a-t-il gardée après la classe ? »

Sans lui laisser le temps de répondre, il l'entraîna sous l'estrade. Elle regarda tout autour d'elle, mais ne vit rien d'autre que la petite auto grise de Russ, arrêtée en bordure du trottoir. Russ était un homme sympathique et gentil, qui approchait de la quarantaine et qu'on voyait toujours habillé de tweed gris ou marron. Il était capitaine d'équipe du football de l'école depuis cinq ans et tous ses camarades l'aimaient. Petit, râblé, il avait l'allure agile et athlétique. Il avait été si bon gardien de but, en son temps d'Université, qu'on l'avait surnommé : « Distribution spéciale ». Et, plus tard, ses prouesses sportives lui avaient valu de diriger trois fois de suite des équipes de championnats d'Etat.

Jane essaya ostensiblement de s'écarter de Russ, mais il ne l'agrippa que plus fort et avec plus d'insistance. Elle regarda de nouveau derrière elle, mais, aussitôt, il lui prit la taille et l'entraîna en lui faisant tourner le dos à la rue. Elle eut encore plus peur, voyant combien il faisait noir sous l'estrade.

« Que veux-tu, capitaine ? » demanda-t-elle en faisant tous ses efforts pour garder son sang-froid.

« Je voudrais te montrer mon bureau, Jane », dit Russ en la poussant avec douceur et fermeté vers l'ombre de l'estrade. « J'ai un bureau ici. J'y travaille souvent. Tu ne savais pas, je suis sûr, qu'un capitaine d'équipe avait plus de paperasserie à faire qu'un élève de première, n'est-ce pas, Jane ?

— Non, en effet », dit-elle nerveusement, en cherchant un prétexte pour se dispenser de l'accompagner.

Ce n'était pas tant qu'elle eût peur de Russ, mais elle

savait qu'elle ne devrait pas rester seule avec lui dans un endroit sombre et désert.

« Je viendrai visiter ton bureau un autre jour, dit-elle en se dégageant. Il faut vraiment que je rentre : il est très tard et...

— Mais je veux te le montrer tout de suite, Jane », dit-il en lui serrant la taille avec encore plus de chaleur.

Elle se rendait bien compte qu'elle avait tort d'accepter, mais elle cessa toute résistance et se laissa conduire. Il faisait noir dans la petite pièce et il n'alluma l'électricité qu'après avoir fermé la porte à double tour. C'était la première fois qu'elle se trouvait seule entre quatre murs avec un homme ; cette sensation l'effrayait et, en même temps, l'intriguait. Elle avait lu des faits divers où des jeunes filles se laissaient naïvement emmener dans des endroits comme celui-ci par des inconnus et elle pensa en frissonnant que, presque toujours, l'homme avait d'abord violé la fille, puis l'avait étranglée. Elle épia Russ du coin de l'œil et ne put imaginer qu'un type aussi cordial fût capable de tuer quelqu'un.

« Que penses-tu de mon bureau, Jane ? » demanda-t-il. Elle tressaillit. Il la reprit par la taille et la poussa au milieu de la pièce. D'un côté, une grande table était surchargée d'un amoncellement de livres et de papiers. En face il y avait un divan, quelques sièges épars et un radiateur à gaz contre un mur. L'ordonnance de la pièce était trop simple et trop banale pour que ce soit l'antre d'un assassin.

« C'est plutôt sommaire, tu vois, lui dit-il avec un bon sourire.

— Mais c'est très joli, capitaine, s'empressa-t-elle de répliquer.

— Bien suffisant pour un capitaine d'équipe de collège, ajouta-t-il en riant. Peut-être, si je gagne d'autres championnats d'Etat, mériterai-je un peu plus de luxe : un tapis, par exemple et un autre dessus de divan. » Il lui montra un grand calendrier pendu au mur. De gros cercles au crayon rouge entouraient certaines dates. « Notre équipe est engagée dans une série d'épreuves d'ici la fin de la saison et, avec un peu de chance, nous pouvons espérer n'avoir que des succès. Si nous sortons victorieux du match de la semaine prochaine contre *Consolidated High,* je serai à peu près sûr d'arriver en bonne place au classement général.

— Crois-tu vraiment que nous allons gagner le match de la semaine prochaine ? » demanda-t-elle dans une explosion d'enthousiasme.

« J'y compte absolument ! » dit-il avec conviction.

Après ce petit répit, elle se détourna pour inspecter la pièce.

« Il faut vraiment que je rentre, dit-elle assez gauchement. Il est horriblement tard...

— Ne pars pas ! Jane, implora-t-il en lui serrant la taille. J'ai quelque chose à te dire.

— Tu as quelque chose à me dire ? » répéta-t-elle, éberluée et se demandant ce que cela pourrait être.

Il l'entraîna vers le divan et s'assit à côté d'elle.

Comme il ne se décidait pas tout de suite, Jane se tourna vers lui et l'encouragea du regard.

« Je pensais que tu ne refuserais pas de venir chez moi », fit-il nerveusement. Elle le vit mettre, enlever et remettre un doigt plusieurs fois de suite dans une des boutonnières de son veston. « Il me semble que je te connais assez pour te parler comme je vais le faire, continua-t-il, l'air oppressé. Voilà des années que je te vois sur le *campus,* presque chaque jour. Je t'ai regardée grandir depuis ton plus jeune âge et tu m'as de plus en plus attiré. Peut-être ne le sais-tu pas, Jane, mais j'attends depuis très longtemps cette minute. »

En le lorgnant du coin de l'œil, elle s'aperçut qu'il ne souriait plus et qu'au contraire sa physionomie se troublait. La gorge serrée, elle se demanda si c'était l'air qu'avait un assassin avant de tuer sa victime.

« Ne pourrais-tu me raconter tout ça un autre jour ? » implora-t-elle, tremblant de la tête aux pieds. « Je suis vraiment pressée de rentrer. » Elle essaya de se lever, mais Russ la retint près de lui. « Je t'assure, il faut que je rentre ! s'écria-t-elle, l'air égarée.

— Depuis longtemps je vis dans une solitude très cruelle, dit-il comme s'il ne l'avait pas entendue. Ma femme me délaisse et vit de son côté. Elle s'intéresse plus à ses clubs et à ses comités qu'à moi et elle n'a plus ni le temps ni le désir de m'entourer des attentions dont j'ai soif. D'ailleurs elle a vieilli plus vite que moi et cela peut expliquer son indifférence à mon égard. Je vieillis moi-même, sans doute, mais je me sens encore jeune : c'est l'essentiel. Une situation pareille finit par être attristante et odieuse. Voilà plusieurs années que je la supporte, mais je n'en peux plus. J'en suis au point de ne plus pouvoir endurer ma solitude. J'ai besoin d'une amie, de quelqu'un dans ton genre. Si tu savais combien tu me plais, Jane, tu me comprendrais tout de suite. »

Elle vit que son regard devenait grave et pénétrant. Elle n'arrivait pas à comprendre comment un homme si affamé de compréhension et de sympathie pouvait commettre un meurtre et, commençant à douter que Russ l'ait amenée chez lui pour la tuer, elle se sentit prise de pitié.

« Il y a des choses, vois-tu, sans lesquelles l'homme ne peut pas vivre, Jane. L'intimité — avec quelqu'un dans ton genre — est la plus importante. Il faut que nous soyons amis intimes, Jane !

— Je partage bien ta peine, dit-elle avec un grand désir de le consoler. J'étais loin de te croire tellement isolé et malheureux. Je serais contente de te faire oublier une impression horrible.

— Il ne tient qu'à toi, Jane, s'empressa-t-il de dire.

— Comment ?

— En étant bonne et sympathique et compréhensive, dit-il avec chaleur. Une fille ayant ton tempérament ne peut manquer de sympathie et d'intelligence. C'est ta nature et voilà pourquoi je désire ton amitié. J'ai vu, ce soir, que tu restais après la fin des classes. Alors je me suis attardé après l'entraînement. Je savais que tu passais quelquefois par l'estrade quand tu voulais rentrer plus vite chez toi et c'est pourquoi j'ai été t'attendre.

— Tu t'es vraiment donné la peine de m'attendre ?

— Bien sûr.

— Mais je ne comprends pas pourquoi.

— Parce que pas une femme ne me tente autant que toi, Jane.

— Ce n'était pas pour... pour essayer... de me tuer ?

— Comment ? Qu'est-ce que tu dis ?

— Rien, dit-elle avec soulagement. Rien. Non. Mais j'ignorais que tu pensais à moi. Je me demande pourquoi tu me préfères aux autres.

— Eh bien ! Tu vas le savoir tout de suite, Jane. » Il lui prit la main, la serra et la pétrit entre les siennes. « Je peux bien t'avouer que je suis follement amoureux de toi. — Il la serra contre lui. — Pas un homme au monde ne serait insensible à ton charme. Tu as quelque chose qui les attirerait tous : ta beauté, ta personnalité et un don spécial, très difficile à définir. Tu séduirais n'importe qui. Peu de femmes ont cet ensemble charmant, mais celles qui le possèdent, tous les hommes se traîneraient à leurs pieds. »

Il l'enlaça et l'embrassa avant qu'elle ait pu le prévoir. Tout le temps que dura ce baiser, elle se sentit sans défense, en s'étonnant de ne pas faire un geste pour y mettre fin. Quand il la relâcha, elle eut l'impression que sa tête tournait.

« Je ne savais pas que c'était ce que tu voulais, dit-elle en reprenant son souffle. Je croyais que tu voulais seulement mon amitié.

— Je veux tout de toi, Jane. Tout sans exception. Il me faut plus que de l'amitié. L'amitié, ce n'est pas suffisant. Je te parle du fond du cœur. Je pense à toi depuis si longtemps que rien ne peut m'arrêter maintenant. Tu es la femme la plus désirable que je connaisse et j'ai envie de toi, Jane. Il faut que tu te donnes à moi tout entière. »

Les manières d'être et les paroles de Russ faisaient de lui un autre homme. Même quand il ne disait rien, son silence était une imploration. Elle était bouleversée, mais sans force pour lui résister.

« Jane, tu me comprends, n'est-ce pas ?

— Il faut à tout prix que je m'en aille », dit-elle en évitant son regard pénétrant et en essayant de se lever. Il la retint sur le divan avec une vigueur mâle, négligeant totalement les efforts qu'elle faisait pour l'empêcher d'agir à sa guise et elle finit par sentir que, sous le contact des mains de Russ, elle perdait ses moyens de défense. Mais, si elle ne pouvait plus faire un geste, du moins avait-elle encore l'usage de la parole. « Il ne faut pas que je reste une minute de plus ! » s'écria-t-elle, tout en se demandant si c'était bien elle qui disait cela.

« Je crois que tu ne te rends pas compte de ce qui nous arrive, Jane, disait-il. C'est le commencement d'un bonheur merveilleux et qui ne sera qu'à nous. Ne sens-tu pas ce qui nous unit l'un à l'autre ?

— Si, mais il faut que je rentre.

— Alors, si tu le sens, il faut que tu l'acceptes et empêches tous les obstacles de nous séparer dorénavant.

— Je ne sais pas ce que je pense, mais il faut que je parte tout de suite.

— Une jeune fille ne regrette jamais d'être amoureuse, Jane. C'est le but naturel de la vie. Rien ne doit t'empêcher de t'abandonner à l'amour.

— J'essaierai d'y penser, mais...

— N'en parle à personne, dit-il d'une voix rauque et avec le souffle court. Rappelle-toi ça : pas un mot à quiconque. Tu comprends bien, Jane ?

— Je ne le dirai à personne, je te le jure, mais...

— Je ne peux pas te laisser partir, Jane. Je ne peux pas te quitter. Il faut que tu restes. Si tu savais quelle a été ma solitude, tu ne songerais pas à m'abandonner. Ne vois-tu pas combien tu m'es nécessaire, Jane ? Rien ne doit entraver notre camaraderie.

— Tu trouverais des douzaines de filles pour combattre ta solitude.

— Tu les dépasses toutes, Jane. Tu n'as pas l'air de t'en rendre compte, mais je ne désire que toi. Je veux t'avoir à moi. Rien ne m'arrêtera.

— Mais ce n'est pas bien...

— Mais si ! Et rien ne m'empêchera. Tu ne sais peut-être pas combien tu es attirante. Tôt ou tard, il se trouvera un homme qui, malgré la plus grande force de résistance, fera des folies pour t'avoir. Tu t'en apercevras bientôt, si ce n'est déjà fait. C'est pourquoi je suis décidé à te prendre, avant qu'un autre n'en ait eu l'idée. »

De nouveau il la saisit dans ses bras et lui donna un long baiser qui la priva de tout moyen de défense. Au début, elle essaya de le repousser, puis y renonça complètement. Au bout d'un long moment, quand elle rouvrit les yeux, elle vit que Russ l'interrogeait du regard.

« Ne t'imagine pas que tu commettes le moindre mal en te donnant à moi, dit-il. Que ces pensées-là ne t'effleurent pas l'esprit. Tu sais que je veux uniquement ton bonheur. Tout ce que je désire, c'est ton amitié, ta compagnie intime et totale, Jane.

— Je serai ton amie, Russ. Si tu me laisses partir tout de suite, je te promets mon amitié. Pour toujours.

— Mais si tu pars tout de suite, il n'y aura rien de changé entre nous, rien de plus qu'avant ta visite.

— Je ne veux rien d'autre. Tout le reste, ça me fait peur. — Elle l'observa un petit moment. — Mais je te promets mon amitié, Russ. »

Il hocha la tête. « Ce n'est pas suffisant, Jane. L'amitié seule, c'est peu de chose. Il faut qu'une camaraderie complète et réciproque s'établisse entre nous, pour que notre amitié soit agréable. L'amour ne doit pas être absent d'une camaraderie comme la nôtre. Il faut qu'elle soit entière et sans réserve d'aucune sorte. C'est un bien auquel toi et moi nous devons coopérer seuls et sans lequel nous nous sentirions toute notre vie frustrés, isolés, malheureux. Dis-moi, comprends-tu tout cela bien clairement ? »

Elle se cacha la figure derrière ses mains.

« Je ne sais pas ! Je n'y comprends rien, gémit-elle à bout de forces. Tout cela me dépasse. Je ne sais plus où j'en suis. »

Russ l'embrassa de nouveau, en la serrant si fort qu'il lui fit presque mal. Elle comprit tout à coup qu'il était vain de lutter, faible comme elle était, quasi déshabillée, contre cette volonté de fer et elle se demanda combien de temps s'écoulerait avant qu'elle lui cède. Elle voulait réfléchir à tout ce qu'il avait dit, mais il était trop pressant pour lui en accorder le loisir. Leur discussion durait depuis deux heures et l'avait tellement épuisée qu'elle n'était plus capable de la moindre opposition. Russ était fatigué, lui aussi. Il haletait et s'appuyait par moment en arrière pour se reposer. Il avait enlevé son veston, ouvert son col et paraissait beaucoup plus vieux qu'au début de la soirée. Elle s'étonna de lui voir des cheveux gris.

Finalement il s'adossa au mur et, poussant un profond soupir, la regarda avec l'air d'avoir perdu tout espoir.

« Je ne te comprends pas, Jane, dit-il avec amertume. Tu ne ressembles guère à Vickie ! Il est incroyable que vous soyez sœurs.

— Non, je ne suis pas comme elle ! s'écria Jane en se rebiffant.

— Ce n'est pas une injure, s'empressa-t-il de dire. Je

ne connais Vickie que de réputation, mais elle passe pour être une bonne fille, qui aime faire plaisir autour d'elle, et je pensais que tu serais aussi raisonnable qu'elle. Je n'ai pas songé un instant à vous comparer. Je t'aime telle que tu es, Jane. »

Russ consulta son bracelet-montre.

« Il est tard, dit-il d'un ton complètement découragé. Il faut que je rentre chez moi : ma femme a du monde à dîner ce soir, il faut que j'arrive à l'heure.

— Es-tu vraiment obligé de t'en aller tout de suite ?

— Oh ! Oui. Absolument. »

Elle aussi avait envie de partir et, pourtant, regrettait de le faire avant d'avoir bien clairement démêlé les intentions de Russ. Il reprit :

« Si je te laisse partir, Jane, veux-tu me faire une promesse ? Celle de m'obéir sur deux points très importants. Tu veux bien, Jane ? »

Elle acquiesça sans hésiter.

« Mais oui, bien sûr, à condition que tu me laisses partir tout de suite. »

Russ se redressa pour s'asseoir au bord du divan.

« Promets-moi de ne jamais dire un mot de notre entretien, pas un mot, à qui que ce soit. Rien ne risquerait davantage de compromettre ma carrière sportive. Je perdrais mon titre de capitaine d'équipe, si cette chose-là venait à se savoir et je n'en retrouverais pas d'autre. J'ai pris ce risque tout de même, à cause de toi, Jane. Mais il faut que tu me jures solennellement le secret le plus strict. Tu me donnes ta parole ?

— Tout de suite, dit-elle.

— Et promets-moi aussi que tu reviendras me voir ici, toute seule. Il faut que tu me le promettes. »

Il scruta profondément son visage. Elle fit un signe affirmatif.

« Tu reviendras bientôt ?

— Quand tu voudras.

— Pense à tout ce que j'ai dit, Jane. Rappelle-toi que j'ai besoin d'une amie qui me comprenne, qu'il me faut ta camaraderie pleine et entière.

— J'y penserai, Russ. »

Il se leva. D'un bond, elle s'apprêta à reprendre sa liberté. Il se campa au milieu de la pièce pour observer tous ses mouvements. Plusieurs fois, elle crut qu'il allait venir à elle et la reprendre dans ses bras, mais elle fut prête à partir sans qu'il eût fait un geste. Ils se regardèrent longuement, puis Russ alla jusqu'à la porte et tourna la clé. Dès qu'elle vit le battant ouvert, elle eut envie de se précipiter au cou de Russ, de le prendre dans ses bras et de lui demander à rester. Elle ferma les yeux et le vit en pensée rentrant tristement chez lui et retrouvant son épouse acariâtre et elle eut un désir fou de se donner à lui pour le consoler.

« Qu'y a-t-il, Jane ? » l'entendit-elle lui dire.

Elle rouvrit les yeux et le considéra.

« Es-tu vraiment pressé de partir ? demanda-t-elle d'une voix frémissante.

— Oui, il le faut, Jane. Veux-tu que je t'accompagne ? Ma voiture est là. Veux-tu ? »

Elle fit un mouvement en avant, les larmes aux yeux, en criant : « Non, je ne veux pas ! »

Russ la retint par le bras.

« Je t'en prie, ne pense pas trop de mal de moi, Jane, implora-t-il. Je t'ai dit quelle était ma solitude et tu sais que, l'effet que tu me produis, tu le produirais sur tous les hommes. Je ne suis pas plus coupable de t'aimer que tu ne l'es toi, d'être désirable. Je t'en supplie, ne me juge pas trop sévèrement. Ce que je t'ai demandé, je ne l'avais jamais demandé à personne et, si je l'ai fait, c'est parce que je suis fou de toi. Tu me crois, n'est-ce pas, Jane ? »

Elle eut envie de lui tendre les bras en lui demandant de la garder, mais elle imagina l'épouse qui s'impatientait et elle fonça en avant pour s'enfuir. De la pénombre, elle se retourna et vit Russ immobile sur le seuil.

Russ ferma la porte et rentra dans son bureau. Il jeta un coup d'œil au divan sur lequel il avait enlacé Jane, puis il ouvrit son placard et sortit une bouteille de whisky. Les yeux fermés, il but au goulot, la main tout agitée de tremblements.

[illegible]

[illegible]

[illegible]

X

« Le bruit court que Daniel Boone Blalock est dans nos murs », dit Chism renversé sur le dossier de sa chaise et en se basculant. « Voilà quelqu'un qui pourrait te donner un fameux coup d'épaule, fiston. Juste le type de politicien qu'a réussi, dont je te parlais l'autre jour. Devant un gars comme ça, parole, y a qu'à saluer. Dan Blalock est certainement le plus grand homme qu'ait jamais poussé par ici. Et, si j'ai un conseil à te donner, c'est de t'arranger pour lui glisser deux mots en douce et de voir comment vous pouvez vous entendre. A ta place, je filerais tout de suite à sa recherche et sans tergiverser. »

Ross, assis à son bureau, jeta un regard de connivence à Grandpa Crockett avant de répondre. Le vieillard avait pris place en face de lui. Il portait son vieux chandail de laine grise. Ses yeux d'un bleu délavé avaient une expression douloureuse et sa barbe blanche paraissait encore plus longue — elle arrivait jusqu'au quatrième bouton de son chandail, — plus blanche et plus majestueuse que jamais.

« Papa, je ne cherche l'appui d'aucun politicien, pas plus de Blalock que d'un autre, trancha Ross. Ma seule ambition est de consolider mon poste ici en apportant quelques affaires et je ne veux rien entreprendre avant d'avoir réussi comme homme de loi.

— T'as une drôle de manière de considérer les choses, dit Chism en hochant la tête. Tu dis que tu veux être un gros avoué, mais t'es même pas capable de faire le premier pas qui t'y mènerait. Sais-tu où il serait aujourd'hui, Dan Blalock, s'il ne s'était pas lancé dans la politique au bon moment ? Je vais te le dire : il serait encore le dernier des gratte-papier dans le dernier des patelins, voilà tout. Mais il a du cran, lui ! Regarde où ça l'a mené ! Il fait la pluie et le beau temps à Washington et ici, tous tant que nous sommes, nous en tirons autant d'orgueil qu'une poule qui n'aurait sauvé qu'un poussin de sa couvée. Et il y a de quoi, fichtre ! Personne n'a le bras aussi long que lui. Dan Blalock est le seul homme sur terre de qui faut se faire bien voir. Ceci dit, on pourrait penser de même sur ton compte, un jour ou l'autre, fiston, si tu voulais t'en donner la peine.

— Papa, tu sais ce que je pense de Dan Blalock, dit Ross avec rigueur. C'est le plus indigne, le plus déloyal des Membres du Congrès qui ait jamais représenté notre district à Washington. C'est le déshonneur du pays. » Chism baissa les yeux. Grandpa conserva le silence qu'il observait depuis qu'il était arrivé avec Chism. Là-dessus, Ross ouvrit un tiroir et en sortit une énorme enveloppe. Après avoir étalé divers papiers sur son bureau, il releva la tête et fit un sourire engageant à son père. Celui-ci l'avait regardé faire en plissant les yeux. « Papa, oublions Dan Blalock pour l'instant et parlons de la scierie. Je suis convaincu que cette affaire mérite que tu t'y intéresses. On ne pourrait pas l'enlever à moins de deux ou trois fois ce prix-là s'il ne s'agissait pas d'une vente forcée. Qu'en penses-tu, Grandpa ?

— Dan Blalock est un type épatant », déclara Chism.

Grandpa s'éclaircit la voix en évitant de croiser le regard de Chism et passa lentement la main sur sa longue barbe. Tous les trois savaient qu'ils étaient là pour discuter l'affaire, puisque Ross avait convoqué son père et son grand-père à ce propos. Chism avait d'abord refusé, mais, faute de prétexte à donner, il avait fini par accepter pour faire plaisir à Ross. Il n'était guère plus de neuf heures du matin et la fraîcheur humide de la nuit avait pénétré la pièce sommairement meublée, sans tapis.

« Je n'ai jamais cru sage de conseiller quelqu'un, même quand il vous le demande, dit lentement Grandpa, car c'est toujours dangereux. Personne n'aime qu'un autre lui dise de faire ceci, cela, ou autre chose. Chacun aime prendre ses décisions tout seul et c'est ce qui doit être. Bien des malheurs arrivent dans le monde par la faute des je-sais-tout qui se figurent que Dieu les a favorisés d'une intelligence supérieure. »

Il pétrit sa barbe en cherchant comment arriver à ses fins. Chism continuait à se balancer sur les deux pieds de sa chaise et jetait par moments un coup d'œil de biais à Ross ou au grand-père.

« Cependant, reprit Grandpa en s'enhardissant, lorsqu'il s'agit du bien commun, c'est autre chose. Imaginons qu'un homme change tout à coup l'orientation de sa vie et que des innocents en souffrent : j'estime que c'est un devoir de le lui faire remarquer et de l'aider à réparer l'erreur. J'ai d'ailleurs observé que, plus un homme a de valeur, plus il apprécie ce genre de conseil. Par exemple, j'estime que le changement de vie le plus condamnable qu'un homme ait pu commettre, c'est quand Chism a vendu la ferme pour venir vivre en ville.

— Vous me cassez les pieds avec cette sacrée ferme ! lança rageusement Chism. Je ne vois pas pourquoi tu rabâches tout le temps cette histoire, Pa. Si je suis là, c'est uniquement pour entendre parler d'une scierie et je ne veux pas qu'il soit question d'autre chose. Si quelqu'un a envie de m'en parler, j'écoute.

— J'y arrive, Chism, dit le vieillard avec aménité. La seule raison qui me fait parler de la ferme...

— Eh bien ! Dépêche-toi d'y arriver, sans croupir dans cette satanée ferme. A t'entendre, on croirait que c'était un Paradis Terrestre, avec des ruisseaux charriant des pièces d'or et des bananes poussant comme des orties. »

Grandpa Crockett palpa sa barbe fluviale comme si c'était le seul bien qui lui soit resté.

« Il n'y a pas de vie plus saine pour les enfants que celle de la campagne, dit-il avec conviction. Nous avons encore de grands devoirs vis-à-vis de Jarvis et de Jane. Il ne faut pas nous désintéresser de ces innocents privés de mère et les laisser pousser tout seuls dans la rue, sans guide. Si nous n'avions pas quitté la ferme, Vickie ne serait pas dehors toute la nuit, Dorisse n'aurait pas fait ce malheureux mariage et il est à prévoir que Jarvis et Jane se trouveront un jour en proie à de sérieuses difficultés. C'est par pitié pour eux que je parle et, s'il est trop tard pour empêcher ce qui s'est déjà produit, il est encore temps de protéger ces deux petits, pour éviter que de pareilles choses leur arrivent. Alice se retournerait dans sa tombe si elle savait ce que sont devenus ses enfants, depuis qu'elle est morte. Son plus grand désir était qu'ils soient des gens corrects. Et ils savent bien qu'elle s'inquiétait pour eux. L'autre matin encore, Jane rappelait les derniers mots qu'elle avait prononcés sur son lit de mort : elle souhaitait qu'ils ne connussent que ce qu'il y a de bien dans la vie. Ils y tiennent aussi, par respect pour leur mère, et ils savent qu'ils en sont assez loin.

— Sacrebleu ! lança Chism avec un regard féroce. Tu ne peux donc pas parler d'autre chose ? On n'a pas dit un traître mot de la scierie. Je ne suis pas venu ici pour me faire engueuler sur ce que j'avais tous les droits de faire. Si on a quelque chose à me dire sur la scierie...

— Grandpa voulait seulement te démontrer pourquoi, d'après lui, ce serait une bonne idée que tu achètes cette affaire et que tu retournes à la campagne, dit Ross d'un ton pacificateur. Grandpa juge qu'il est très important de penser au bien qui en résulterait pour Jarvis et Jane, Papa.

— Je me fous comme d'une guigne de ce qu'il pense, rétorqua Chism. Pa me cherche des histoires parce que j'ai vendu la ferme et il ne rate pas une occasion de me jeter ça à la figure. Qu'on ne m'en parle plus ! Tout ça, je l'ai déjà entendu si souvent que ça me casse les oreilles.

— On voit des choses bizarres, dit Grandpa en caressant sa barbe, sans paraître troublé par l'explosion de Chism. On dirait que Dieu poursuit un but et tient à nous prouver notre imperfection en nous montrant qu'une famille honorable peut tout à coup avoir une descendance indigne et engendrer des brebis galeuses. Plus une famille est belle et forte, plus elle est menacée de ce malheur. La famille Hair, par exemple : on n'a jamais vu de gens plus loyaux, plus travailleurs, plus intègres que les Hair, qui sont partis dans les montagnes en même temps que moi. Eh bien! Leur descendance est indigne d'eux. Ils ont engendré un vaurien : le mari de Dorisse. S'il existe un pire sacripant, qu'on me le dise! C'est le déshonneur des Hair et ils ont même quitté la région, tellement ils avaient honte de lui. Ceci dit, d'un autre côté, nous-mêmes... Les Crockett ont toujours été...

— Moi non plus, je ne peux plus supporter Nobby, dit Chism en reposant sa chaise sur ses quatre pieds. Sûr que là-dessus je suis d'accord avec toi, Pa. Nobby me met tellement en rogne quelquefois, avec ses manières de flemmard et de joli cœur, que, si je m'écoutais, je lui enverrais une volée de bois vert à lui fermer les yeux pour toujours. Je ne dis pas que j'arriverai à me retenir s'il ne se met pas à travailler pour gagner sa croûte et cesser de manger à mon râtelier.

— C'est un des avantages de la scierie, Papa, dit Ross, espérant profiter de ce rapprochement. Tu ferais de l'argent tout de suite, car il y en a gros à gagner dans le débit de bois actuellement. Bien entendu, je ne rechigne pas à t'aider et je suis sûr que Vickie le fait, elle aussi, de grand cœur, mais notre contribution ne suffit pas à faire vivre correctement toi, Grandpa, Jarvis et Jane. Et sans compter Dorisse. Tu aurais plus d'argent à la banque en un mois de temps que tu n'en as vu depuis que tu es en ville. Et je ne m'avancerais pas autant si je n'étais sûr de mes données, mais j'ai soigneusement étudié les comptes de la scierie et j'ai bien réfléchi. Il y a de l'argent à gagner dans cette affaire. Beaucoup d'argent.

— On dirait que tu parles d'une mine d'or, dit Chism tout rêveur. C'est vraiment malheureux que ce ne soit pas une mine d'or, avec des jaunets sortant de la vase. Voilà ce qu'il me faudrait. Rien ne me plairait plus, sur cette garce de terre, tel que vous me voyez, que le moyen d'avoir tous les jours mes poches pleines, pleines à craquer de solides picaillons.

— Et tu le mérites assurément, Papa, lui dit Ross. Ça me ferait plaisir de te voir bien nourri, bien logé, bien vêtu. Jarvis et Jane aussi sont en guenilles. Et tu n'aurais plus à entretenir Dorisse et Nobby, si tu partais d'ici. Moi, je m'occuperais d'elle. Elle fait tout ce qu'elle peut pour inciter Nobby à travailler. Je pourrais le conseiller, s'il montre le moindre désir de faire quelque chose. Tout s'arrangerait selon les vœux de Maman, j'en suis sûr.

— C'est un malheur que votre mère ait passé avant que vous soyez tous grands et fixés dans la vie », dit Chism avec un air détaché. Il pivota sur son siège et regarda vers la fenêtre. « Quelquefois, je me demande à qui elle manque le plus, des enfants ou de moi. Quand elle est morte, on aurait dit que tout était sapé par la base et je ne sais pas si j'arriverai jamais à m'en remettre. Nous n'avons plus de vie de famille. On a coupé l'amarre, nous sommes comme des épaves qui flottent sur l'océan. » Il baissa les yeux sur ses mains, en tortillant un bout de ficelle qu'il avait ramassé en venant. « A moi, on ne se figure pas combien Alice me manque. A croire que je ne peux arriver à rien sans elle. Quand elle était là, j'avais du goût à vivre. Et maintenant, il me semble que tout est monotone et inutile. Je suis tellement désemparé, par moments, qu'il faut que je sorte et que je m'agite, juste pour ne pas devenir dingo à force de penser à elle. Quand j'ai emmené Jarvis, l'autre soir, c'était parce que je cafardais dur. J'ai arrêté des filles de couleur sur la voie ferrée de l'entrepôt et je les ai basculées dans un camion... Evidemment, j'aurais jamais fait ça du temps d'Alice. »

Tous les trois restèrent à méditer. Chism garda les yeux baissés sur le bout de ficelle qu'il tortillait entre ses doigts et le grand-père pétrit sa barbe. Tout à coup Ross se leva et se mit devant la fenêtre en tournant le dos. Il y resta un long moment, le nez collé à la vitre. Il fit subitement volte-face.

« Nous pouvons conclure l'achat de cette scierie tout de suite, Papa, dit-il. Je peux t'avancer la somme sans que ça me gêne.

— Combien de bras faut-il pour la faire tourner ? demanda Chism tout radouci.

— Six ou sept hommes, Papa, et ils habitent déjà sur place. Il y a grandement de quoi loger tes ouvriers et, pour toi, la maison de maître est la plus moderne de la région. Tu vivrais comme un seigneur dans cette jolie maison, Papa.

— Et, avec ça, qu'y a-t-il comme bois sur pied ? reprit le père gagné par l'intérêt de la chose.

— D'après les évaluations, tu trouverais de quoi alimenter la scierie deux ou trois ans, sans compter le bois des terres avoisinantes, que tu pourrais acheter en cas de besoin. Tes bénéfices de la première année te feraient rentrer dans l'achat de la scierie et de la terre — et de tout ce qu'elles comportent. Tout cela présente de sérieuses garanties, Papa. Celui qui entreprendra cette opération se trouvera riche dans peu d'années — et j'aimerais mieux que ce soit toi plutôt qu'un autre qui en profites. Le marché de bois scié est appelé à un bel avenir. Admettant que tu débites tout le bois actuellement sur pied, tu pourrais semer des pins qui te donneraient de jeunes coupes dans une douzaine d'années.

— Le gros écueil, c'est que je n'en sais pas long sur le sciage, avoua Chism avec humilité. J'en ai bien fait un peu pour la maison, dans le temps, mais ça ne valait pas la peine d'en parler. Tandis que c'est une très grosse affaire que tu me proposes.

— Tu en sais bien assez, Papa, dit Ross en regardant fixement son père pour le maintenir en haleine. Que cela ne t'inquiète pas ! Il y a un bon contremaître sur place et je t'aiderais pour la comptabilité. Ton rôle se bornerait à diriger le travail et à veiller à l'alimentation de la scie. C'est une entreprise importante mais qui te ferait gagner gros.

— C'est assez tentant, hé ! dit Chism en dodelinant de la tête, épanoui. En tout cas, j'y vois un avantage : ce serait autrement agréable que d'être un de ces culs-terreux qui suent sang et eau toute leur vie. » Il fit un petit clin d'œil goguenard à Grandpa. « Plutôt crever que retourner aux champs ! Je me verrais très bien directeur. Un travail de ce genre, ça me plairait.

— Je suis convaincu que tu vois juste, dit le grand-père. Je crois que tu aurais raison de changer ainsi l'orientation de ta vie. »

Chism se mit à enrouler la ficelle autour d'un de ses doigts, puis il la déroula lentement.

« J'aimerais aller y jeter un petit coup d'œil tout de

suite, dit-il en faisant signe à Ross. A quelle distance as-tu dit que c'était, fiston ?

— A douze kilomètres à peine.

— Douze kilomètres ? Tant que ça ? »

Ross inclina la tête.

« Douze kilomètres, répéta Chism en entortillant de nouveau la ficelle.

— Ce n'est pas grand-chose, Papa.

— Ce n'est pas grand-chose comme kilomètres, dit Chism en se rembrunissant, mais c'est diablement loin pour y aller de l'endroit qu'on aime. Je ne voudrais pas être coincé là-bas et m'enterrer de nouveau dans le bled, non, pour tout l'or du monde. C'est à une sacrée distance d'ici ! Je me suis fait à la ville maintenant et c'est là que je me plais. Tout ce que j'aime dans la vie, c'est...

— Mais la route est pavée tout du long, Papa. Il ne faut qu'un quart d'heure ou vingt minutes pour y aller en auto. Ce n'est plus une distance aujourd'hui. Pense un peu à la vie de coq en pâte que tu aurais, en comparaison de celle...

— Je ne veux pas me précipiter sur ton offre et me retrouver tout quinaud ensuite, dit-il obstinément.

— Ne te tourmente donc pas, Chism, dit Grandpa avec inquiétude. Une occasion comme ça ne court pas les rues et, justement, il serait sage de sauter dessus au bon moment. La direction de cette scierie te donnerait le moyen de réussir. Tu deviendrais quelqu'un. Et, une fois là-bas, tu élèves tes enfants comme il faut, loin de tous ces...

— Eh ! Là ! Doucement ! s'écria Chism d'une voix impérieuse. Ne nous emballons pas ! Suffit ! Ecoutez-moi bien, tous les deux. Pour commencer, je ne lâcherai pas ma maison d'ici. Je veux la conserver pour y revenir le soir, quand ça me chantera, surtout le samedi et toute la journée du dimanche. Je serais comme une âme en peine si je ne passais plus mes samedis soirs en ville.

— Mais que deviendront les enfants, si tu les abandonnes ainsi, Chism ? demanda le grand-père avec terreur. Qui veillera sur eux pendant que tu seras ici ?

— Crédié ! Ils sont bien assez grands pour se défendre eux-mêmes.

— Pas Jarvis ! Ni Jane ! dit le grand-père avec fermeté. Tu ne pourrais pas t'en aller et les laisser seuls. Evidemment, si je pars là-bas avec vous, ça prolongera ma vie et je pourrai veiller sur eux, mais je vieillis de plus en plus et n'en ai pas pour très longtemps. Quand je ne serai plus là, il n'y aura personne auprès d'eux. Tu sais ce qu'Alice dirait si elle entendait parler d'abandonner ses enfants. Sûr qu'elle te désapprouverait, Chism.

— Sacrebleu ! Faut-il que j'entende ça jusqu'à la fin de mes jours ? J'ai peut-être le droit de faire ce qui me plaît, que diable !

— Mais, Papa, ce que nous disons, c'est pour le bien de Jarvis et de Jane, dit Ross timidement.

— On dirait que je suis condamné à entendre des reproches. Ça pleut de tous les côtés. Je veux faire un homme fort de Jarvis et il faut que Jane apprenne à se débrouiller dans la vie. Pourquoi ne peut-on me ficher la paix ? Pourquoi cherchez-vous toujours la bagarre et prétendez-vous que je fasse ce que vous voulez et non ce que, moi, je veux ? Si j'étais le maître, j'achèterais un petit fonds de commerce ici.

— Sais-tu ce que nous allons faire, Papa ? » dit Ross

en se levant et en contournant sa table de travail. « Nous allons prendre l'auto et aller voir la scierie. Le reste, nous en parlerons plus tard. Il faut à peine quelques minutes pour arriver là-bas. Quand tu auras tout inspecté, tu seras mieux à même de prendre ta décision.

— Je ne marche pas, déclara tranquillement Chism.

— Tu dis ? s'écria Ross en tâtant Grandpa du regard.

— Je ne marche pas. J'ai mes raisons.

— Mais, il n'y a qu'un instant, tu exprimais le désir d'aller y faire un tour !

— Possible, mais j'ai changé d'idée et c'est heureux pour moi que j'aie ouvert les yeux avant que, Pa et toi, vous m'ayez embarqué de force dans votre combine. Je ne bougerai pas d'un pouce vers ce satané bled. Voilà. C'est dit.

— Mais, Papa, il faut que tu penses à l'avenir. Tu aurais là une occasion...

— J'y pense, à l'avenir, et comme il faut. Mais je veux un avenir qui me convienne, à moi plutôt qu'à toi et lui. » Il fit un geste dédaigneux vers le grand-père. « Vous aurez beau me tendre tous vos pièges pour me faire tomber dans le panneau : je resterai ici parce que j'y mène la vie qui me plaît. »

Il se leva et s'avança dignement vers la porte. En passant devant Grandpa, il lui fit l'aumône d'un regard et d'un large sourire de supériorité.

« Vous avez placé chacun votre petit couplet, mais vous ne m'avez rien appris de neuf. Moi, je vais vous en apprendre ! Vous ne le savez pas, braves gens, mais, si votre proposition mirobolante me laisse complètement froid, c'est parce que je vais avoir une mission du gouvernement, et ça, d'un jour à l'autre. L'affaire est dans le sac. Dorénavant, tous deux, vous pouvez épargner votre salive... Je serai inscrit au budget de l'Etat avant la fin de la semaine. Hein! Avouez que c'est une nouvelle! »

Il ouvrit la porte, se détourna un peu et sourit avec condescendance à Ross et Grandpa. Puis il sortit et fit claquer la porte derrière lui.

XI

Vickie sortit du cinéma dès la fin de la séance, traversa rapidement la rue et entra au Café Rainbow pour attendre le moment d'aller au Southland Hotel. Daniel Boone Blalock lui avait demandé d'y venir à minuit, mais il n'était que onze heures et quart.

Plusieurs couples venant de spectacles similaires étaient déjà alignés au bar, mangeant des sandwiches et buvant du café, lorsque Vickie entra. Elle s'installa au fond du restaurant. Au milieu des rires joyeux et insouciants, mêlés à des chuchotements amoureux, elle se sentit si seule et le temps lui parut si long qu'elle ne fit bientôt plus que regarder l'horloge, en comptant les minutes qui la séparaient du moment de partir. Habituellement elle se réjouissait à l'avance de son jour de sortie, mais, depuis quelque temps, le mardi lui donnait une cruelle impression de solitude, qui lui faisait souvent regretter de ne pas travailler ce jour-là comme les autres. Elle avait beau se dire que tout serait différent, ce soir, puisqu'elle avait un rendez-vous galant avec Dan Blalock, elle ne pouvait se défaire de cette sensation d'isolement, au milieu de la gaieté bruyante qui remplissait le café.

Tous les mardis après-midi, elle allait chez le coiffeur, se faisait laver les cheveux et elle en sortait la tête couverte de multiples bouclettes bien serrées. Ensuite, elle s'arrangeait toujours pour acheter un objet de confection au Prix-Unique, une paire de bas, par exemple, ou un tablier de fantaisie, qu'elle étrennait le lendemain au Rainbow. Ce jour-là, elle attendait tellement de son rendez-vous avec Dan Blalock et tenait si fort à soigner son entrée dans la chambre d'hôtel, qu'elle avait fait une vraie folie et acheté une robe de lainage noir.

Tout à coup, alors qu'il ne restait presque plus de clients, Nick dégringola de son tabouret derrière le tiroir-caisse et s'approcha de Vickie.

« J'ai une commission à te faire, Vickie, dit-il tout de go. Avec tout ce remue-ménage à la sortie du cinéma, j'ai failli l'oublier. Il y a des soirs comme ça, où tout le monde veut des plats cuisinés. Et tu sais ce que c'est, quand vingt ou vingt-cinq commandes tombent coup sur coup : le chef menace de me rendre son tablier et dit que les clients n'ont qu'à se contenter de sandwiches ou de cakes. » Nick prit son mouchoir et s'épongea le front. « Mais comment veux-tu faire avaler un cake à un client, quand il a envie d'un plat cuisiné ?

— Quelle commission as-tu à me faire, Nick ? demanda Vickie en s'efforçant de rester calme.

— Le Membre du Congrès a téléphoné, il y a une heure ou deux. Il m'a chargé de te dire qu'il était obligé de s'absenter quelques jours, appelé par une affaire importante — et imprévue, qu'il a dit. Et il a ajouté qu'il te ferait signe à son retour. Voilà, je crois que c'est tout.

— Ça suffit, bredouilla Vickie, le souffle coupé. Je ne vois pas ce qu'on pourrait désirer de plus !

— Tu dis ?

— Ça tombe bien ! Charmante soirée ! » Elle s'accouda au bar et se pencha en avant, les épaules affaissées. Elle hocha la tête. « Tout est fichu. »

Nick l'encouragea d'un geste plein de sympathie. « Tu le reverras, Vickie. Et n'oublie pas qu'il a le bras long. Il peut te rendre de grands services.

— En dehors du mardi soir, hein ? dit-elle en dodelinant de la tête avec amertume. Qu'est-ce qu'une fille comme moi doit faire en pareil cas ? Ecrire ses mémoires ?

— Pourquoi ne rentrerais-tu pas chez toi, t'offrir une bonne nuit bien tranquille ? Ça te changerait.

— Rentrer chez moi pour ne pas pouvoir fermer l'œil, entendre Nobby Hair chahuter ma sœur et Papa dire qu'il n'a pas le sou ? » Avec un mouvement énergique : « C'est pas l'idée que je me fais du paradis ! »

Nick la regarda un long moment, puis il haussa les épaules et repartit vers sa caisse.

« Ecoute, ne le prends pas si mal, Vickie, dit-il en s'éloignant. Tu n'en apprécieras que mieux l'homme que t'as toujours à ta disposition. Bois une tasse de café, c'est la maison qui te l'offre. »

Comme d'habitude, Pauline faisait son va-et-vient le long du bar en regardant Vickie à la dérobée, d'un air sarcastique et méprisant et, en même temps, elle retenait visiblement une réflexion malséante. Pauline avait toujours été jalouse des charmes de Vickie et de la désinvolture avec laquelle elle attirait les hommes. Un an de travail en commun ne lui avait pas fait perdre son attitude dédaigneuse. Elle se plaignait périodiquement à Nick des manières provocantes avec lesquelles Vickie évoluait en servant les clients. Il était inadmissible, disait-elle, que Vickie se fasse ainsi remarquer par ses dandinements et ses œillades : presque toujours, les hommes s'y laissaient prendre, s'attablaient dans la zone où Vickie était de service et lui donnaient des pourboires comme elle, Pauline, n'en avait jamais reçu de personne. Nick lui répondait que Vickie connaissait son métier et qu'il y avait beaucoup à apprendre d'elle. Pauline se récriait alors et jurait ses grands dieux qu'elle partirait plutôt que de se dégrader à prendre modèle sur Vickie.

Après l'effervescence consécutive à la sortie du cinéma, voyant Vickie seule et prostrée, au bar, Nick revint se planter en face d'elle. Il resta un moment en contemplation muette devant ses cheveux si bien ondulés et sa robe neuve. Il finit par faire claquer sa langue en signe d'admiration. Elle releva la tête.

« Qu'y a-t-il ? dit-elle d'un air rogue.

— Vickie, j'aime pas que tu te fasses du mauvais sang.

— As-tu de bons conseils à me donner ?

— Peut-être que, ce qui te manque, au fond, c'est un homme qui t'épouse. Et ce n'est pas d'aujourd'hui que j'y pense.

— Est-ce une demande en mariage, Nick ? Pour toi ? Ou un de tes camarades ?

— Non, dit-il aussitôt. Tu n'y es pas, Vickie. Mais je soutiens que t'es de l'espèce qui fait les bonnes épouses et que tu ne seras jamais heureuse avant qu'un gars te propose le mariage, au lieu d'un rendez-vous. Tu te donnes pour une qu'aime prendre du bon temps avec les garçons, mais tu as le mariage dans la peau. Et moi, je reconnais tout de suite les femmes qui ont cette vocation, quand même elles font des mines pour le cacher. Naturellement, tu fais ton service comme pas une, surtout le soir quand presque tous les clients sont des hommes, et ça m'embêterait de te perdre, mais l'honnêteté m'oblige à dire que tu serais dix fois plus à ton affaire dans ton ménage. Tu me répondras que t'aimes la rigolade, les parties fines et toutes ces fariboles ; mais, dans le fin fond de toi-même, ça te démange d'avoir un logement à toi, des mômes et un bon petit mari affectueux qui te ferait vivre.

— Ça va, Nick. Tu me comprends si bien que ça me donne envie de t'étrangler, dit-elle en serrant les dents. Fiche-moi la paix. »

Il lui tapota gentiment l'épaule.

« Ça viendra, va, le jour où tu t'y attendras le moins, Vickie. »

Il resta un moment, les yeux fixés sur elle, puis alla reprendre son poste à l'entrée du restaurant.

Vickie se leva et se servit une tasse de café bouillant au percolateur. Puis elle revint s'asseoir et alluma une cigarette. Elle ne démêlait pas si elle en voulait plus à Dan Blalock qu'à elle-même, mais, quoi qu'il en soit, le résultat était qu'elle se trouvait seule, à minuit, un jour de congé, dans une robe neuve qu'il lui faudrait trois mois pour finir de payer. Elle écrasa sa cigarette et en alluma immédiatement une autre.

Elle garda longtemps les yeux fixés sur les aiguilles de l'horloge qui n'avaient pas l'air de bouger. Il était minuit et demi et, si Dan Blalock n'avait pas téléphoné à Nick, elle aurait été à cette heure-là dans la chambre n° 505 du Southland Hotel. Peu à peu, elle se demanda s'il était vrai que Dan Blalock avait été appelé ailleurs et s'il ne passait pas plutôt la nuit avec une autre. Ce soupçon était si fort qu'il l'obséda et, de ce moment, elle fut convaincue qu'il avait une autre invitée. Elle chercha comment pénétrer dans sa chambre pour en avoir la preuve, étant certaine que, s'il était en conversation galante, il refuserait de lui ouvrir la porte. Elle se leva brusquement. Et elle s'apprêtait à sortir du Rainbow quand elle aperçut le téléphone, à côté de la caisse.

Nick, qui lisait le journal, leva la tête et écarquilla les yeux en voyant Vickie demander l'hôtel, puis la chambre de Dan Blalock. Elle avait la main crispée sur l'appareil pendant qu'on appelait le n° 505. La sonnerie retentit sept ou huit fois, mais sans aucun succès et, quand elle remit le récepteur en place, elle n'en savait pas plus long. Si Dan Blalock recevait une autre femme, il ne répondrait pas plus à un appel téléphonique qu'à un coup frappé à la porte. Elle repoussa donc l'appareil, plus sombre et soucieuse que jamais.

« Qu'est-ce qui te prend, Vickie ? Crois-tu que les hommes ne disent pas toujours la vérité ? demanda Nick d'un air scandalisé.

— Je ne suis pas assez vieille pour le savoir, répondit-elle. Je te dirai ça dans quarante ans. »

Nick passa sa main sur sa tête chauve.

« Pourquoi dans quarante ans ?

— Parce qu'à ce moment-là je m'en ficherai.

— Mais le Membre du Congrès ne te raconte pas de blagues. Un Membre du Congrès ne ment jamais. Un grand politicien comme lui...

— C'est un homme, non ?

— Bien sûr, mais...

— Et il en a deux, n'est-ce pas ?

— Mais, Vickie...

— Alors, ne me la ramène pas avec ton grand politicien. Avoue que c'est un homme que ça embête de coucher seul dans une chambre d'hôtel et qui aime renifler un nouveau parfum de temps en temps, par exemple un au milieu de la semaine et un autre le dimanche.

— Je sais, Vickie, mais...

— Je le connais mieux que toi, hein ! Alors, ferme ça ! »

A ce moment, Ben Humphrey entra et demanda un café noir à Pauline. Il s'installa au milieu du bar et remua sa cuiller dans sa tasse fumante. Il se détourna plusieurs fois du côté de Vickie sans réussir à capter son regard. Ben était assez lourd d'allure, mais, malgré ses quarante ans, il gardait l'air assez jeune avec sa tignasse noire, épaisse et rude, et son sourire facile, affectueux, jovial. C'était la première fois qu'il revoyait Vickie depuis le soir où l'entrée de Dan Blalock et des deux ingénieurs au Rainbow avait interrompu leur flirt. Ben se leva pour payer l'addition. Vickie était toujours à la même place.

Avant de sortir, il lui adressa un dernier sourire. A sa grande surprise, elle lui sourit à son tour, avec un léger frémissement des paupières. Ahuri, il écarquilla les yeux.

« Qu'est-ce qui t'arrive, Ben ? » demanda-t-elle d'une voix taquine et caressante.

Ben ouvrit la bouche, mais bafouilla et s'y prit à deux fois avant de pouvoir articuler : « Bonsoir, Vickie.

— Bonsoir, Ben, dit-elle en appuyant son regard sur lui.

— Tu rentres chez toi, Vickie ?

— Précisément », répondit-elle en se dirigeant vers la porte.

Elle attendit que Ben la lui eût ouverte et ils sortirent ensemble, laissant Nick livré à sa perplexité. Quelques autos passèrent en faisant chanter leurs pneus sur le pavé humide ; ils restèrent l'un en face de l'autre, se regardant sans dire un mot. Tout à coup, Vickie frissonna au froid de la nuit et Ben lui prit le bras. Aussitôt elle se serra contre lui et ils partirent du même pas dans la rue. Elle avait si souvent refusé les propositions galantes de Ben, qu'il cherchait par quel mystère elle se trouvait bras dessus bras dessous avec lui.

Quand ils arrivèrent au bureau des Pompes funèbres, au bas de la Grande-Rue, Ben ouvrit la porte et guida Vickie jusqu'au salon. Une lampe voilée de rose répandait une lueur douce sur une grande table et éclairait un vase de fleurs rouges et jaunes. Un énorme portrait encadré d'or du père de Ben, le fondateur de la maison, surmontait la cheminée. Par terre, un épais tapis bleu. Et plusieurs fauteuils et canapés confortablement rembourrés étaient disposés en cercle.

Ben prit Vickie par le bras et l'entraîna, de l'autre côté d'un vestibule sombre, dans un autre salon plus petit. Un radiateur à gaz allumé dans la cheminée rendait la pièce chaude et accueillante. Vickie se chauffait au radiateur lorsque Ben s'approcha d'elle et l'enlaça. Ils restèrent l'un contre l'autre un long moment, puis elle baissa la tête contre son épaule. « C'est la chance qui m'a poussé au Rainbow, ce soir, dit-il en l'étreignant. J'allais perdre tout espoir, Vickie. Je t'avais demandé si souvent un rendez-vous, que je n'osais plus recommencer. La dernière fois, tu n'avais même pas pris la peine de me répondre oui ou non. Et puis, ce soir, j'arrive, je ne t'adresse pas seulement la parole... et nous sortons ensemble ! Et nous voilà ici ! Es-tu sûre de ne pas faire erreur sur la personne ? » Il la pressa doucement. « C'est moi, Ben Humphrey !

— Mais je t'aime beaucoup, Ben », dit-elle en faisant volte-face et en lui passant les bras autour du cou. « Peut-être, les autres fois, avais-je peur de venir ici, dans un endroit aussi impressionnant...

— C'est un endroit comme les autres, quand on y est habitué. Maintenant que tu as vaincu ta peur, tu y reviendras, Vickie ?

— Peut-être », dit-elle en se rapprochant. Elle resserra ses bras autour de lui et s'accrocha désespérément. « Te sens-tu quelquefois isolé, Ben ? murmura-t-elle. Connais-tu cette impression ?

— Je me sens très seul quand je passe la nuit ici, dit-il d'un air farouche. Je souffre beaucoup.

— Moi aussi, Ben, dit-elle d'une voix frémissante. Je suis terriblement isolée. Je ne sais pas ce que j'aurais fait, ce soir, si tu n'étais pas venu au Rainbow. J'avais tellement le cafard que j'en serais morte. Ça m'embêtait de rentrer à la maison, qui est un enfer. Personne n'a besoin de moi et...

— Moi, j'ai besoin de toi, Vickie ! » dit-il avec empressement. Il la fit asseoir sur le divan de cuir vert, devant le radiateur. « Je suis amoureux de toi depuis longtemps. J'ai eu envie de coucher avec toi dès le premier jour où je t'ai vue. C'est toi qui m'as envoyé promener, Vickie !

— Pourquoi as-tu envie de coucher avec moi, Ben ? » Elle le scruta au fond des yeux. « Parce que tu me crois dévergondée, n'est-ce pas ?

— Non. Pas du tout. C'est parce que je suis très seul et que j'ai envie de ta présence. Il n'y a rien de meilleur au monde que l'amour et, quand un homme et une femme arrivent à être amis intimes, ils peuvent supporter tous les embêtements de la vie. Une fille qui comprend ça n'est pas nécessairement dévergondée. »

Elle se serra encore plus près de lui. « Tu ne me prends pas pour une poule, alors, Ben ?

— Pourquoi dis-tu ça, Vickie ?

— Parce que je me demande quelquefois si je le suis. Un tas de gens en sont convaincus : mes deux sœurs, mon frère Ross et je ne sais ce qu'en pense Papa, car il ne m'en parle jamais. Quant à Grandpa, il sait bien que j'aime la vie joyeuse, mais il ne m'accuse pas d'être une fille perdue. Tandis que bien des gens le prétendent, entre autres... » Elle s'arrêta pour se frotter à Ben, prise de frissons. « Mais c'est faux. J'aime les hommes, parce que leur compagnie m'empêche de sentir combien je suis seule, mais je n'y vois aucun mal, puisque c'est pour m'empêcher d'avoir envie de me tuer. Je serais prête à tout, à certains moments, pour m'enlever cette idée de la tête et il faudra bien que je trouve quelque chose si ma vie ne change pas. L'existence, à la maison, n'a plus rien de familial. Et, si je dois continuer ainsi jusqu'à la fin de mes jours, je finirai par me tuer... C'est horrible de vivre chez nous, Ben. Personne ne peut savoir ce qui s'y passe. Il faut y être pour s'en rendre compte et si tu savais combien j'en souffre ! C'est pour fuir cet enfer que je travaille au Rainbow. Tous nos malheurs viennent de la mort de Maman. J'ai dû quitter l'école, parce que Papa voulait que je gagne ma vie. Au début, ça me faisait peur d'aller travailler au-dehors, mais, du jour où Maman n'a plus été là pour tout arranger, la maison est devenue intenable. Papa a commencé à s'en prendre à tout le monde de n'avoir pas le sou. Il insultait Grandpa à tout bout de champ. Il l'accusait de lui faire rater sa vie en l'obligeant à rester à la ferme, alors qu'il voulait venir en ville. Je ne sais pas ce qu'il voulait y faire, mais il dit maintenant que c'est trop tard et, au total, il ne fait rien de rien, sinon me demander ma paie de chaque semaine. Ross lui donne quelque chose aussi, mais Papa réclame toujours plus et il ne décolère pas. Sans la mort de Maman, j'aurais continué mes classes, car elle y tenait beaucoup. Elle disait que l'instruction est un des biens de la vie. Papa s'en fiche pas mal. Je sais bien que j'ai tort, mais il m'arrive de souhaiter que Papa ait un coup dur et qu'il meure. C'est horrible de détester son père comme ça, mais je n'y peux rien. Enfin, je ne sais plus de quel côté me tourner. Il y a des jours où je suis complètement désespérée de la vie. »

Ben ne savait quelle contenance prendre. Il était tout apitoyé et cherchait à lui faire comprendre qu'il ne voulait que son bonheur, mais il ne savait comment le lui dire.

« Si tu m'aimes vraiment, Ben, je t'en prie, que ce ne soit pas une passade, implora-t-elle comme une enfant. Il me faut un ami pour toujours. Je te serai dévouée comme un chien, si tu me promets d'être un ami pour la vie, et je tiendrai tellement à toi que je serai prête à tout, à tout au monde, pour te rendre heureux. Bien des hommes m'ont fait des déclarations brûlantes ; j'ai marché et ça m'a distrait de ma solitude ; mais c'étaient des farceurs, ils ne se rendaient pas compte de ce qu'ils disaient et ils m'ont laissée tomber pour retourner auprès de leurs femmes. Chaque fois, je me suis sentie tellement seule que j'étais dégoûtée de la vie. A partir de maintenant, si un homme m'aime vraiment, je le rendrai tellement heureux que, marié ou non, il ne me plaquera pas, je te jure. Il me faut un ami qui s'attache à moi et qui ne m'aime pas seulement quand nous faisons l'amour, car y a rien de plus triste que ça. Je veux un ami stable, qui m'empêche de penser que je suis seule dans la vie. »

L'horloge du vestibule venait de sonner trois heures quand la porte s'ouvrit et Mary Lou Humphrey entra. C'était une petite femme brune et sémillante qui, malgré ses trente-sept ans, paraissait infiniment plus jeune que Ben. Elle était toujours très élégante et tirée à quatre épingles. Même à cette heure indue, elle portait un petit chapeau à voilette et de longs gants de chevreau noir.

« Ça s'appellerait un coup de théâtre, dit-elle sans sourciller, en se dégantant avec soin, si je n'avais pas su d'avance ce que j'allais trouver ici. Je pensais voir quelque chose de plus croustillant, à vrai dire. Suis-je arrivée trop tôt ? Ou, au contraire, trop tard ? Je m'attendais à tomber dans une ambiance plus intime...

— Que viens-tu faire ici, Mary Lou ? dit Ben en s'écartant de Vickie.

— Mais, vous surprendre, tous deux en flagrant délit, voyons !

— Tu savais que nous étions ici ?

— Une amie pleine de sollicitude a pris la peine de me téléphoner, Ben.

— Mais personne n'était au courant. Seul Nick Dopolous, le gérant du Rainbow...

— Ce n'est pas lui, Ben.

— Alors, je me demande... »

Vickie et Ben échangèrent des regards intrigués.

« J'ai trouvé ! C'est Pauline ! s'écria Vickie. C'est elle qui a fait le coup ! »

Mary Lou posa ses gants sur la table, se retourna et fit un sourire aimable à Vickie.

« Oui, dit-elle avec une extrême politesse. Vous avez parfaitement deviné. Elle m'a dit que sa grande amitié pour vous lui faisait un devoir de me prévenir, car c'était pour votre bien. Vous avez de la chance d'avoir d'aussi bonnes amies, ma chère. »

Ben se leva et se campa devant sa femme.

« Nous bavardions bien tranquillement, Mary Lou, dit-il. Tu t'en rends compte toi-même.

— Mais, tout en me regardant, Ben Humphrey, tu cherches avec angoisse comment tu vas te disculper, n'est-il pas vrai ? Veux-tu que je te laisse le temps de réfléchir ? Ou acceptes-tu un conseil ? Pourquoi ne pas donner ce petit plaisir à une femme outragée ? Tu pourrais dire, par exemple, que tu veux accorder une compensation généreuse à l'épouse outragée et lui donner le plaisir de t'entendre implorer son pardon. Que t'en semble, Ben ? Ou bien, veux-tu consulter la fille Crockett avant de me répondre ? » Elle ouvrit son sac. « Pourquoi ne pas vous mettre d'accord, tous les deux, pendant que je cherche... ? »

Elle plongea la main dans son sac, en sortit un petit pistolet-bijou et le braqua vers Ben.

« Mary Lou ! hurla-t-il. Pas de blagues ! Tu n'as aucune raison, Mary Lou ! »

Mais elle s'avança en tenant le pistolet d'une main ferme. Ben recula. Alors, elle retourna l'arme vers Vickie.

« Il y a des choses qui manquent d'élégance, Vickie », dit-elle avec suavité, tandis que son sourire disparaissait. « L'une d'elles consiste à chiper le mari d'une autre, ajouta-t-elle en grossissant la voix. Si vous ne le saviez pas déjà, vous l'apprendrez avant de sortir d'ici. »

D'un mouvement preste, elle virevolta, menaça Ben du bout de son pistolet et le poussa ainsi jusqu'au hall. Puis elle ferma la porte et donna un tour de clé. Vickie, immobile contre le divan, la vit poser l'arme sur la table, à côté de ses gants et, tout de suite, bondir et lui saisir les cheveux à pleines poignées. Poussant un rugissement, Vickie lui rendit la pareille. Le chapeau et la voilette voltigèrent et la robe qui moulait Mary Lou eut une bonne déchirure à l'épaule, tandis que ses cheveux méticuleusement ondulés pendaient en mèches sur sa figure. Au bout de peu de temps, elles se battaient comme des mégères, s'arrachant et s'entre-déchirant leurs vêtements. Vickie, furieuse de voir sa robe neuve mise en pièces, s'attaqua sauvagement à la toilette de Mary Lou, jusqu'à ce qu'il ne restât plus rien à arracher. Mary Lou tira les cheveux de Vickie par touffes et Vickie mordit à pleines dents l'épaule de Mary Lou. Elles hurlaient de rage, toutes les deux, quand Ben enfonça la porte. Il dut jouer de l'épaule pour s'immiscer entre elles et, ayant réussi à les séparer, il les tint l'une et l'autre à bout de bras. Elles hoquetaient à qui mieux mieux. Comme il se demandait quoi faire, Mary Lou s'effondra, prise d'un évanouissement. Vickie recula et, tout en sanglotant, chercha comment se rhabiller. Ben ouvrit un placard et en sortit un manteau de pluie. Quand il le lui posa sur les épaules, elle tenait à la main un lambeau de sa robe neuve et pleurait à chaudes larmes. Il l'emmena jusqu'à la porte de la maison, la poussa dehors et revint à grands pas vers sa femme. Elle sanglotait, étendue par terre. Il l'enleva dans ses bras, l'allongea sur le divan. Puis il s'assit auprès d'elle et contempla gravement les loques éparpillées sur le tapis.

XII

Daniel Boone Blalock et les deux ingénieurs de Washington, après avoir passé trois jours à étudier sur place un projet de barrage dans la Middle Valley, rentrèrent en ville un soir, très tard. Il était près de minuit lorsqu'ils descendirent d'auto devant le Southland Hotel, sales, rompus de fatigue, ankylosés. La voiture s'était embourbée à plusieurs reprises et, certain jour, ils avaient dû faire huit kilomètres à pied avant de trouver un paysan qui pût dépanner l'auto en y attelant ses chevaux de labour.

Le Membre du Congrès avait comme toujours l'estomac creux à cette heure-là et il pensa au Rainbow avec convoitise, mais la fatigue le retint de faire un pas pour s'y rendre ; il entra donc à l'hôtel avec ses compagnons de voyage, leur souhaita brièvement bonne nuit et gagna directement sa chambre.

Il avait retiré ses chaussures crottées, son pantalon couvert de boue et il remplissait un verre de whisky lorsqu'il entendit un coup timide, hésitant, à la porte. Il pensa immédiatement que Vickie avait appris son retour et s'empressait d'accourir. Cet espoir le combla d'aise malgré sa fatigue et, ne faisant qu'une gorgée de son whisky, il se promit qu'après une bonne douche et quelques verres d'alcool, il se montrerait à la hauteur et ne décevrait point sa délicieuse conquête. Elle était tellement différente des autres filles ou femmes de ce genre, tellement supérieure à toutes par son originalité, par ses manières aussi charmantes qu'audacieuses, là où les autres n'étaient que passives, banales, dociles, que ses souvenirs le décidèrent en un instant à se l'attacher coûte que coûte. Les inventions et les hardiesses de Vickie, le soir où ils avaient fait connaissance, avaient bouleversé son opinion, pourtant solide, de la femme idéale, et la perspective de retrouver les mêmes plaisirs faisait trembler sa main. Il posa son verre vide et se dirigea vers la porte. Leur dernier rendez-vous datait du début de la semaine et la pensée qu'elle montrait tant d'empressement à le retrouver le remplissait d'orgueil. Il ouvrit donc la porte toute grande, fort impatient de l'accueillir. Mais, en moins d'un instant, sa large face hilare s'affaissa en une moue lamentable.

Chism, projetant son menton en avant en guise de salut, passa tranquillement devant lui sans y être invité. Dan en eut le souffle coupé et reprit sa respiration en poussant un grognement de colère, furieux de voir Chism s'avancer vers la table couverte de verres et de bouteilles.

« Qu'est-ce qui te prend d'entrer ici comme un âne dans un moulin, Crockett ? » demanda-t-il d'une voix vibrante. Il claqua la porte et, glissant sur ses chaussettes, se précipita vers l'intrus. « Que viens-tu faire chez moi ? »

Chism remplit un des verres à ras bord et le vida d'un trait, la tête renversée en arrière. Dan le saisit par l'épaule et l'écarta brutalement de la table. Chism se laissa faire, baissa ses lourds sourcils noirs et le considéra froidement.

« Pourquoi avez-vous préparé ça ? demanda-t-il.

— Je ne t'ai pas convié, hein ? » fit Dan Blalock exaspéré autant que déçu parce qu'il s'attendait à voir Vickie. Il se sentit tout de suite repris par la fatigue et dut s'appuyer à la table. « Comment te permets-tu d'entrer si cavalièrement chez moi et de te servir tout seul ?

— Vous m'avez ouvert votre porte, non ? Il me semble que, pour tout le monde, c'est une invite.

— J'attendais quelqu'un d'autre », rétorqua Dan Blalock.

Chism s'assit sur le lit.

« Mr Blalock, j'ai passé trois jours entiers et trois nuits à vous attendre. Que diable avez-vous fait pendant ce temps-là ?

— Tu es bien indiscret ! fulmina Dan. D'ailleurs, comment as-tu appris mon retour ?

— J'étais posté dans la rue, en face de votre hôtel, attendant de voir revenir votre auto. Voilà comment j'ai su que vous étiez rentré.

— Trois jours et trois nuits ? répéta le Membre du Congrès avec étonnement. Tu as passé trois jours et trois nuits dehors à m'attendre ?

— A peu près, sauf le temps d'aller manger un morceau.

— J'ai mené une vie de chien, je suis éreinté, fourbu, Chism. Donne-toi seulement la peine de me regarder. Voilà trois jours que je patauge dans les marécages, dans la boue, dans je ne sais quelles saletés, sur les deux rives de la Middle River. Regarde l'état de mes vêtements, regarde s'ils sont crottés, tu verras où j'ai été me promener. » Il constata avec désolation que Chism ne bronchait pas. « J'ai droit à un peu de repos. Je t'en prie, laisse-moi. Je te recevrai demain matin à la première heure. Veux-tu avoir la délicatesse de faire ça pour moi ? Je t'en saurais gré, jusqu'au fond de mon cœur. »

Chism hocha la tête.

« Demain matin, ce sera trop tard, Mr Blalock. Il y a quelquefois des petites affaires qu'il ne faut pas laisser traîner. J'ai passé trois nuits entières sans fermer l'œil à vous attendre. Ce que j'ai à vous dire est trop grave pour être remis à demain. Il faut discuter de ça tout de suite.

— De quoi s'agit-il ? » se résigna à dire Dan Blalock. Il remplit son verre et, la mine accablée, s'assit. « Fais vite, car j'ai bougrement sommeil. Je serai une loque demain matin si tu me retiens longtemps.

— Je m'inquiète de la mission que le gouvernement doit me donner, Mr Blalock, dit Chism d'un air lugubre. Voilà près d'une semaine que vous me l'avez proposée, mais j'ai comme une idée que je ne suis pas encore inscrit sur le registre de paie et je ne sais même pas quel genre de travail je dois faire. Ça me dégoûterait de frauder et gruger l'Etat en ne lui en donnant pas pour son argent, moi qui suis aussi fort qu'un autre pour avoir un poste officiel. Et puis, ce serait pas chic pour les contribuables. Je veux mériter mon salaire. J'ai demandé à la poste s'ils avaient un mandat pour moi ; j'y ai été hier, avant-hier et deux fois depuis ce matin, mais ils m'ont répondu qu'ils n'avaient rien de ce genre. Chaque fois, je leur ai demandé quoi faire et, chaque fois, ils m'ont conseillé de m'adresser à vous, puisque c'est vous qui m'avez proposé l'affaire. Voilà pourquoi j'ai fait le guet devant l'hôtel. Je voulais être sûr de vous voir, afin de venir aux renseignements dès votre retour. »

Dan se pencha en avant, mit ses coudes sur ses genoux et passa ses mains sur son crâne luisant. Il poussa un grondement sonore, après lequel il resta muet, les yeux fixés sur le bout de ses chaussettes et cherchant la manière de faire décamper Chism. Il espérait encore que Vickie allait venir et il redoutait une rencontre du père et de la fille. Brusquement, il releva la tête et jeta un coup d'œil à la pendule. Elle marquait déjà une heure moins le quart.

« Moi, j'ai fait mon devoir, comme vous me l'aviez demandé, reprit Chism. Quand je prends un engagement, je le tiens toujours.

— Où veux-tu en venir ? fit Dan avec un œil sévère.

— Dame ! Les langues ont marché — et bon train, je vous le jure. Alors, j'ai joué mon rôle en disant par-ci par-là, en ville, qu'il n'y avait pas un mot de vrai dans ces bobards, conformément à notre accord. Ça m'a fait perdre un temps énorme et ça m'a appris une chose : qu'il est bougrement plus commode de lancer un canard que de l'arrêter.

— Qu'est-ce qu'on a raconté ?

— On parle beaucoup de Vickie, Mr Blalock — à votre sujet...

— Pourquoi n'as-tu pas arrêté ça ? Tu me l'avais promis !

— Mais c'est toute une histoire, Mr Blalock. J'ai peur que l'affaire soit mal emmanchée. Parce qu'il y a quelques jours, Vickie est allée aux Pompes funèbres et s'est crêpé le chignon avec la femme du directeur,

Mrs Mary Lou Humphrey. Tenez, c'était le soir où vous avez quitté la ville. Bref, toutes les deux se sont battues, je te tire les cheveux, je déchire ta robe, à qui serait la plus mauvaise. On n'avait jamais vu de bagarre comme ça entre deux femmes. Paraît qu'elles sont sorties de là nues comme des geais à l'époque de la mue et qu'elles ont fini la partie à coups de dents. Vous savez qu'il n'y a rien qui retienne deux femelles quand elles se disputent un homme.

— Un homme ? Qui ça ? fit Dan en sursautant. Tu ne prétendras pas que c'est moi, hein ?

— Non. C'était Ben Humphrey, le mari de Mrs Mary Lou, l'entrepreneur des Pompes funèbres. Il promène encore des bribes de leurs frusques dans sa poche, pour montrer l'état où elles se sont mises. Ces chiffons, on dirait qu'il les a piqués dans une poubelle. Le plus grand n'a pas la superficie d'un mouchoir. Vous devriez demander à Ben de vous montrer ça, pour voir.

— C'est très contrariant », fit Dan Blalock gêné. Il se leva et remplit un autre verre. « Il me déplaît que Vickie ait été mêlée à ce scandale. » Il vida son verre. « Mais, à tout prendre, en quoi me concerne-t-il ? L'accord que nous avions fait, toi et moi, s'applique à tout autre chose : je voulais seulement que tu démentes les commérages qu'on aurait pu faire sur Vickie et moi.

— Mais c'est qu'on vous y a mêlé ! Je vais vous raconter ça. Et c'est là que j'ai eu mon mot à dire. Le lendemain de cette algarade, Mary Lou Humphrey s'est propagée en ville et a claironné que Vickie avait passé une nuit avec vous et qu'elle aurait bien dû continuer, au lieu d'aller relancer Ben chez lui. A mon avis, tout ça vient de ce que Ben, qui est de service la nuit aux Pompes funèbres, n'a plus l'habitude de contenter sa femme. Mais, n'importe comment, Mary Lou prétend avoir la preuve de vos fredaines avec Vickie, parce que Pauline, l'autre serveuse du Rainbow, le lui a juré, en lui donnant mille détails, le jour où elle lui a appris que Vickie était en train de faire des mamours à Ben. Et ça à cause de vous, parce que vous étiez parti.

— Comment ? Parce que j'étais parti ? fit Dan en élevant la voix. Bon Dieu ! Elle a du culot !

— Mr Blalock, vous connaissez les femmes ? Moi aussi. Elles sont comme ça, on ne les changera pas. Elles n'ont pas besoin d'avoir de bonnes raisons pour agir, vous le savez.

— C'était ton rôle d'empêcher que mon nom soit cité dans un pareil scandale.

— On peut dire que j'ai fait ce qu'il fallait au début. Mais, depuis que Mary Lou s'est mise à bavarder, je ne vois pas ce qu'on pourrait faire.

— Eh bien ! Il faut que tu démentes énergiquement ces bruits en ce qui me concerne. Tu ne voudrais certainement pas qu'ils se répandent dans tout le pays, hein ?

— J'ai fait de mon mieux, je vous le jure ; mais, en même temps, je me faisais de la bile sur ma mission du gouvernement. Je bataillais pour séparer les deux choses dans ma tête, mais, sur l'honneur, ça me paraissait impossible. D'ailleurs, c'est naturel qu'elles aillent ensemble. Je me figure que, si on fait ce qu'on est payé pour faire, d'un sens, il n'y a pas de raison pour qu'on le fasse de même si on n'est pas payé, d'un autre sens. J'arrive pas à débrouiller tout ça autrement. »

Dan Blalock se leva et alla se planter devant la fenêtre. Le dos tourné, il regarda longuement ce qui se passait dans la rue. Un taxi vint s'arrêter devant l'hôtel. Plein d'espoir, Dan attendit, se demandant si ce ne serait pas Vickie, mais il n'en sortit personne. Dan se retourna, déçu et furibond.

« Tu es une canaille, Crockett ! hurla-t-il. Une franche canaille !

— Je ne vois pas pourquoi vous dites ça, Mr Blalock ! protesta Chism avec un regard outragé.

— Une vraie canaille ! Un maître-chanteur. Car c'est bel et bien du chantage, ou je ne m'y connais pas. Tu cherches à m'extorquer de l'argent pour ce que tu aurais dû faire dans ton propre intérêt. N'éprouves-tu pas l'obligation de défendre la réputation de ta fille ? Ne sens-tu pas que tu dois aide et protection à la femme ?

— Sûr que si, que j'y tiens.

— Alors, pourquoi ne le fais-tu pas, mille tonnerres ?

— Mr Blalock, tout ce que je veux, c'est remplir mon rôle dans le marché que nous avons conclu. Je tiens autant que vous à défendre la femme et je le ferai, parole, quand l'autre condition sera réglée. Récapitulons le programme : moi, je rabats le caquet de celui qui vous met dans les mêmes draps que Vickie — et vous, vous me procurez un bon filon au nom du gouvernement. Mais je ne vois pas de sens à dire du bien de vous, si je n'en retire aucun bénéfice. Ça tournerait tout l'accord en votre faveur et je me trouverais le bec dans l'eau. Voyons, est-ce que c'est pas loyal et équitable, ce que je dis ?

— Chism, tu n'admets pas qu'on fasse des commérages sur ta fille, hein ? Ne sens-tu pas, au plus profond de tes entrailles, qu'il est de ton devoir de défendre la femme en général, envers et contre tout ?

— Mr Blalock, tout un chacun, par ici, connaît Vickie et sait qu'elle court avec Tom, Dick, Harry et les autres et vous savez très bien vous-même qu'on ne peut pas détourner le cours d'un ruisseau et le faire couler de bas en haut d'une montagne. Tout ce que je peux dire pour défendre Vickie, c'est qu'il y a eu erreur sur la personne et que c'est une autre qu'est venue coucher avec vous, ici, l'autre soir. Et encore, j'aurai beau faire, j'empêcherai pas ça d'être un fichu mensonge, à moins que je n'en retire un avantage qu'en vaille la peine.

— Je regrette que tu n'aies pas eu la franchise de me dire, avant la conclusion de notre pacte, que tel était ton point de vue.

— Vous ne me l'avez pas demandé.

— Ceci est du pur chantage et je ne l'admettrai pas, déclara Dan.

— Je pourrais faire bien pire et envenimer les choses en disant que vous avez fait une promesse solennelle à Vickie, celle de l'épouser, par exemple, pour qu'elle couche avec vous, que vous vous êtes moqué d'elle et que vous ne défendez pas la femme comme vous le prétendez, mais que vous faites tout le contraire. J'aurais pas à le répéter : les gens me croiront tout de suite. » Il haussa ses lourds sourcils noirs sur son front basané. « Mais il y en a qui ne seraient pas contents de savoir ça, Mr Blalock.

— Qui donc ? fit Dan nerveusement. De qui parles-tu ?

— Des Ku-Klux-Klan », déclara Chism, osant à peine sourire.

Dan s'agita sur sa chaise et étira ses doigts de pieds.

« Evidemment, il faut que j'intervienne, dit-il au bout d'un moment. Je ne peux me permettre cette scandaleuse publicité. Elle entraînerait immanquablement ma perte. Dieu n'aurait jamais dû te mettre sur mon chemin. » Il passa les mains sur son crâne chauve. « Il faut que je réfléchisse. Donne-moi un jour ou deux, Chism. Cependant je te prie de te conduire en honnête homme et de faire cesser autant que tu le pourras ces infâmes potins. Répands le bruit qu'il y a maldonne et que Vickie n'a jamais mis les pieds ici. Affirme qu'elle est officieusement fiancée à quelqu'un. Cite un nom, n'importe lequel. Invente tout ce que tu voudras. Mais, pour l'amour du Ciel, que je ne sois pas mêlé à ce scandale ! Je suis marié, c'est de notoriété publique. Me nommer à propos de cette turpitude me ferait perdre toute mon influence en haut lieu.

— J'aimerais bien vous rendre service, Mr Blalock, mais ça m'ennuie de partir, ce soir, sans être plus avancé, dit Chism d'un air soucieux. Je voudrais bien savoir ce qui en est de la feuille de paie et quand je commencerai à travailler pour le gouvernement. Je ne cracherais pas sur une mission de ce genre, parce que ça augmenterait mon prestige et on n'en donnerait que plus de poids à mes paroles.

— Tu m'accordes bien un jour ou deux pour faire cette mise au point, n'est-ce pas, Chism ? Tu auras ma réponse au plus tard après-demain. En attendant, tu me rendrais grand service en disant à droite et à gauche qu'une erreur a été commise sur le fait de la moindre intimité entre ta fille et moi. Tu défendras ainsi la réputation d'une femme et, en même temps, tu sauvegarderas grandement mon honorabilité.

— Mais, mon poste officiel, Mr Blalock ? insista Chism sans fléchir.

— Je ne laisse jamais dans l'embarras les gens qui se décarcassent pour me rendre un service personnel. Ce sont des choses que je n'oublie pas.

— Si ça veut dire que vous me promettez une mission officielle, je suis prêt à tout pour vous venir en aide, Mr Blalock. Garder un doute là-dessus, ça me paralyse la langue, vous comprenez ; tandis que, si vous m'assurez que j'ai plus à me faire de bile, ça ira tout seul. »

Chism se leva, remplit son verre, but le whisky d'un trait et gagna la porte. Il s'arrêta un instant, perplexe, se demandant s'il ne levait pas le siège trop tôt. Dan ne fut soulagé qu'en le voyant ouvrir la porte. Mais Chism se retourna sur le seuil.

« Enfin, je suis bien content que nous soyons d'accord, Mr Blalock, dit-il avec un petit hochement de tête satisfait. Je rentre chez moi piquer un somme, mais, dès demain, j'irai crier au scandale sur l'erreur grossière qu'on a faite en disant que vous aviez couché avec Vickie. Je me charge de ça pour vous, Mr Blalock, vous n'avez plus besoin d'y penser. Mais, par exemple, n'oubliez pas ma mission au gouvernement. »

Il s'éclipsa. Dan ferma précipitamment la porte et donna un tour de clé pour empêcher Chism de réapparaître, au cas où il se raviserait. Juste au moment où Dan tournait la clé dans la serrure, Chism le rappela d'une voix pressante.

« Que veux-tu encore ? cria Dan.

— Mr Blalock, aimeriez-vous venir chasser l'opossum avec moi, un de ces soirs ? J'ai trois chiens qui n'ont pas leur pareil pour pister l'animal. Voulez-vous qu'on y aille demain soir, Mr Blalock ?

— Fichtre, non ! Voilà vingt ans que je cours à la fois comme le lièvre et les chiens : j'en ai ma claque. »

XIII

Noble se réveilla au milieu d'un après-midi et appela Dorisse. Jarvis, qui jouait devant la maison avec des petits voisins, l'entendit et courut avertir Dorisse. Elle rinçait du linge dans la cour, mais elle eut vite fait de s'essuyer les mains et d'accourir. Elle entra dans la chambre et ferma la porte. Nobby était vautré dans son lit, écrasant l'oreiller en désordre, et frottait ses yeux bouffis de sommeil.

« Noble ! » chantonna-t-elle, et elle se planta au pied du lit.

« Quelle heure est-il ? bougonna Noble.

— Près de trois heures, Noble. » Elle s'avança et s'assit près de lui. « As-tu bien dormi ?

— Non », grommela-t-il d'une voix pâteuse. Il passa ses doigts dans ses cheveux ébouriffés et bâilla. « Ne pourrait-on faire taire ces sacrés mômes ? Pas moyen de fermer l'œil dans ce raffut. Un de ces jours, j'irai taper dans le tas, ça les fera déguerpir.

— As-tu encore sommeil, Noble ? Veux-tu que j'aille leur demander d'aller jouer dans la cour ? Je te réveillerais à temps pour dîner. Est-ce que cela te ferait plaisir, Noble ?

— Donne-moi une sèche », dit-il en faisant un signe vers la table de chevet.

Dorisse sortit une cigarette du paquet, l'alluma et la lui mit à la bouche. Puis, impulsivement, elle se pencha et l'embrassa sur le front avant qu'il eût pu l'empêcher.

« Noble, il était presque six heures quand tu es rentré, ce matin », dit-elle en le câlinant comme un enfant. Elle lui prit la main et la caressa tendrement. « Pourquoi restes-tu si tard dehors, Noble ? Ne pourrais-tu rentrer à minuit comme autrefois ? Tu ne sais pas combien j'en serais heureuse ! Je trouve le temps si long sans toi, Noble !

— Tu ne vas pas recommencer à chialer, non ? Fiche-moi la paix. Assez de prêche ! — Il la repoussa.

— Excuse-moi, Noble. Je ne voulais pas te contrarier. Mais tu me manques tellement, le soir ! Tu n'es plus jamais avec moi quand je m'endors. J'ai peur à la tombée du jour et, dès qu'il fait nuit, je me sens si seule ! Je passe mon temps à broyer du noir en me demandant où tu es, ce que tu fais, etc. Tu me comprends, Noble ? »

Il tira sur sa cigarette, aspira profondément la fumée, puis la recracha bruyamment.

« Ce serait si merveilleux de passer toute la nuit avec toi, Noble, comme au début de notre mariage ! Tu te rappelles bien ? C'était le paradis pour moi. Je m'ennuie de toi, quand je suis seule. Si nous avions une petite maison à nous, tu ne sortirais pas, le soir, n'est-ce pas ? Je suis sûre que tu n'y penserais même pas, Noble. Nous serions seuls, toi et moi. Personne ne nous ennuierait. Est-ce que ça n'arrivera jamais ? Dis-moi que tu en as envie, Noble, je t'en prie !

— Et moi, je te prie de me ficher la paix ! J'en ai marre de tes jérémiades. Je t'ai dit que je resterais ici. »

Elle se rapprocha et voulut l'embrasser, mais il la repoussa.

« Je veux du fric, déclara-t-il. » Il leva la tête pour la narguer du regard. « Voilà ce que je veux : du fric.

— Oh ! Noble, gémit-elle en laissant retomber ses mains. Que faut-il faire ? Qu'allons-nous devenir ?

— Tu m'en demandes trop. Ce que je sais seulement, c'est qu'il me faut dix dollars et que tu vas aller me les chercher tout de suite.

— Oh ! Non, dit-elle, haletante.

— Oh ! Si », dit-il sur le même ton.

Elle dodelina de la tête en se mordant les lèvres pour s'empêcher d'éclater en sanglots. Mais, voyant Noble froncer les sourcils, elle comprit qu'il était inutile d'essayer de le fléchir et elle chercha éperdument ce qu'elle pourrait faire pour lui procurer cette somme. Vickie dormait dans la chambre voisine, mais il ne servirait à rien de la réveiller. Sa sœur ne lui prêterait pas dix dollars, même si elle les possédait. Vickie lui avait dit solennellement qu'elle ne lui donnerait plus un centime si c'était pour Nobby Hair.

« Je t'en prie, Noble, implora-t-elle.

— Va me chercher du flouss, je te dis.

— Je ne peux pas... je ne peux pas...

— Si tu ne peux pas, gare !

— Je ferais n'importe quoi d'autre pour toi, Noble.

— Tu vas faire ça d'abord. Le reste, on verra ça ensuite, si je te le demande. »

Elle attendit de seconde en seconde, jusqu'à ce que le

regard fixe et cruel l'eût forcée à se rendre compte qu'elle n'avait qu'à obéir. Elle s'écarta de lui.

« Bon », dit-elle en se détournant.

Elle se leva et s'approcha de la toilette. Elle prit un peigne et le passa d'un geste saccadé dans ses cheveux. Nobby la suivait de l'œil, mais ne disait pas un mot. Sans le regarder, elle non plus, elle traversa la chambre, ouvrit la porte et sortit. Elle ne savait pas quoi faire, pas davantage où aller, mais partit droit devant elle, se répétant machinalement qu'il lui fallait à tout prix trouver dix dollars pour Nobby et que, si elle n'y réussissait pas, elle n'oserait pas rentrer. Elle suivit la Grande-Rue jusqu'au bout, puis revint sur ses pas. Des hommes l'apostrophèrent et elle leur répondit au hasard, ne sachant ni ce qu'elle disait ni à qui elle parlait. Comme elle passait pour la deuxième fois devant la maison de jeux, un inconnu se détacha du seuil et vint se planter devant elle.

« Eh! C'est bien toi, la femme à Nobby Hair? »

Elle fit un signe négatif.

« Tu cherches ton homme, dis? On ne l'a pas encore vu ce soir, mais il viendra sûrement.

— Non, je ne le cherche pas, dit-elle. Je sais où il est.

— Ah! Ben, alors... »

Elle reprit son chemin. Chaque fois qu'on lui adressait la parole, elle entendait la voix furieuse de Nobby lui ordonnant d'aller chercher de l'argent, et elle frissonnait à la pensée qu'elle devait à tout prix lui obéir. Continuant à marcher au hasard, elle se demanda quoi faire pour éviter l'humiliation d'aller quêter Ross. Sans savoir pourquoi, elle s'arrêta à l'angle d'une rue. Un homme vint à elle et lui chuchota quelques mots. Elle lui jeta un regard affolé et partit en courant. A la porte du bureau de Ross, l'idée lui vint qu'il pourrait être absent. Elle entra, le cœur battant à grands coups.

« Ross ! s'écria-t-elle, soulagée de le voir. Enfin toi ! »

Ross se leva d'un bond et s'élança vers elle. Voyant qu'elle tremblait de la tête aux pieds, il la prit dans ses bras.

« Que se passe-t-il, Dorisse ?

— J'avais si peur de ne pas te trouver ! »

Il la fit asseoir.

« Comment te mets-tu dans des états pareils ? Il se pencha anxieusement. Que t'arrive-t-il ?

— Noble... », dit-elle. Et elle fondit en larmes.

Ross avança une chaise et s'assit devant sa sœur. Il lui prit la main tendrement.

« Qu'a-t-il encore fait, Dorisse ? lui demanda Ross quand elle se fut calmée. Parle franchement. Je veux tout savoir. »

Elle leva la tête et s'enhardit :

« Il a besoin d'argent, Ross. »

Ross se carra sur sa chaise.

« Il est temps d'intervenir, déclara-t-il d'une voix ferme. Cette situation n'a que trop duré.

— Non ! cria-t-elle en secouant violemment la tête. Non, je ne veux pas !

— Qu'est-ce que tu ne veux pas ?

— Lui faire de la peine.

— Tant pis pour lui, Dorisse. Il y a longtemps que je me désintéresse de lui. C'est à toi que je pense. »

Elle baissa les yeux sur ses mains crispées l'une contre l'autre.

« Je ne sais que faire, Ross.

— Je vais te donner un conseil, comme à une cliente

quelconque qui serait dans ton cas et qui viendrait me consulter.

— Que lui conseillerais-tu ? » Elle se mordit les lèvres en attendant qu'il s'expliquât.

« De divorcer.

— Non ! dit-elle dans un sanglot.

— Mais ce serait pour ton bien, Dorisse !

— Moi, ça m'est égal. Je ne divorcerai jamais.

— Ecoute-moi, Dorisse.

— Je t'écouterai si tu me conseilles autre chose, mais ça, je ne le ferai jamais. Je ne le veux pas. J'aime Noble. C'est mon mari. Tu ne comprends pas ça, Ross ? » Elle lui jeta un regard déchirant. « Quoi qu'il arrive, Ross, je ne divorcerai jamais.

— Mais vois comme tu es malheureuse ! Tu ne t'entendras jamais avec lui.

— Mais je suis heureuse, d'une certaine façon. Tu ne le vois pas, Ross ? Je suis heureuse ! »

Il l'observa un moment et hocha la tête.

« Ça ne marchera jamais. Tu as fait des efforts plus que loyaux, et la sagesse serait de te dépêtrer de cette situation infernale pendant qu'il en est temps. C'est la seule solution raisonnable, Dorisse.

— Pour rien au monde je n'abandonnerai Noble. C'est mon mari, je l'aime et...

— Tu essaies de t'illusionner, Dorisse. Mais tu te débats dans un cauchemar. Pourquoi ne reconnais-tu pas l'évidence ? Au fond de ta conscience, tu sais à quoi t'en tenir.

— C'est au fond de ma conscience que je vois combien j'aime Noble. C'est pour cela que j'en suis tellement sûre. »

Il se rembrunit. « Tu finirais par me faire croire que

je veux rompre un mariage heureux. Mais tu n'y arriveras pas. »

Il se détourna et fixa longuement la fenêtre. Le jour baissait, les ombres des arbres noircissaient de minute en minute et il faisait presque nuit dans le bureau. Ils restèrent assis l'un près de l'autre sans mot dire, dans l'obscurité. Ross chercha longuement la manière d'influencer sa sœur, pour qu'elle abandonnât Nobby, mais, en fin de compte, il dut constater son échec.

En se retournant vers elle, il vit qu'elle avait les yeux fixés sur lui.

« Ne me parle plus jamais de ça, je t'en prie, Ross », implora-t-elle.

Il resta muet encore un moment, puis finit par dire : « Comment vas-tu faire pour lui procurer cet argent ?

— Je ne sais pas.

— Crois-tu sincèrement qu'il s'améliorerait si vous viviez ailleurs, dans votre foyer ?

— J'en suis sûre, affirma-t-elle, et sa figure s'éclaira d'un sourire. C'est exactement ce qu'il faudrait. Ça changerait tout. C'est la vie avec Papa comme il est, et tout le reste, qui fait notre malheur. Nous n'avons jamais l'impression d'être seuls. Tout le temps quelqu'un tournicote autour de nous : Grandpa ou Jane, ou bien Jarvis, Vickie... Ce n'est pas une vie conjugale.

— Tu expliques ça à ta manière.

— Mais c'est la vérité, Ross. Noble travaillerait et ne passerait plus la nuit dehors à jouer, et nous aurions...

— Je peux chercher un emploi pour Nobby, dit Ross. Ce ne sera pas facile, mais je veux bien essayer. Toi, par exemple, il faudra que tu le décides à travailler. Ce serait trop me demander : moi, je n'y arriverais pas.

— J'en parlerai à Nobby, dit-elle avec reconnaissance. Il acceptera, j'en suis sûre.

— Voyons, en attendant, quelle est cette histoire d'argent ?

— Noble a besoin de dix dollars.

— Pourquoi faire ?

— Je ne le sais pas exactement.

— Si, tu le sais. Moi aussi. » Ross sortit son portefeuille. « Voilà cinq dollars. Je refuse de lui en donner plus.

— Je suis sûre qu'il s'en contentera ! — Elle hésita. — Je ne sais pas comment te remercier. Je ne sais pas davantage quand je pourrai te les rendre.

— Le meilleur remerciement serait d'engager Nobby Hair à travailler », lui dit Ross en souriant. Dorisse alla jusqu'à la porte et, là, marqua un temps d'arrêt, la main sur la poignée, ayant l'air oppressée par un besoin de confidence. Il attendit en l'encourageant du regard et était sur le point de lui tendre la perche quand elle ouvrit précipitamment la porte et s'enfuit. Il la regarda s'éloigner et l'appela, mais elle traversa le palier sans paraître l'entendre. Elle était tentée d'avouer à Ross qu'elle avait peur, mais cette humiliation eût été au-dessus de ses forces.

Elle rentra chez elle en pressant le pas et serrant l'argent pour ne pas le perdre. Elle traversa la maison comme une flèche, mais à la porte de sa chambre, s'arrêta brusquement. Elle se reprochait d'avoir peur de Nobby ; pourtant elle se rendait compte qu'il la terrorisait et cela depuis longtemps. En fermant les yeux, elle se dit qu'elle n'y pouvait rien et entra bravement.

Nobby était toujours au lit. Il leva la tête au-dessus

de l'oreiller et la regarda d'un œil torve. Elle accourut en brandissant l'argent.

Un large sourire lui détendit la face.

« Tu as réussi ! Tu vois bien. »

Elle hocha la tête et croisa ses mains sur son cœur.

« Je te l'avais dit. Je savais bien que tu le pourrais. »

Elle répéta son geste désapprobateur de la tête.

« Tu t'y habitues, dit-il en la narguant. La prochaine fois, tu feras ça sans dire ouf. »

Il compta l'argent. Son sourire disparut.

« Il n'y a que cinq dollars, gronda-t-il. Où sont les autres ?

— Noble, c'est tout ce que j'ai pu trouver, dit-elle malaisément. Est-ce que ça ne suffit pas ? Cinq dollars, c'est une somme ! »

Voyant l'expression hargneuse réapparaître elle se hâta de dire ce qu'elle voulait, avant qu'il se mît en colère.

« J'ai quelque chose à te demander, Noble. J'ai fait ça pour toi : alors, je t'en prie, accorde-moi ce que je veux. Tout notre bonheur en dépend.

— Quoi ? Encore la vieille rengaine ?

— Je voudrais que tu prennes un emploi sérieux, pour que nous puissions quitter cette maison et vivre dans notre foyer. Ce serait énorme et pas seulement pour moi, mais pour nous deux. Nous nous aimons, il faut que rien ne gâte notre bonheur. Tu comprends, Noble ?

— Tout ce que je veux c'est jouer aux dés jusqu'à ce que je ramasse une belle somme, de quoi vivre à son aise. J'aurai pas besoin de travailler quand ça y sera. Et ça y sera bientôt. Un peu de patience et tu verras.

— Mais il faut que tu travailles, Noble.

— Pourquoi donc ?

— Parce que c'est le seul moyen de gagner. Le jeu, ça n'enrichit pas. Et je ne veux plus aller te chercher de l'argent comme ce soir. Je te préviens, je n'irai plus.

— Vraiment ?

— Oui, Noble.

— Tiens ! Pourquoi donc ? Tu l'as bien fait ce soir...

— Mais je ne recommencerai pas.

— Tu recommenceras si je te le demande.

— Je t'en prie, Noble...

— Où est le reste de l'argent ? Tu as ramassé dix dollars et tu en gardes cinq pour toi, n'est-ce pas ?

— Non ! » dit-elle en le guettant, terrorisée.

Nobby rejeta les couvertures et sortit du lit.

« Tu me racontes une blague. Tu as dix dollars ! Tu cherches à me carotter. Amène les cinq autres, sans ça je cogne.

— Je t'en supplie, crois-moi, Noble. Je t'ai donné tout ce que j'avais, absolument tout. Je te le jure, Noble !

— Qui t'a donné ces fafiots ?

— Ne me demande pas ça, je t'en prie.

— Qui est-ce ? »

Elle secoua la tête.

« Qu'est-ce que t'as fait pour les avoir ? »

Elle fit le même signe de tête.

« On t'a donné dix dollars, hein ? »

Elle esquissait le même geste de refus quand elle le vit s'avancer vers elle.

« Ce que je vais t'apprendre, moi, tu ne l'oublieras pas de si tôt. Tu te crois maligne, hein ? Faucher cinq dollars et s'entêter à cacher de qui tu les tiens ! T'es pas aussi maligne que tu le crois. »

Il la gifla en pleine figure. Dorisse tomba sur le lit et se cacha la figure pour éviter une grêle de coups. Il bondit sur elle et la frappa de toute la force de ses deux mains. Elle s'empêcha de crier, de peur d'alerter quelqu'un de la famille, mais les coups répétés lui faisaient si mal qu'elle pleurait de douleur. Il continua à la frapper avec une telle brutalité qu'elle tomba du lit. Quand il la vit par terre, il la regarda gémir à ses pieds.

« La prochaine fois, tu sauras ça d'avance, lui dit-il. Tu ne seras pas prise au dépourvu. Si je te reprends à te moquer de moi, tu sauras ce qui t'attend. Mais j'essaierai de mieux faire : t'auras même plus ta gueule pour chialer comme maintenant. T'as compris ? La prochaine fois que je te demanderai où t'as trouvé du fric, tu te feras pas longtemps prier pour me le dire. J'aurai pas à te le demander deux fois, si tu ne veux pas recevoir une autre tournée, encore plus soignée si possible. »

Nobby s'habilla et sortit sans lui jeter un regard. Mais, restée seule, elle continua à sangloter par terre. Tout à coup, Vickie accourut et s'agenouilla près de sa sœur. Elle lui souleva la tête et la soutint contre sa poitrine.

« Il faut appeler la police et le faire arrêter. Il le mérite, cette fois. Quelle horreur ! Tu me permets, Dorisse ? Je t'en prie, laisse-moi...

— Non, larmoya Dorisse en se serrant contre Vickie. Ne fais pas ça. Je ne veux pas.

— Mais regarde comme il te brutalise !

— Ça ne fait rien, Vickie. Noble ne voulait pas me faire mal. Il ne l'a pas fait exprès. Je ne veux pas qu'on l'emprisonne.

— Au moins, tu ne diras plus que tu l'aimes, après cette histoire-là ?

— Bien sûr que si, je l'aime. »

Vickie hocha la tête.

« Ma parole, je compterai jusqu'à sept millions sur mes doigts, la prochaine fois que je serai tentée de m'attendrir sur un homme.

— Nobby ne voulait certainement pas me faire mal », murmura Dorisse en passant ses bras autour du cou de sa sœur et en se blottissant contre elle.

XIV

Poussée par l'impression persistante qu'elle était le point de mire de quelqu'un, Jane quitta des yeux la revue qu'elle était en train de lire et aperçut son père, debout au coin du hangar, à quinze mètres d'elle. Elle s'inquiéta tout de suite de la manière dont il s'appuyait au mur et la dévisageait, mais, sans s'y arrêter, elle reprit sa lecture. Elle était assise au soleil dans la cour, depuis près d'une heure, pour faire sécher ses cheveux et, passionnée par l'intérêt du magazine, elle avait laissé le temps passer. C'était dimanche. Le matin, elle était allée avec Jarvis à l'église presbytérienne et Dorisse les avait retrouvés au sermon. Grandpa Crockett était venu, lui aussi, entendre prêcher le Révérend Edwards et, après le service, ils étaient rentrés tous ensemble.

Vickie et Nobby dormaient encore à ce moment-là et Chism s'impatientait, marchait de long en large et pestait contre le déjeuner du dimanche qui était toujours en retard. Grandpa lui avait dit que ce repas lui semblerait bien meilleur s'il était allé à l'église et avait entendu le sermon du Révérend Edwards, mais Chism était sorti pour éviter les semonces de Grandpa.

Le déjeuner fini et la vaisselle remise en place, Jane avait enlevé ses habits du dimanche, passé un vieux sarrau et s'était lavé les cheveux, conformément à son habitude dominicale. Jarvis était parti jouer avec ses petits voisins, les autres restaient à l'intérieur. Chism avait fait sortir Liz, Rockie et Margie du hangar et les trois chiens somnolaient paisiblement sur le perron de la cour.

Distraite une deuxième fois de sa lecture par une impulsion qui lui fit lever la tête, Jane vit que son père allait et venait devant le hangar. De temps en temps, il se retournait et regardait vers elle. Son attitude et sa physionomie la mirent mal à l'aise. Elle oublia complètement la revue qu'elle lisait et le suivit des yeux. Son appréhension ne fit que croître jusqu'au moment où il s'arrêta à l'angle du hangar et vit qu'elle l'observait. Elle se leva brusquement et partit à toutes jambes vers l'intérieur de la maison ; mais aussitôt elle s'entendit héler par son père. Elle avait follement envie de rentrer, au risque de braver l'ordre paternel, mais ce ton impératif et la crainte de son père coupèrent son élan. Elle avait toujours obéi à ses parents et, depuis la mort de sa mère, elle n'avait jamais tenu tête à son père. Elle resta donc clouée sur place, le dos tourné, pendant un temps qui lui parut éternel, aussi incapable de se retourner pour répondre que de faire un pas pour rentrer. Chism l'appela une deuxième fois. Alors elle se dit qu'elle ne serait pas la plus forte et qu'il lui fallait se soumettre.

Chism leva le bras et, d'un geste péremptoire, lui intima l'ordre d'approcher. Toute tremblante, Jane posa la revue sur sa chaise et traversa la cour, tête baissée ; mais, arrivée près de lui, même sans lever les yeux, elle vit qu'il lui faisait signe d'entrer dans le hangar. Pourtant, elle s'arrêta pile sur le seuil : l'odeur du whisky que dégageait Chism ne la surprenait pas, mais la pensée qu'il était ivre lui glaçait les veines. Elle se souvenait de ce qu'il était cruel et violent lorsqu'il avait trop bu et elle ne pouvait se résoudre à entrer. Chism allongea le bras et la poussa vers l'intérieur.

Le hangar n'avait pas de fenêtre et, quand Chism l'eut suivie et eut fermé la porte à clé, elle se trouva dans l'obscurité. Seuls quelques traits de lumière filtraient entre les planches disjointes. Peu à peu, ses yeux se firent à la pénombre et elle distingua son père assis sur une caisse, adossé au mur et préparant une cigarette. Tout intriguée, elle vit qu'il la regardait de temps en temps par en dessous, en conservant son expression indéchiffrable et elle chercha tout de suite le moyen de fuir. Elle se demanda pourquoi il l'avait attirée là et si c'était pour la punir d'une faute qu'elle aurait commise. Mais il s'éternisait à rouler sa cigarette plus méticuleusement que jamais. Enfin il l'alluma sans sortir de son mutisme. Tout à coup elle sentit ses jambes flageoler et s'écroula par terre.

Il ne fit pas un geste pour la secourir et resta sur sa caisse, le dos calé au mur, pinçant sa cigarette d'une main et triturant de l'autre une boucle de ceinture toute rouillée qu'il avait ramassée. Sans regarder fixement Jane, il lui décochait par moments un vague regard. Les minutes passaient. Soudain il lui fit signe d'approcher. Domptant sa terreur, elle se leva et vint devant lui. Elle avait envie de lui demander en grâce de la laisser partir, mais la peur l'étranglait. Il lui souffla sa fumée en pleine figure et garda son mégot entre ses doigts jaunes de tabac. Incapable de se contenir davantage, elle ébaucha un mouvement de fuite vers la porte ; mais, avant qu'elle ait pu s'esquiver, il la rattrapa par sa robe. Brisant son élan, il la poussa vers le fond du hangar. Elle se laissa aller par terre et s'affaissa au pied du mur. Chism se réinstalla sur sa caisse.

« Tu as des manières bien bizarres, dit-il en ricanant. Pourquoi as-tu si peur ? »

Elle se contenta de lever les yeux vers lui.

« J'ai quelque chose d'important à te dire, reprit-il. Nulle part nous ne serions aussi tranquilles. Voilà pourquoi je t'ai fait venir. »

Elle attendit la suite en le scrutant du regard.

« Tu ne voudrais pas que je répète ce que j'ai découvert, hein ? » commença-t-il. A force de manipuler la vieille boucle de ceinture il l'avait en partie dérouillée. « Voilà, j'ai ruminé tout ça et je consens à garder pour moi ce que j'ai vu, l'autre soir, sous la tribune du stade quand, passant par là par hasard, j'ai vu par une fente du mur ce que tu fricotais dans le bureau de Russ ; mais je pose mes conditions. J'ai beaucoup réfléchi et je suis arrivé à l'idée de te proposer un pacte : si tu ne veux pas que Mrs Thornton, le directeur de l'école et les autres sachent ce que tu fricotes avec Russ Thornton, il faut que tu me donnes du secours, chaque semaine, comme Vickie. Je suis à sec en attendant l'emploi que le gouvernement m'a promis. Je ne dédaigne pas la plus petite somme. Je ne suis même pas exigeant : cinq dollars par semaine suffiraient peut-être pour commencer. Je sais que tu n'as rien à toi, mais tu peux obtenir ce que tu veux de Russ Thornton, si tu sais t'y prendre. A moins, bien entendu, que tu ne préfères le genre de travail que fait Vickie. Je te laisse le choix : moi, je m'en fiche, pourvu que la somme tombe régulièrement chaque semaine.

— Tu ne parles pas sérieusement, Papa ?

— Bien sûr que si.

— Mais... » Elle avait le souffle coupé. Chism se remit tranquillement à faire sauter la vieille boucle dans le creux de sa main. « Je t'en prie, ne m'oblige pas à quitter l'école et à me placer, Papa, implora-t-elle. Je passe mon examen ce printemps : ensuite, je ferai tout ce que tu voudras. Mais je tiens tellement à finir mes classes ! Je t'en supplie, laisse-moi les continuer.

— T'aurais pas à cesser tes classes si tu acceptes ce que je te propose. Demande de l'argent au capitaine d'équipe : c'est bien facile.

— Mais je ne peux pas faire ça, Papa ! C'est impossible.

— Ecoute. J'ai pas le choix et je n'irai pas par quatre chemins. Si tu ne veux pas que je raconte partout ce que je sais de toi et Russ Thornton et ce que vous fricotiez l'autre soir, je consens à établir un pacte. A toi de savoir ce que tu préfères. »

Jane se cacha la figure dans ses mains, incapable de retenir plus longtemps ses larmes.

« Pleurer, c'est perdre son temps, dit Chism. T'es devenue une belle fille et tu sais que, ce qu'il faut avant tout, dans la vie, c'est apprendre à se débrouiller. T'as tellement changé depuis six mois que t'as sûrement pas manqué de réfléchir à la façon de tirer parti de toi-même et ça prouve qu'il est temps de chercher le meilleur moyen de le faire. Ce moyen, emploie-le quand l'occasion se présente. Et la meilleure occasion pour les femmes, c'est l'homme à qui elles ont tourné la tête. J'ai trop souvent vu des femmes bien balancées, comme toi, repousser un homme et s'en mordre les doigts toute leur vie. L'homme se rabat sur une prude, ça marche quelque temps, puis il l'abandonne et en prend une autre, plus généreuse. T'as trouvé la bonne occasion ; j'enragerais de te voir la perdre, faute de m'avoir écouté. N'importe comment, faut que tu t'arranges pour me donner cinq dollars chaque...

— Papa, laisse-moi partir, gémit-elle. Je veux m'en aller d'ici. »

Chism se leva et alla mettre l'œil à une des fentes du mur. Au-dehors, le soleil brillait et, d'une des maisons voisine, venait le ronronnement étouffé d'une radio. Il traversa le hangar et alla d'un mur à l'autre, jusqu'à ce qu'il eût attentivement regardé par les fentes des quatre murs. Il ne vit personne, mais entendit deux hommes en discussion sur la véranda des Mitchells, leurs voisins les plus proches. Il prêta l'oreille un instant, puis revint s'asseoir. Jane était toujours par terre, mais, constatant qu'il ne paraissait nullement décidé à lui laisser la voie libre, elle se leva et se glissant derrière lui, se précipita vers la porte. Il se retourna brusquement et lui barra le chemin.

« Je t'en supplie, laisse-moi partir, implora-t-elle, ruisselante de larmes. Je veux m'en aller. Il faut que je sorte d'ici. »

Comme elle luttait pour passer, Chism lui prit les deux bras et les lui tordit derrière le dos. Elle finit par céder et tomba par terre, à bout de forces.

« Laisse-moi partir, Papa, supplia-t-elle. Je t'en prie, ne me force pas à rester.

— Je sais ce que j'ai à faire. Ce que je viens de te dire, j'y pense depuis que le hasard m'a fait passer par le stade et m'a permis de voir ce que j'ai vu. Alors, j'ai pris cette décision. Je n'entends plus parler du travail que Dan Blalock m'avait promis et j'ai besoin d'argent. C'est une bonne occasion pour toi et moi de nous entendre, parce que ça va bientôt te démanger de revoir Russ Thornton et t'as sans doute aucune envie que j'aille le crier sur les toits. Tu ne voudrais pas qu'il perde sa situation et soit expulsé de la ville, n'est-ce pas ? Tu crois peut-être que je parle en l'air, mais détrompe-toi. Les gens qui l'expulseraient savent comment traiter un homme qui s'est mal conduit. Et peu importe qu'il soit blanc ou noir. Ils ont chassé un nègre il y a quinze jours et il ne remettra pas les pieds ici tant que les Ku-Klux-Klan l'auront à l'œil. Et ils sont puissants, tu peux me croire. Si tu tiens à Russ, t'auras à cœur que je garde pour moi ce que j'ai découvert.

— Tu me dégoûtes, Papa. Je te déteste.

— Ça passera, va. Tu changeras d'avis.

— Je voudrais que quelqu'un vienne enfoncer la porte.

— Personne n'oserait le faire. Je suis ici chez moi.

— Je finirai bien par en sortir, alors j'irai tout raconter. Je le dirai à Grandpa.

— A ce vieil imbécile, qui ne fait que radoter ? Personne ne tient compte de ce qu'il dit. »

Elle se leva et essaya encore une fois de se défiler par surprise, mais il lui saisit le bras. Elle se débattit à coups de poing. Il ne fit qu'en éclater de rire.

« Eh bien ! Prenons nos précautions », dit-il en continuant ses rires. Il attrapa le bas de sa robe, la fit passer par-dessus sa tête et ses épaules et la balança au fond du hangar. « Comme ça, peut-être vas-tu te tenir tranquille et décider ce que tu veux faire. Tu ne sortiras d'ici qu'ensuite. »

Elle tenta encore de se dégager, mais plus elle se débattait, plus il la tenait fort. Elle ne se rendit compte de sa faiblesse que lorsqu'il la jeta par terre. Elle s'écroula, épouvantée, puis pensa tout à coup à lui donner des coups de pied pour l'obliger à lâcher prise. Elle resta immobile à guetter le moment propice et soudain lui décocha un coup de pied de toutes ses forces. Puis, dans un effort de tout son être, elle se dégagea et s'élança en poussant un cri. Elle se jeta contre la porte en cognant autant qu'elle le pouvait et sans cesser de hurler à tue-tête. Chism arriva sur elle, l'écarta avec violence et appliqua brutalement la main sur sa bouche. Elle ne pouvait plus crier, mais se raccrochait à l'espoir que quelqu'un l'ait entendue. En lui maintenant toujours la bouche fermée, Chism la poussa de force jusqu'au fond du hangard et la coinça devant lui.

« Là ! Je t'engage à être raisonnable, dit-il. Tu te conduis comme une chatte en furie. T'es folle de te démener comme ça et de pousser des rugissements d'enfer. Ça ne fera venir personne. »

Il la regarda se tortiller pour essayer de se libérer.

« Je fais le premier pas, reprit-il, mais, si tu t'entêtes, je ferai un tintamarre du diable autour de ton affaire. Je t'ai amenée ici pour qu'on s'entende, nous deux, et j'y suis toujours disposé. Toutes tes grimaces ne t'avanceront pas d'un pouce. Moi, je suis pas pressé. Sans doute beaucoup moins que toi. »

Juste à ce moment, tous deux entendirent parler dans la ruelle. Chism tourna la tête et dressa l'oreille. Jane en profita pour écarter la main qui l'étouffait et lancer un cri strident avant qu'il eût pu l'en empêcher. Presque aussitôt, ils entendirent des pas contourner le hangar et des coups frappés à la porte. La serrure résista d'abord, mais finit par céder sous le poids qu'on appuyait contre elle. La porte s'ouvrit, d'une poussée si forte que le battant alla claquer contre le mur.

Deux hommes firent irruption : Ed Mitchell, le voisin le plus proche et son frère Tom qui était venu passer l'après-midi. Ils avancèrent avec précaution, en trébuchant à cause de l'obscurité. Comme Jane ne pouvait les appeler au secours, ils ne la virent qu'une fois arrivés tout près d'elle. Ed Mitchell se pencha et la reconnut tout de suite. Mais, à ce moment, Chism se retourna et lui lança un coup de poing dans les côtes.

Les deux frères firent un bond de côté.

« Bon sang, Chism ! Qu'est-ce qui se passe ?

— Mêle-toi de tes affaires, hein ? Fous le camp. Qu'est-ce qui te prend d'enfoncer ma porte ? Je suis chez moi, ici.

— Minute, Chism, dit Ed en levant les mains. J'aime pas buter dans les affaires des autres, mais, cette fois, c'est sérieux. » Il fit quelques pas en avant. « La petite n'aurait pas crié comme ça si tout gazait ici.

— T'as toujours fourré ton nez où il ne fallait pas et ça ne plaît pas à tout le monde. »

Il ferma le poing et en frappa Ed Mitchell de toutes ses forces. Ed vacilla, mais resta debout et ne répondit pas à l'attaque de Chism, de peur de créer une rixe. Mais Chism, ivre de rage, continua à le pousser du poing jusqu'à ce qu'il l'eût acculé au mur et, avant que Ed ait pu se dégager, Chism lui assena un autre coup brutal en pleine figure. Les lèvres d'Ed se mirent à saigner. Ce que voyant, son frère Tom empoigna Chism à l'épaule et l'envoya rouler à quatre pas. Ed reprit son élan et vint frapper Chism à la tête, en le poussant pas à pas jusqu'au mur. Avant que l'un ou l'autre ait recommencé à frapper, Tom se campa entre eux et les tint à distance.

« Finissons-en sans faire du vilain, dit Tom. Moi, j'en suis pas pour les bagarres. Séparons-nous avant que ça se gâte.

— Vous n'êtes que des pleutres, dit Chism en essayant de rattraper Ed. C'est pour ça que vous voulez vous esbigner, sales froussards. J'ai jamais eu beaucoup de considération pour vous deux, mais maintenant je n'en ai plus une miette. Si jamais je sens un de vous rôdailler par ici, je... je...

— J'allais te dire la même chose, riposta Ed. T'avise pas de venir chez moi, après cette histoire. »

Jane profita de leur altercation pour détaler. Dès qu'elle eut disparu, Ed et Tom, sans perdre Chism des yeux, reculèrent et sortirent, en restant sur leurs gardes.

Dorisse, qui avait entendu le bruit de la discussion, surgit de la maison en courant et rencontra Jane qui s'échappait. Derrière Dorisse, Grandpa Crockett arriva de toute la vitesse de ses jambes. Il s'arrêta pour considérer Jane au passage, puis, brandissant sa canne, se dirigea vers le hangar. Il croisa Ed et Tom, mais, sans perdre de temps à leur parler, alla droit à l'entrée du hangar. Après avoir fait un pas à l'intérieur, il s'arrêta et plissa les yeux pour chercher Chism. Celui-ci avait repris sa place sur la vieille caisse et roulait une cigarette, tête baissée. Quand il vit Grandpa, c'était trop tard : Grandpa, levant sa canne aussi haut qu'il le pouvait, la rabattit de toutes ses forces sur l'épaule de Chism. Sous l'effet de la surprise, Chism poussa un hurlement et bondit hors du hangar pour éviter un deuxième coup. Il s'éloignait à reculons en invectivant les Mitchell quand Grandpa sortit lui-même. Il s'avança vers les deux frères.

« Merci de nous avoir porté secours, Ed, dit-il d'une voix entrecoupée. Je te suis bien reconnaissant d'être intervenu. »

Ed fit un petit salut sans mot dire. Les deux frères restèrent un moment de plus, puis, voyant que Chism ne menaçait pas Grandpa Crockett, ils finirent par s'en aller.

Grandpa, serrant sa barbe contre lui, fit quelques pas vers Chism. Il s'arrêta en le voyant reculer et prêt à fuir s'il s'approchait davantage.

« Si j'en avais la force, je te donnerais la plus belle raclée de ta vie, Chism, dit Grandpa en le menaçant de sa canne. Je regrette de ne pas le pouvoir, car tu ne l'aurais pas vòlé. Cette façon de passer l'après-midi du dimanche est inimaginable.

— Occupe-toi de ton boulot. Fiche-moi la paix. Où est le mal ? J'essayais de m'entendre avec Jane : j'en ai bien le droit, je pense. Tu n'es bon qu'à mettre les pieds dans le plat. Je suis le maître ici et je fais ce que je veux. Si ça ne te plaît pas, tu peux décamper.

— C'était déjà horrible de griser Jarvis et de l'emmener voir des filles, mais ça, c'est le comble ! Quelle sera ta prochaine invention, je me le demande. Tout le monde sait que tu te conduis de mal en pis, depuis que tu as vendu la maison pour venir en ville. Ces ignominies ne seraient jamais arrivées si nous étions restés là-bas.

— Tu vas recommencer à geindre sur cette ferme du

diable ? Continue, si ça te chante, jusqu'au jour béni où ta sale gueule ne s'ouvrira plus : ça ne changera rien. T'aurais pas un autre couplet à me sortir, pour varier ? Tu peux donc penser à rien d'autre ?

— Je continuerai à en parler jusqu'à ce qu'un peu de bon sens te vienne. Peut-être comprendras-tu avant qu'il soit trop tard. Tu regretteras alors la folie que tu as faite. C'est mon seul espoir, Chism. »

Chism se détourna sans ajouter un mot et s'en alla dans la ruelle. Grandpa resta au coin du hangar jusqu'au moment où Chism eut disparu. Il reprit alors le chemin de la maison et chercha Dorisse pour lui demander des nouvelles de Jane.

XV

Il était un peu plus de minuit lorsque Vickie traversa le hall du Southland Hotel, en se faufilant adroitement derrière les plantes vertes pour se cacher du veilleur de nuit. Elle venait de faire toilette au lavabo du Rainbow et elle étrennait une robe neuve, en remplacement de celle que Mary Lou Humphrey avait mise en pièces. Nick Dopolous lui avait accordé la liberté de sa nuit, à condition qu'elle retardât son heure de sortie, le mardi suivant. Elle n'aimait pas travailler, le jour où elle devait passer la nuit dehors, mais cet ultimatum lui avait été proposé lorsque minuit allait sonner et elle avait renoncé à la discussion de peur d'arriver en retard à l'hôtel. Elle s'était donc bornée à acquiescer d'un signe de tête et n'avait rien répondu, sachant que Pauline épiait ses moindres mots. Au lieu de prendre la porte de service de l'hôtel, elle avait franchi l'entrée principale et se dirigeait vers l'ascenseur, afin de gagner du temps. Des hommes assis dans le hall la reluquèrent en la voyant passer, mais elle ne se souciait que d'éviter le regard inquisiteur du portier. Elle réveilla d'une bourrade le jeune liftier et lui enjoignit en termes brefs de la monter rapidement au cinquième étage.

Daniel Boone Blalock, paré d'un éblouissant pyjama rouge cerise, si beau qu'elle n'avait jamais rien vu de pareil, était au lit et lisait le journal en fumant un cigare. Elle reconnut avec joie l'arome délicat et ses narines palpitèrent.

Dan Blalock, surpris de voir sa porte s'ouvrir sans qu'un coup eût été frappé, leva des yeux ahuris ; mais, en la voyant paraître, il lâcha instantanément son journal et posa son cigare sur un cendrier. Vickie ferma la porte et jeta un regard circulaire, comme étonnée de ne pas trouver de tiers ; puis, soulagée de le voir seul, elle accourut et s'installa près de lui. Elle ne put résister au désir de tâter la soie fluide du pyjama et se demanda si elle réussirait un jour à porter d'aussi luxueuses parures.

« Vickie chérie, je ne puis croire qu'un homme ait jamais eu le bonheur insigne de voir une femme aussi charmante que toi entrer dans sa vie. » Il posa la main sur la sienne et la pressa amoureusement. « Je viens de passer une heure à faire appel à toute la force de caractère que je possède pour maintenir mon attente dans des bornes raisonnables ; mais, maintenant que te voilà, si belle, si désirable, je n'ai plus aucune confiance dans la possibilité de freiner mes transports. J'ai rarement éprouvé cette impatience, je t'assure — et tu sais combien fut long et varié le cours de ma vie publique. La solitude que me donne cette existence officielle doit donc avoir, en fin de compte, son agréable revanche.

— C'est infiniment aimable de me dire d'aussi jolies choses, Mr Blalock.

— Dan, Vickie ! Appelle-moi Dan !

— ... Dan !

— A la bonne heure, dit-il en lui caressant le genou. Ne manque pas de m'appeler Dan, Vickie. C'est tellement plus humain ! »

Il se leva, donna un tour de clef à la porte et croisa soigneusement les rideaux. Après quoi, il éteignit la lumière, ne laissant briller que la petite lampe de chevet, puis il remplit généreusement deux verres de whisky.

« Maintenant, dit-il en trinquant avec elle, nous voilà bien à l'abri des regards indiscrets. Nous pouvons nous offrir le privilège de nous abandonner aux exigences de la nature. »

Il but quelques gorgées et s'installa près d'elle.

« C'est merveilleux, Vickie, pour un homme dans ma situation, de pouvoir évincer toute surveillance et se permettre tous les caprices, les fantaisies, les impulsions de la nature humaine. Le politicien de mon rang doit être beaucoup plus circonspect qu'un ministre du Ciel, car l'électeur moyen ne manque pas de l'épier et de relever chez lui la parole la plus innocente, le geste le plus naïf, au risque d'entraîner de redoutables conséquences, tandis qu'un ministre de Dieu a toujours loisir de se retrancher derrière une citation de la Bible. Le politicien n'a rien de tel où s'appuyer en dernier ressort. Il doit apparaître en tout temps aussi irréprochable que la femme de César, ou encourir le risque mortel de voir les électeurs s'en prendre à lui avec la férocité vengeresse du coup de pied de l'âne. »

Vickie se laissait envoûter par les intonations sonores de cette voix qui devenait de plus en plus caverneuse. Elle contemplait Dan avec admiration.

« Je voterai pour vous aux prochaines élections, lui dit-elle, les yeux remplis de ferveur.

— Quel délicieux agent, Vickie ! J'apprécie la spontanéité de ton vote. Il me sera très précieux. » Dan vida son verre et le remplit aussitôt. « La confiance que tu me témoignes symbolise la foi populaire. »

Il s'allongea près d'elle et tâta l'étoffe de sa robe.

« N'est-ce pas une robe neuve ? dit-il en haussant les sourcils. Elle est ravissante, Vickie, mais il faut dire que tu donnes de la valeur à ce que tu portes. Rares sont les femmes qui ont cette qualité d'embellir leurs vêtements au lieu d'être embellies par eux et je me plais à constater que tu fais partie de cette élite. — Il leva son verre. — A la plus belle de toutes les femmes, je bois, moi, pauvre isolé et je me félicite de pouvoir célébrer ton charme et ta beauté. » Il but la moitié de son whisky et posa son verre sur la table. « Ta présence me fait sentir combien la solitude m'a pesé depuis le jour où, ici même, tu es venue m'enchanter de ta grâce et de ta personnalité, Vickie.

— Est-ce vrai que vous êtes parti en voyage, l'autre soir ? » lui demanda-t-elle, incapable de se retenir plus longtemps. « Le soir où vous m'avez fait dire de ne pas venir ?

— Oui, Vickie », dit-il sans hésiter, en la regardant droit dans les yeux. « J'ai été appelé au loin, malheureusement, par une question urgente et d'ordre politique. Pourquoi me demandes-tu cela ? »

Elle tripota un des boutons de son pyjama, d'un air songeur. Dan l'observa de près.

« Dis-moi pourquoi, Vickie ?

— Eh bien ! Je n'étais pas tranquille, Dan. Je me demandais... J'avais peur que quelqu'un d'autre...

— Tu te figurais qu'une autre femme... ?

— Il y en a tant qui se jetteraient littéralement à la tête d'hommes importants comme vous ! Et j'avais peur... »

Dan poussa un petit éclat de rire et sourit intérieurement. « Ne laisse pas ton imagination vagabonder là-dessus, Vickie, dit-il en la pressant contre lui. Effectivement j'ai été requis par une affaire importante. Le serviteur du bien public a des devoirs, tu sais, et il est des circonstances où l'homme que je suis est contraint de délaisser ce qui lui est le plus cher pour accomplir son devoir. Le docteur en médecine se trouve dans une position similaire. Lui et moi, nous devons toujours répondre à l'appel du devoir. Je regrette sincèrement d'avoir dû renoncer à notre rendez-vous, Vickie, et je t'en demande humblement pardon.

— Mais vous vous êtes vraiment absenté ? Vous n'êtes pas resté tout ce temps-là dans votre chambre avec une autre ? »

A ce moment, la sonnerie du téléphone retentit et les fit sursauter. L'appel se répéta plusieurs fois de suite. Dan regarda l'appareil en fronçant les sourcils.

« Pourquoi ne décrochez-vous pas ? » demanda Vickie.

Dan attendit que la sonnerie se fût arrêtée pour répondre :

« Je n'admets pas qu'on me dérange dans des moments comme celui-ci. C'est d'une indiscrétion !

— Mais si c'était quelque chose de grave ?

— J'ai droit à ce qu'on respecte ma vie privée, Vickie. »

Elle garda le silence quelques instants, avant de reprendre, rassérénée :

« Enfin, si c'est vrai que vous avez été obligé de partir...

— As-tu quelque raison de croire que j'étais ici avec une... en compagnie féminine ?

— Non, mais les hommes ne disent pas toujours la vérité sur ces questions-là, dit-elle en le scrutant du regard. C'est pour ça que les femmes doivent ouvrir l'œil. »

Dan l'enlaça des deux bras.

« Vickie, j'ai dû quitter la ville, je ne me suis pas enfermé ici avec une femme. J'ai été absent trois jours et trois nuits — et malheureux tout ce temps-là. Tu me manquais, Vickie, mais cette séparation m'a instruit : non seulement tu remplis le grand vide de ma vie, mais tu m'as fait comprendre quelle avait été l'immensité de ce vide, tant d'années durant. Je ne veux plus traverser de période pareille, sans l'agrément particulier de ta compagnie. Dès le premier instant où je t'ai vue, je t'ai trouvée d'une essence supérieure et c'est pourquoi je t'ai reçue dans ma chambre, mais ma surprise a été grande de constater combien tu dépassais les autres femmes de ma connaissance. Tu comprends ce que je veux dire ? Je n'ai jamais trouvé personne qui te vaille, soit que les autres manquent de cran, soit qu'elles m'aient paru ignorantes. J'ai réfléchi très sérieusement, pendant tout mon voyage, au moyen de faire durer notre intimité sans interruption et de l'étendre au-delà de son état actuel.

— Vous voulez dire qu'on pourrait se mettre ensemble ? Se marier, par exemple ?

— Oh ! rétorqua-t-il, pas exactement, mais presque. Nous pouvons trouver le moyen de rester l'un à l'autre. Vois-tu, je suis rappelé à Washington pour une conférence des plus graves et je dois y repartir demain. C'est pourquoi j'ai tellement insisté au téléphone pour avoir ta visite ce soir. Je prévois que je serai retenu à Washington jusqu'à la prochaine session du Congrès. Je ne pourrai par conséquent guère revenir ici avant peut-être l'été prochain. Alors, je n'ai fait qu'y penser jour et nuit et j'ai fini par décider qu'il nous fallait prendre des mesures définitives dès ce soir. Naturellement, c'est un sujet très grave.

— Le mariage ?

— Non, Vickie. Non, pas exactement. Laisse-moi t'expliquer. »

Vickie hocha la tête, sur le point de fondre en larmes. « Dans, vous n'allez pas me dire que c'est la fin de notre... » Elle le regarda, haletante.

Dan resserra son étreinte. « Je vais t'expliquer, Vickie...

— Ne suis-je pas le genre de femme qui vous plaît, Dan ? Vous ai-je refusé quoi que ce soit ?

— Je t'en prie, Vickie, implora-t-il en se grattant nerveusement la joue.

— Je vous écoute, Dan », dit-elle en s'efforçant de se calmer.

Dan poussa un profond soupir. « Que dirais-tu de partir d'ici afin de te perfectionner en vue d'un travail qui te plairait ?

— Je ne vois pas bien ce que vous voulez dire, répliqua-t-elle d'un air égaré.

— Eh bien ! Il arrive que des jeunes filles quittent leur famille pour faire une sorte d'apprentissage. C'est un peu ce que j'ai dans l'idée.

— Un apprentissage ? Dans un institut de beauté, par exemple ?

— Ce n'est pas exactement ce que j'envisageais, Vickie. Les instituts de beauté ont leur utilité, certes, mais je pensais plutôt à une bonne école de commerce, à Washington peut-être, ce qui me permettrait ensuite de t'offrir une situation dans mon secrétariat privé.

— Mais suivre une école de commerce, ça coûte excessivement cher. Je ne peux pas me payer ça.

— Tu n'aurais pas à te soucier du prix, Vickie. A condition, toutefois, que nous restions amis intimes. Condition importante, je dirai même nécessaire.

— Cela consisterait-il à venir dans votre chambre et passer la nuit avec vous et tout ce qui s'ensuit ?

— Mettons plutôt, dit-il avec un petit rire nerveux, que nous avons de grandes affinités et que nous trouvons un plaisir très spécial dans la compagnie l'un de l'autre, indépendamment du fait que tu es une femme charmante et que je suis un homme très isolé.

— Enfin, vous voulez bien dire qu'il faudrait que je couche avec vous ?

— On peut l'interpréter ainsi, en considérant les choses sous un certain angle, bien que je leur voie, en ce qui me concerne, un aspect tout autre.

— Mais vous voulez que, même si je vais suivre des cours à Washington, je continue à coucher avec vous ?

— Comme on dit vulgairement, oui.

— Et quand j'aurais fini mes cours, que ferais-je ?

— Un peu de sténo, de dactylo, voire même de comptabilité. C'est un travail extrêmement intéressant, Vickie. Bien des jeunes femmes d'un niveau intellectuel très élevé y trouvent un accomplissement idéal. La fantaisie du travail de secrétariat est une source de grandes satisfactions pour elles. Je ne connais pas de meilleure carrière pour une jeune femme soucieuse de relations intéressantes.

— Mais, pendant que je ferais cet apprentissage, je continuerais à vous voir ? Je veux dire : à coucher avec vous ?

— Naturellement, Vickie. Tu as saisi le point essentiel de mon plan. Je m'arrangerais pour que tu aies un petit appartement coquet, où je viendrais faire une apparition de temps en temps. Ces petites visites me seraient très nécessaires, tu sais. L'homme que je suis se sent très isolé à Washington. La grande majorité des jeunes femmes libres qui y vivent, surtout si elles sont favorisées d'un physique avenant, sont, si j'ose dire, retenues avant de quitter le foyer paternel. Il est extrêmement difficile d'y trouver une jeune femme disponible. C'est ce qui nécessite nos petits arrangements.

— Pour ce qui est de quitter le foyer paternel, j'y ai déjà pensé. Je ne peux plus supporter cette odieuse Pauline, l'autre serveuse de nuit du Rainbow. Nick ne veut pas s'en défaire, parce qu'elle est dévouée comme un chien et ne demande jamais à sortir. Mais elle cherche tout le temps à me faire des niches en dessous. L'autre soir, par exemple, quand vous m'avez fait dire que vous vous absentiez...

— Qu'a-t-elle fait ?

— Oh ! Elle m'a joué un beau tour de cochon.

— En somme, tu aimerais partir pour Washington ?

— Ah ! Ça, sûrement.

— Eh bien ! C'est entendu, Vickie. J'y pars demain. En une semaine, je prépare ton arrivée et te fais inscrire dans une de ces remarquables écoles de commerce que nous avons là-bas. En même temps, je t'installe un petit nid, que tu trouveras fin prêt pour t'accueillir. Voici ma carte. Dès ton arrivée, téléphone-moi et demande au standard de te brancher sur ma ligne particulière. Tu n'as qu'à prononcer mon nom : ma secrétaire saura que tu es une amie personnelle.

— Et pour Ross, Dan ? Vous aviez dit que vous lui rendriez service. L'avez-vous oublié ?

— J'ai vu ton frère cet après-midi, Vickie, et je regrette de dire qu'il n'en est rien résulté. C'est un charmant garçon, mais qui ne semble nullement s'intéresser à mes propositions. J'ai idée qu'il n'aurait même pas considéré le titre de directeur général des postes, si j'avais pu le lui offrir. A mon avis, c'est un idéaliste et je crois qu'il réprouve toute entente avec moi. Je comprends jusqu'à un certain point son attitude : il arrive souvent que de jeunes avoués, fussent-ils très ambitieux, débutent dans la vie avec ces chimères. J'admire la noblesse et l'intransigeance de leur idéal : le monde serait encore plus lamentable s'il ne comptait pas ces jeunes fous. Les jeunes gens doivent être idéalistes, comme les vieux doivent être positifs, conservateurs et lents à admettre les évolutions de la vie. Soit dit en passant, il se trouve que moi, par mon jugement équilibré, j'appartiens plutôt à la deuxième catégorie. Bref, un peu plus avancés dans la vie, ces jeunes idéalistes, ces lanceurs de flammes deviennent en général plus conciliants et philosophes. Je me propose de renouveler mes offres à ton frère dans quelques années. Tôt ou tard, chacun se trouve amené à décider une fois pour toutes s'il veut se dévouer au bien de la masse, ou se donner pour maître un idéalisme enfantin. Ton frère Ross atteindra fatalement cette phase après quelques années de déceptions.

Je lui ai laissé entendre que je serais très honoré de lui procurer alors une place au gouvernement de Washington et j'espère le voir venir à moi, un jour, avec une tout autre mentalité. Je m'occuperai alors bien volontiers de lui.

— J'espère que je resterai dans le droit chemin en allant à Washington et en me faisant entretenir...

— Ma chère petite, s'empressa-t-il de répondre, tu ne dois trouver aucun mal à notre petit projet, non plus qu'y voir la moindre arrière-pensée subversive. Je t'accorde une faveur, exactement comme je le ferais pour tout bon électeur de ma circonscription. Je vais m'employer à te faire entrer dans une bonne école de commerce, afin que tu te prépares à un genre de vie digne de tes capacités et, à titre d'ami personnel, je te procurerai un logement convenable. Aux yeux du monde, ce sera par une heureuse coïncidence que toi et moi trouverons un plaisir mutuel dans la compagnie l'un de l'autre. Toutes proportions gardées, c'est ce que je ferais pour tout électeur fidèle de ma circonscription. C'est normal pour un homme bien placé, comme je le suis. Bien entendu, le fait que nous tenions à rester amis intimes à Washington, et dans des termes aussi étroits qu'ici, prouve que rien ne changera entre nous. Je ne souffrirais pas qu'il en fût autrement. Sinon, je ne t'aurais jamais proposé la première partie du programme.

— Ça me fera tout drôle de retourner en classe et de ne plus travailler la nuit au Rainbow, s'écria Vickie. Je commençais à ne plus savoir que devenir.

— Tu trouveras l'existence à Washington fort agréable quand tu seras habituée à un autre mode de vie. Naturellement il ne saurait être question que tu fasses le même genre de travail là-bas, même si tu avais beaucoup de temps à toi. Ce ne serait pas du tout dans la ligne de nos arrangements. Je tiens à ce que tu sois libre quand l'envie me prendra d'aller te voir, que ce soit de jour ou de nuit. Je m'en réjouis d'avance ! Tu sais qu'un homme lancé dans la vie officielle a besoin de détente, tout comme un simple individu, au soir d'une journée harassante.

— Quand nous aurons notre appartement, Dan, que dira votre femme, si elle l'apprend ?

— Voilà un point dont nous n'avons pas à nous préoccuper, Vickie. Ce genre de suspicion n'a plus cours, il n'effleure plus les sphères gouvernementales. Les temps ont évolué. A notre époque, les potins ignobles et inconsistants de cette nature ne sont plus une arme qui porte, car il est bien connu que certains de nos adversaires ne reculeraient pas devant la plus vile calomnie, la plus odieuse médisance, pour discréditer les hommes dignes aux yeux de la masse. Nos femmes ont appris à mépriser ces commérages inévitables, qui ne sont que la contre-partie de notre dévouement au bien public. Il est devenu traditionnel, pour un membre de l'opposition, de prodiguer ses calomnies avec l'espoir qu'elles lui procurent des votes ; mais, rassure-toi, nos épouses sont averties et négligent totalement ces ragots.«

Vickie soupira d'un air de contentement.

« Comme c'est grisant de penser que je vais bientôt partir d'ici et vivre à Washington ! Je ne sais pas comment patienter jusque-là. » Elle s'allongea complètement et leva les yeux au plafond. « Ça va tellement me changer de ma vie actuelle ! Ça va être merveilleux ! Ce sera une des bonnes choses de la vie que Maman nous souhaitait. Je ne serai plus condamnée à entendre Nobby se disputer avec ma sœur et Papa ne sera plus toujours après moi pour me demander de l'argent. Mais, à propos de Papa... Elle fixa Dan. Allez-vous lui donner cette mission du gouvernement dont il nous rebat les oreilles ?

— Hélas ! J'ai dû renoncer à ce projet, Vickie. J'aurais eu de la peine à le faire accepter en haut lieu, car il n'avait pas sa raison d'être dans les circonstances actuelles.

— Que dites-vous là, Dan ?

— J'ai fait preuve d'un zèle un peu intempestif, Vickie. J'ai pensé tout de suite aux précautions à prendre contre les suites de mon offre trop hâtive et, puisque tu viens à Washington, le danger des commérages dans une petite ville, politiquement parlant, disparaît. On ne peut jamais savoir ce qu'un homme comme ton père est capable d'inventer et je voulais me prémunir, au cas où il aurait eu l'idée de me descendre en apprenant que je t'avais reçue ici. Etant donné le tour que prennent les événements, tout danger est écarté, mais la sagesse me commande de t'emmener à Washington. Par le fait, tous les projets que j'avais faits pour ton père s'écroulent. Mais je suis sûr qu'il saura se contenter de vivre comme il l'a fait jusqu'à présent.

— Maintenant que je suis à la veille de partir, j'aimerais voir Ben et le lui annoncer. Il a été tellement gentil pour moi ! »

Dan fronça les sourcils.

« Je me demande pourquoi tu te crois obligée de lui faire tes adieux. »

Vickie, inquiétée par l'aigreur de la voix de Dan, se mordit les lèvres.

« Oh ! Ce n'est pas pour régler les détails de mon enterrement !

— Pourquoi est-ce donc ? se hâta-t-il de dire.

— Eh bien ! Ben venait régulièrement au Rainbow, tous les soirs, sans se décourager et c'est ainsi que j'ai pu le connaître. Et, une nuit, je suis allée le voir au bureau des Pompes funèbres...

— Vraiment ? » dit le Membre du Congrès, la mine sévère.

Vickie parut hésiter. Elle s'en voulait d'avoir commencé à parler de Ben.

« Pourquoi faire ? Que s'est-il passé ? »

Elle retint son souffle. « Vous ne le savez pas ? demanda-t-elle. Personne ne vous en a parlé ? »

Dan continua à l'observer sans mot dire.

Vickie ferma les yeux pour éviter son regard pénétrant. « Eh bien ! dit-elle lentement. Tant mieux si vous n'avez pas entendu ces ragots. Oh ! Il ne s'est rien passé de sensationnel ; mais, en général, on trouve que c'était bizarre de choisir cet endroit-là pour nous chipoter, Mary Lou et moi. »

Dan se redressa et se versa une double rasade. Tout en buvant, il regarda Vickie d'un air dubitatif par-dessus le bord de son verre.

« Vickie chérie, dit-il après avoir posé son whisky, tu m'obligerais en hâtant tes préparatifs de départ. Je ne voudrais pas que tu attendes une semaine, comme je le disais tout à l'heure. Il serait préférable que tu partes tout de suite, au plus tard demain soir. D'ici là, rappelle-toi de ne souffler mot à quiconque de nos projets. Dis simplement que tu entres dans une école de commerce, mais rien de plus. Et pas un mot à mon sujet, n'oublie pas. Que mon nom ne soit prononcé sous aucun prétexte. Ne parle pas non plus de l'appartement que je te réserve. Est-ce bien clair ?

— Dites-moi, Dan, pourrai-je avoir la bague, quand je serai là-bas ?

— Quelle bague ?

— La bague, vous savez bien, avec un diamant dessus. La première fois que j'ai passé la nuit avec vous, vous m'avez demandé ce qui me ferait plaisir et j'ai répondu : une bague avec un diamant dessus.

— C'est vrai, dit-il avec un rire forcé. Eh bien ! Voilà une idée à creuser. Je vais en prendre note, Vickie, tu peux en être sûre. » Il tendit la main vers la bouteille. « Voyons, buvons encore un coup. »

XVI

Le lendemain matin, après avoir passé une heure environ à l'étude, Ross prit son auto, remonta la Grande-Rue et s'arrêta en face de la maison paternelle. Grandpa Crockett, vêtu de son vieux chandail de laine grise, se chauffait au soleil sur la véranda. Dès qu'il vit Ross sortir de la voiture et se diriger vers la maison, il fit basculer sa chaise en avant et se pencha sur la balustrade.

« Qu'est-ce qui t'amène de si bon matin, Ross ? » s'écria-t-il en agitant une main en guise d'accueil et en passant l'autre sur sa barbe.

« Tout va bien, Grandpa, répondit Ross. Et toi ? Es-tu tout à fait guéri de ton rhume ?

— Oui, oui, je l'ai maîtrisé en me droguant comme il faut avant-hier soir. Arrivé à mon âge, on sait comment se soigner tout seul. »

Ross s'immobilisa un instant et prêta l'oreille. Pas le moindre bruit ne venait de la maison. En prenant toutes les précautions possibles pour étouffer ses pas, il gravit les marches et s'assit sur la balustrade.

« Que me veut donc Papa ? demanda-t-il à voix

basse. Jarvis sort de mon bureau : il paraît que Papa me demande.

— Ce doit être pour te parler de Vickie, dit Grandpa en lançant un coup d'œil par derrière pour s'assurer que personne ne l'épiait. Ton père a vu rouge, ce matin, quand Vickie lui a dit qu'elle allait nous quitter pour entrer dans une école de commerce. Et, pour comble, il lui a tiré les vers du nez et, de fil en aiguille, il a appris que Dan Blalock était parti et s'en retournait à Washington, le laissant tomber, lui et cette mission du gouvernement sur laquelle il comptait dur comme fer. Avec tout ça, il est monté sur ses grands chevaux et a mené un sabbat d'enfer pendant une bonne demi-heure ; et puis, il s'est calmé et a disparu. Il avait menacé Vickie de lui rompre les os plutôt que de la laisser partir, mais elle a répondu que rien ne pourrait la retenir. Et il a eu beau tempêter et jurer après elle, elle lui a dit qu'elle ne remettrait plus les pieds ici. De fait, elle a prestement troussé ses frusques et adieu, la v'là partie. Il y a peut-être une heure de ça et je pense que maintenant elle est loin. Ça m'a fait deuil de la voir s'en aller, mais c'est peut-être ce qu'elle avait de mieux à faire, au fond, même si Dan Blalock est dans le coup.

— Elle est passée me dire au revoir au bureau, mais sans souffler mot de Dan Blalock, grommela Ross. Elle s'est bornée à me dire qu'elle partait malgré la volonté de Papa. J'ai bien flairé quelque chose de plus grave et, si j'avais su que Dan Blalock était mêlé à cette fugue...

— Ecoute-moi, Ross », dit Grandpa posément. Il tapota plusieurs fois sa barbe. « Ne te tourmente pas trop, vois-tu. Il faut voir les choses comme elles sont. Moi, j'en ai vu de toutes les couleurs et la vie m'en a appris sans doute plus long qu'à toi. Vickie est une brave fille, au fond, et quelques faux pas n'ont jamais tué une femme. La seule chose qui l'intéresse, c'est de se caser quelque part, de prendre un départ quelconque dans la vie, d'une façon ou de l'autre, comme toutes les jeunes filles de son âge. Et, si elle s'aperçoit qu'elle a fait fausse route en filant pour Washington avec Dan Blalock, elle s'en dépêtrera sans y laisser trop de plumes. Peut-être qu'elle cherche la lune, mais le jeu vaut bien la chandelle et, si l'expérience rate, ça lui servira pour la prochaine fois. Mais j'ai idée qu'elle voit bien clair et, dans le fond, je l'approuve d'avoir eu le cran de s'en aller.

— Oui, Grandpa, mais Dan Blalock...

— Je n'estime pas plus que toi Dan Blalock, Ross, mais la fugue de Vickie avec lui peut ne pas être pire pour elle que la vie qu'elle menait au Café Rainbow. Un seul homme, fût-ce Dan Blalock, ça vaudra mieux pour elle que les douzaines de galantins avec lesquels elle s'acoquinait ici. Dans un monde tout autre et avec de nouvelles fréquentations, elle aura plus de chance de se faire sa place qu'en restant par ici. Vickie m'a fait ses confidences, Ross, et ton père ne sait pas qu'elle file avec lui. Ce qui le met en rage, c'est de perdre les dix dollars qu'elle lui donnait par semaine depuis un an et de s'être aperçu qu'il n'aurait jamais la mission officielle que Dan lui avait promise. »

Avant la fin de cette tirade, Chism déboucha du coin de la maison et, bien qu'il n'eût pas l'air d'avoir entendu, il s'arrêta à quelques pas d'eux, dans la cour. Ross l'interpella.

« Bonjour, Papa », lui cria-t-il en se tournant face à lui.

Il s'attendait à voir son père agressif et furieux, à

cause de l'événement du jour; mais, au contraire, Chism avait la mine désolée d'un homme en proie au désespoir le plus profond. Il esquissa un petit bonjour de la tête, s'approcha d'un pas lourd et vint s'appuyer avec lassitude contre la balustrade.

« Ça, c'est le coup de massue », gémit-il d'une voix lugubre en redressant la tête et en levant sur Ross des yeux embués. « Je me suis crevé toute ma vie pour mes enfants et, maintenant que me v'là trop vieux pour continuer à travailler, ils fichent le camp et me laissent le bec dans l'eau. Je suis bon pour mourir de faim. L'idée de Vickie, si elle part, c'est de me frustrer du peu d'argent qu'elle me donnait par-ci par-là. Tout ça pour dix dollars par semaine ! Et je jure que c'est la vérité. Je veux bien qu'on me les coupe si j'exagère. C'est une honte, voilà ce que c'est. Un pur scandale, ni plus ni moins.

— Vickie a près de vingt-trois ans, Papa, dit Ross, rappelle-toi. Elle est en droit de quitter la maison, si ça lui plaît.

— Je finirai mes jours à l'asile. Voilà ce qui m'attend. Ce qui me reste à vivre, je le passerai avec les indigents. Je grossirai le nombre de ces pauvres bougres que leurs enfants abandonnent au froid, à la faim, à la misère. Je suis passé souvent devant l'asile et, chaque fois, j'ai eu pitié des pauvres vieux qui restaient là, les yeux fixés sur le mur d'en face ; mais je n'aurais jamais cru que mes enfants à moi me délaisseraient et m'enverraient croupir dans un endroit pareil, après la vie dure que j'ai eue pour joindre les deux bouts. C'est à désespérer de l'espèce humaine, de voir une chose comme ça se produire. »

Ross se détourna et fit un clignement d'œil à son

grand-père. Celui-ci palpait sa longue barbe et regardait fixement la maison voisine, d'un air absent. Chism partit entraînant ses pieds jusqu'au milieu de la cour, s'y arrêta quelques minutes, songeur et les yeux baissés sur l'herbe couleur paillasson. Puis, il fit brusquement demi-tour et revint. Il contempla un moment ses pieds et, se redressant subitement, donna un grand coup de poing contre le montant de bois. Grandpa et Ross sursautèrent.

« Eh bien ! Non ! cria-t-il. Ça ne se passera pas comme ça ! » Il leva la tête et menaça du poing son père et son fils. « Puisque mes enfants ne me soutiennent pas dans mes vieux jours, je me débrouillerai tout seul. On verra bien ! » Il tendit le bras et fit un geste pressant à Ross. « Viens, Ross ! Où est cette scierie dont tu m'as parlé ? Je veux aller la voir immédiatement. Si ça marche, j'aurai largement de quoi vivre, je n'aurai besoin de personne. Allons-y tout de suite. »

Ross se leva et s'approcha du haut des marches.

« Dépêche-toi, je te dis ! lui cria Chism en gesticulant de ses deux bras. Je ferai tourner cette sacrée scierie jour et nuit et je gagnerai de l'argent à ne savoir qu'en faire. Allons, ouste ! Prends ta voiture et conduis-moi. Emmène ton grand-père si tu veux. Viens t'en, Pa ! Partons ! Ma décision est prise.

— Pourvu que ce ne soit pas trop tard, Papa ! dit Ross en descendant l'escalier au bas duquel son père l'attendait en trépignant. La scierie est peut-être vendue à l'heure actuelle.

— Tu es un homme d'affaires, non ? Eh bien ! C'est à toi d'empêcher la vente ou de trouver un biais si je me décide. Allons ! Dépêche-toi, Pa ! Filons vite ! »

Grandpa prit place sur la banquette arrière et Chism

monta devant, près de Ross. Pendant la traversée de la ville Chism resta courbé en avant, la tête touchant presque le pare-brise et sans s'appuyer au dossier. C'est seulement au bout de quelques kilomètres qu'il se carra sur le siège et roula une cigarette en regardant le paysage. Comme ils passaient devant une grande laiterie, Chism donna un coup de coude à Ross et lui montra du doigt un troupeau de vaches. Ross fit un petit signe de connivence. La campagne était vallonnée et légèrement boisée de boqueteaux de chênes et de pins sur les hauteurs. Striés de ruisseaux et baignés de marécages, les labours s'étalaient en carrés et en rectanbles bien délimités, séparés par des haies de mûriers ou des buissons de sassafras. Pas un pouce de terrain n'était laissé en friche. Etant donné l'époque, les prés couverts de chaume ou d'herbe sèche étaient fauves ou bruns. Après le huitième kilomètre, Chism se mit à regarder avec appréhension la campagne qui défilait des deux côtés de la route.

« J'ai comme qui dirait l'idée que nous roulons depuis drôlement longtemps, Ross, finit-il par dire d'un air farouche. Elle est encore loin, cette scierie ?

— A peine deux kilomètres et nous y sommes, Papa, répondit Ross. Dès que nous arriverons en haut de cette côte, tu la verras.

— Hé ben ! reprit Chism avec scepticisme en lançant un regard méfiant par la portière, je ne croyais pas que ça ferait l'effet si loin de la ville. Il me semble que c'est bien pire que le fond de l'enfer, ce sacré bled : un sol tout nu, à peine quelques arbres piqués dedans. Douze kilomètres de l'endroit où on aime vivre, ça paraît cent. »

Ils arrivèrent au sommet d'une crête, d'où la route

descendait paisiblement vers la vallée. A deux kilomètres devant eux, ils pouvaient voir la Middle River coulant vers l'ouest, en sinuant au milieu de terres plantées d'arbres. Tout à coup la scierie apparut dans une clairière, sur une des rives du fleuve : une buée bleuâtre poussée par le vent se dégageait du haut tuyau de la chaudière. Tout le long du chemin de traverse qui menait de la grande route à la scierie, Chism fut taciturne et il resta confiné dans son silence lorsque Ross entra dans la clairière et arrêta l'auto.

« Voilà, nous y sommes », dit Ross énervé par un pressentiment. Il descendit de la voiture.

Sous un hangar à toit de tôle, des ouvriers chargeaient de grosses pièces de bois les unes à la suite des autres sur un plan incliné. Le bruit de la scie circulaire était si fort et perçant que Grandpa dut forcer la voix pour se faire entendre.

« Ah ! Comme c'est bon de se retrouver chez soi, à la campagne ! » dit-il avec exaltation en sortant de l'auto pour aller au soleil. Il palpa sa barbe et aspira la forte odeur de bois fraîchement scié. « Ça me rajeunit de soixante ans ! Je revois l'époque où je me suis amené ici. Tout le reste a pu changer : l'odeur de la sciure fraîche est restée la même. Ce qu'il fallait faire d'abord, de ce temps-là, c'était se procurer une scie et couper les arbres qui encombraient la terre, parce que les cultures, elles ne pouvaient venir que sur un terrain lisse. Le plus dur, c'était d'arracher les souches, car fallait le faire à la main. La dynamite était trop chère pour les pionniers d'alors. Fallait creuser pour extirper les troncs et les racines ; ensuite, on les faisait brûler tant bien que mal. C'était un rude travail, ce défrichage. La campagne était couverte de bois tellement touffus qu'on n'y aurait pas fait passer un charroi avant de déblayer le taillis. J'aime pas tellement ces souvenirs, parce que le passé, il ne reviendra plus; mais on avait trop à faire à cette époque pour perdre son temps à se bagarrer, à se chamailler, comme on fait maintenant. Les jeunes gens d'aujourd'hui n'ont guère d'autre chose à faire que profiter de notre travail et j'arrive pas à croire qu'ils se rendent compte de ce que le défrichage a été dur et de ce qu'on a fait pour eux autrefois. Sans nous, on ne verrait pas ces belles fermes tout alentour. »

Chism lança au vieillard un regard de pitié et se mit à faire une cigarette. Ross contourna l'auto et vint auprès de son grand-père. De là, il interpella Chism.

« C'est une belle affaire, hein, Papa ? » cria-t-il.

Dans l'encadrement de la vitre baissée, Chism fit un signe d'indifférence, sans quitter des yeux la préparation de sa cigarette.

« Veux-tu venir y jeter un coup d'œil, Papa ? reprit Ross d'un air engageant. Et prenons notre temps : je ne suis pas pressé de rentrer en ville. Viens donc voir débiter ces beaux troncs d'arbres. »

Chism humecta minutieusement le bord du papier en y passant le bout de sa langue ; d'un doigt agile, il donna une forme à sa cigarette et en ferma le bout en pinçant légèrement le papier. Puis il frotta une allumette et y mit le feu. Un nuage de fumée sortit par la fenêtre de la voiture.

« Je vois très bien d'ici tout ce que je veux voir, dit-il à Ross avec un hochement têtu. C'est pas la peine que je fasse un pas pour savoir tout ce que je voulais savoir. C'est exactement ce que je pensais.

— Que veux-tu dire, Papa ?

— Cette sacrée bougresse de scierie, c'est l'enfer et compagnie de la campagne du diable. Y a qu'à regarder, c'est tout du bled à perte de vue. On se sent à un million de kilomètres du monde.

— Mais ce n'est qu'à douze kilomètres de la ville!

— J'avais oublié que c'était long, douze kilomètres, probable. Je me figurais que c'était à un saut de puce, mais pas moyen de retourner en ville pour un oui, pour un non si l'auto refuse. A tant faire que de vivre ici, autant accepter la prison. Je me connais, je mourrai à petit feu si je peux pas aller en ville quand l'idée m'en prendra. Partons tout de suite, on peut rentrer, Ross. »

Grandpa maintint un instant encore son regard sur Chism, puis s'en alla vers le hangar et regarda les ouvriers pousser le bois sous la haute scie dentelée. Sa barbe blanche fut bientôt constellée de sciure blonde, mais il ne s'en aperçut même pas, tant il était absorbé par le spectacle de la scie fendant les madriers.

Ross, resté près de son père, lui dit avec amertume :

« Tu es déconcertant, Papa. Il y a moins d'une heure, tu étais tout feu tout flammes pour venir ici et enlever l'affaire. Mais, à peine arrivé, tu y renonces. Ne te rends-tu pas compte de ce qui se passe pendant ce temps-là ? Vickie s'en va : tu ne recevras plus l'argent qu'elle te procurait chaque semaine. Auras-tu encore changé d'idée, une fois rentré en ville ?

— Fichtre non! répliqua Chism résolument. Ma décision est prise une fois pour toutes. Je ne veux pas recommencer à vivre avec de la crotte par-dessus la tête. Si je revenais par ici, je suis sûr qu'il se produirait un malheur et que je serais obligé de redevenir un cul-terreux. Cette scierie maudite prendrait feu, ou bien il y aurait autre chose dans ce goût-là et j'aurais plus qu'à me remettre à gratter la terre. Plutôt mille morts ! Que les autres s'esquintent à labourer si ça leur chante : moi, j'en suis pas. J'aime mieux crever de faim en ville que me dessécher ici comme un vieux tronc. Allons, en route ! Rentrons tout de suite, fiston ! »

Ross jugea préférable de ne pas insister sur l'heure et Chism fit un geste vers le hangar : « Va chercher ton grand-père. Dépêchons-nous de rentrer. »

Ross se détourna et traversa la clairière pour aller retrouver le vieillard. La scie circulaire faisait tant de bruit que Ross n'essaya pas même de parler. Il se contenta de secouer la tête avec l'air d'avoir perdu tout espoir et il entraîna son grand-père. Celui-ci apparut au soleil, la barbe toute saupoudrée de sciure. Il alla droit à l'auto.

« Chism, dit-il en s'arrêtant à la portière, tout le temps que j'étais là, sous le hangar, j'ai pensé à la boulette que nous avions commise. Depuis longtemps j'essayais de démêler la cause de ce gâchis où nous vivons. Maintenant j'y suis. Il a fallu que je vienne ici pour comprendre. »

Chism resta bouche bée. Il y avait bien des années que son père ne lui avait pas parlé sur ce ton de gentillesse et de douceur.

« Quand on commence à se disputer en famille, reprit Grandpa, le plus sage est de se séparer en autant de blocs qu'on est de têtes de pipe et de partir chacun de son côté. Autrement, on finit par se renfrogner chacun dans son for intérieur et de s'aigrir. Toi, t'as tenté d'y échapper en te fixant en ville, mais t'as pas réussi et c'est pourquoi tu veux faire de Jarvis un homme fort. C'est pour cela aussi que Dorisse a épousé ce vaurien, mais elle s'en mord les doigts aujourd'hui.

Vickie a quitté le toit familial pour le même motif et Dieu veuille qu'elle trouve le bonheur ! Enfin, Jane... »

Il fit une pause et caressa sa barbe.

« La cause de notre malheur, c'est moi. J'ai été un égoïste qu'a pas vu plus loin que le bout de son nez. Si quelqu'un te rend responsable de ce qui se passe, Chism, je veux te dire que je suis le seul à blâmer. J'aurais dû en savoir assez pour ne pas me mêler de la vie qui te tentait. Jadis, quand j'étais jeune homme, mon père voulait me faire travailler avec lui au magasin et me mettre au courant du commerce, mais ça ne me disait rien de passer ma vie dans une boutique et j'ai filé. J'ai quitté la maison paternelle et traversé les montagnes au temps où ça se faisait, où on s'installait dans la plaine pour travailler la terre. J'ai suivi le mouvement. J'ai eu tort, et tout notre malheur vient de ce que j'ai essayé de faire de toi un cultivateur, alors que tu voulais venir en ville et tenir un commerce. Tous tant que nous sommes, nous aurions aujourd'hui du foin dans nos bottes si j'avais eu le bon sens de te laisser suivre ton idée. Je te fais mes excuses, Chism. Dorénavant, tu ne m'entendras plus souffler mot de la ferme. Ross ou Jarvis auront le goût d'y revenir et, si c'est pas eux, ce sera leurs fils, de sorte qu'un jour ou l'autre, les Crockett rachèteront leur ferme et y referont leur vie, j'en suis sûr et certain. Ce qui m'a ouvert les yeux, c'est de revenir ici et de revoir comment je m'étais mis à cultiver la terre, au lieu de succéder à mon père au magasin, comme il le désirait. Si cette idée te trotte dans la tête, le seul conseil que j'aie à te donner c'est d'acheter une petite boutique en ville et de te mettre à faire ce qui a toujours été ta marotte. S'il y a une justice, les Crockett reviendront aux champs avant que trop de générations défilent.

— Est-ce bien toi qui parles ainsi, Pa ? dit Chism en se redressant, l'œil étonné. Je ne t'ai jamais entendu dire des choses comme ça. Qu'est-ce qui t'arrive ?

— C'est le chemin que nous avons fait et la vue de cette scierie sur Middle River qui m'ont donné à réfléchir. Ça m'a ramené à plus de soixante ans en arrière, ça m'a rappelé ce que je pensais de la vie lorsque j'étais jeune homme. Tu vois, ça prouve qu'un vieillard tout à fait au fin bout de son rouleau n'a qu'à se tenir en dehors des affaires des jeunes. Un vieux comme moi, c'est normal qu'il soit encroûté et têtu, et c'est ce qui cause le malheur des gens qu'il influence. Mais tant qu'il y a de la vie, il y a de l'espoir et il n'est jamais trop tard pour se reprendre et voir clair pour repartir d'un autre pied. J'ai fait une profonde erreur en essayant de te plier à ma volonté. Dorénavant je ferai tout ce que je pourrai pour réparer mes torts avant de mourir. »

Chism sortit sa blague et se mit à faire une autre cigarette. Ses mains tremblaient. Il laissa tomber un peu de tabac sur son pantalon et sur le plancher de la voiture.

« Il y a une chose qui peut pas se défaire, reprit amèrement Grandpa en hochant la tête, c'est le mal qu'est déjà fait. Vickie a quitté la maison et Dorisse a épousé un chenapan. On n'y peut rien. Mais il y a encore moyen de veiller sur Jarvis et sur Jane, pour les mettre autant que possible dans le droit chemin. Je mourrai tranquille si je les vois engagés dans une vie honnête. Faut pas se tourmenter pour Ross : il fera son chemin dans le monde et beaucoup mieux si on le laisse agir à son idée.

— Tu entends ça, Ross ? » s'écria Chism avec feu, la figure plissée par un sourire d'allégresse. « Dépêchons-nous de rentrer, que je me mette à la recherche d'un petit commerce quelconque. J'en ai rêvé toute ma chienne de vie et je ferai peut-être jamais rien d'autre, mais j'y arriverai. C'est la belle vie qui commence ! Filons vite ! »

Grandpa secoua la sciure qui parsemait sa barbe et reprit sa place sur la banquette arrière. Ross mit le moteur en marche et décrivit un demi-tour. Quelques minutes plus tard, ils roulaient vers la ville.

La moitié du trajet s'effectua sans que ni l'un ni l'autre n'aient proféré une parole.

« Sûr que ça va être chic de ne plus se chercher des crosses à tout bout de champ, finit par dire Chism en donnant un coup de coude à Ross. Maintenant, il n'y aura plus que de la joie chez nous. Je suis content que la mission du gouvernement ait foiré : ça m'aurait ligoté, j'aurais plus eu les mains libres. Tandis que je vais avoir mon petit commerce et, quand ça me chantera, j'aurai qu'à fermer boutique et aller chasser l'opossum. Je ferais d'ailleurs pas mal de m'offrir un chien de plus, car je vais pouvoir me mettre à chasser sérieusement. Si par hasard t'entendais parler d'une offre pour un bon chien courant, Ross, ne manque pas de me prévenir, hein ? »

chemin dans le monde et beaucoup moins si on le laisse agir à [illegible].

— Tu entends ça, Ross ? » s'écria Chiem avec, sur la figure, [illegible] par un sourire d'allégresse. « [illegible] de rentrer, que je me mette à la recherche [illegible] quelconque. [illegible] chienne de [illegible] et je ferai peut-être jamais rien d'autre [illegible] y arriverai. C'est la belle vie qui commence [illegible] ! »

Quand ils [illegible] qui parcourait sa banlieue et repris sa place sur la [illegible]. Ross [illegible] et décrivit un demi-tour. Quelques minutes plus tard, ils roulaient vers la ville.

La moitié du trajet s'effectua sans que ni l'un ni l'autre n'eût proféré une parole.

« [illegible] que ça va être chic qu'on ne [illegible] des crosses [illegible] tout autour de champ, finit par dire Chiem en donnant un coup de coude à Ross. Sans blague, il n'y aura plus que de la joie chez nous. Je suis content que la décision du gouvernement ait abouti ; ça m'a [illegible] j'aurais pas [illegible]. J'aurais aimé [illegible] avoir mon petit commerce et, quand ça me chantera, j'aurai qu'à fermer boutique et aller chasser [illegible] de ma [illegible] de plus [illegible] pouvoir me mettre à chasser sérieusement. Si par hasard j'entendais parler d'une [illegible] pour un bon chien courant, Ross, ne manque pas de me prévenir, hein ? »

XVII

En sortant de chez Maud Flower où elle avait relu un cours d'histoire, Jane aperçut l'auto verte, reconnaissable du premier coup d'œil, garée le long du trottoir. Le bruit du moteur mis en marche lui fit presser le pas, mais l'auto la gagna de vitesse et vint s'arrêter devant elle.

« Jane, lui dit Russ à voix basse, Jane, monte avec moi. »

Elle était encore assez loin de chez elle et savait que, même si elle se mettait à courir, Russ la dépasserait. Elle le regarda du coin de l'œil en se demandant quoi faire. Il avait glissé contre la portière et lui faisait signe d'approcher. Elle fit un pas pour retourner vers la maison des Flower, mais comprit aussitôt que Russ la rattraperait si elle faisait mine de s'enfuir.

« Je t'ai attendue toute la soirée, Jane, lui dit-il. Il faut que je te parle. »

Elle était allée chez Maud tout de suite après le dîner et il était alors près de dix heures : Russ avait donc passé trois heures à faire le guet.

Elle le regarda par en dessous en hochant la tête. Russ avait ouvert la portière de l'auto et mis un pied sur le trottoir. Il ne tenait qu'à lui d'allonger le bras et de la saisir.

« Je t'en prie, monte avec moi, Jane ! » supplia-t-il.

Elle secoua résolument la tête. « Je ne peux pas.

— Pourquoi ? »

Comme elle ne bronchait pas, il insista. Alors elle répondit :

« Je ne peux pas t'expliquer. Ce serait trop long.

— Tu cherches des prétextes. Ils sont mauvais.

— Tant pis pour toi si tu ne me crois pas. »

Il hésita un moment. « J'ai envie de toi, Jane. Je te désire et je t'aurai.

— Tu ne dois pas me dire des choses pareilles !

— J'ai besoin de te les dire, Jane. C'est pour cela que c'est si grave. Je t'en prie, viens ! »

Jane refusa, d'un geste décidé de la tête et eut envie de s'enfuir en courant, mais, avant qu'elle ait fait un mouvement, Russ lui saisit le bras et l'attira dans la voiture. Elle s'étonna elle-même de ne rien faire pour s'échapper, mais s'assit près de lui. Alors, elle voulut l'empêcher de fermer la portière, mais il y réussit quand même et la prit dans ses bras.

« Tu ne dois pas me serrer comme ça, protesta-t-elle.

— Tu as donc oublié ta promesse, Jane ? »

Elle hocha la tête.

« Quand tu donnes ta parole, tu sais pourtant bien que tu t'engages, Jane ?

— Je ne sais pas ce que tu veux dire.

— Tu le sais parfaitement. Tu n'as pas oublié ce que tu m'as dit l'autre soir ? »

Elle détourna les yeux en se refusant à répondre.

« Tu m'as promis deux choses, Jane : de garder notre secret et de revenir me voir. N'est-ce pas la vérité ?

— Mais je ne peux pas te voir maintenant, protesta-t-elle. Je t'en prie, laisse-moi m'en aller.

— As-tu révélé notre secret à quelqu'un ? »

Elle fit un signe négatif.

« Cela me fait du bien de savoir que tu as tenu ta promesse, Jane, dit-il en poussant un soupir de soulagement. Le contraire m'aurait fait beaucoup de peine. »

Russ fit démarrer l'auto. Au premier tour de roue, Jane essaya d'ouvrir la portière, mais il lui attrapa le bras et la ramena vers le milieu de la banquette. Il s'engagea dans une rue sombre, tournant le dos aux quartiers éclairés. Et ils roulèrent un long moment avant qu'il ait repris la parole.

« J'ai horreur de te contraindre par la force, Jane », dit-il en se détournant pour la dévisager dans la pénombre. Elle regarda droit devant elle. « Je voudrais que tu m'écoutes de ton plein gré. Je te parle très sérieusement, car il s'agit de quelque chose de très grave. Ne me comprends-tu pas ?

— Je continue à penser que tu ne devrais pas m'emmener ainsi, dit-elle.

— Mais c'est le seul moyen pour moi de te parler. »

Ils avancèrent au ralenti dans les faubourgs de la ville. Ils avaient dépassé les derniers lampadaires et, dans plusieurs maisons, toutes les lumières étaient déjà éteintes. « J'ai essayé de te rencontrer, hier soir, mais tu n'es pas sortie de chez toi. J'ai attendu jusqu'à près de minuit. »

Ils furent bientôt tout à fait hors de la ville, sur une route non pavée. Il tourna dans un chemin étroit et s'arrêta au bord d'un champ. Il éteignit les phares et alluma une cigarette.

« Tu te demandes peut-être pourquoi j'étais si anxieux de te faire monter dans ma voiture et de t'emmener ainsi, à l'écart », dit-il d'une voix saccadée. Il attendit qu'elle lui réponde, mais elle resta muette. « Il fallait que je te voie, Jane. Je n'en pouvais plus. En t'attendant, hier soir, en guettant ta maison, je n'ai pas cessé de penser à ce que tu étais pour moi. Je n'aurais pas pu te le dire tout à l'heure, en pleine ville, parce que ç'aurait été trop long et qu'on nous aurait remarqués. Or, je ne veux pas qu'on nous voie en conversation de ce genre, du moins pas encore. Tu es de mon avis, je pense. »

Elle se creusait la tête en se demandant ce qu'il tenait tellement à lui dire, mais ne se laissait pas aller au point de le regarder. Malgré elle, le fait de se trouver seule avec lui l'enchantait. Elle essaya de combattre cette impression, et admit qu'elle pouvait mettre ce plaisir sur le compte des mauvais jours qu'elle venait de passer.

Russ finit de fumer sa cigarette nerveusement, par petites bouffées rapides, puis l'écrasa dans le cendrier du tableau de bord.

« Je ne sais pas ce que je serais devenu si je ne t'avais pas trouvée, ce soir, Jane. J'étais désespéré. »

Il la prit dans ses bras, sans qu'elle fît d'effort pour se débattre. D'abord, elle fut crispée et rétive, mais, quand il la serra contre lui, elle cessa d'avoir peur et se laissa faire.

« As-tu déjà été amoureuse, Jane ? lui demanda-t-il en haletant. Sais-tu ce que ça représente ? »

Elle abandonna la tête contre son épaule. « Non », dit-elle dans un souffle.

« Jane, murmura-t-il d'une voix rauque, en la serrant si fort qu'elle crut sentir les palpitations de son cœur, il faut que tu sois à moi. Ne proteste pas, c'est inutile. Il faut que tu m'appartiennes, comprends-tu ? Je suis obsédé par toi depuis le soir où je t'ai rencontrée sous l'estrade et je suis décidé à vaincre ta résistance, coûte que coûte. Je t'en préviens loyalement, Jane. Te voilà avertie.

— Non ! » dit-elle, épouvantée par les pensées qui se précipitaient dans sa tête. Elle essaya de repousser Russ, afin de réfléchir à ce qu'elle devait faire, mais il la serrait de plus en plus fort et elle sentit contre ses lèvres la chaude pression de celles de Russ. Elle se dégagea brusquement. « Non, Russ ! » s'écria-t-elle, mais, peu après, elle s'aperçut qu'elle faiblissait.

Quand il recommença à baiser ses lèvres frémissantes, elle perdit toute envie de lui résister. Elle ferma les yeux docilement, en découvrant qu'elle n'avait ni la force ni le désir de l'arrêter. Pour la première fois de sa vie, elle se sentit possédée et comprit qu'un changement s'était produit en elle, en se remémorant le soir où elle s'était débattue dans le bureau du stade pour l'empêcher de faire l'amour et elle trouva toute naturelle la joie qu'elle éprouvait à se soumettre. Après tout ce qui s'était passé, elle comprit que c'était vraiment l'homme qui lui convenait. Russ l'embrassait depuis longtemps quand, poussée par un désir impulsif, elle lui rendit pour la première fois son baiser.

Elle en resta tellement éblouie et fut tellement émue par cette sensation qu'il lui fallut un long moment pour entendre ce que lui disait Russ.

Il lui parla d'une voix pressante : « Jane, dit-il, je ne sais pas comment te dire cela, mais il faut que tu m'écoutes. Tu ne sais pas combien j'ai envie de toi depuis notre première entrevue. J'ai essayé tous les moyens possibles pour me convaincre que je devais renoncer à toi, mais rien n'a changé le sentiment que tu m'inspires. J'ai découvert ce que je ne savais pas, l'autre soir : je t'aime, Jane. Voilà ce que je voulais te dire. J'ai été malheureux toute la soirée, malade de l'envie de te voir. Maintenant, cela va mieux. Je suis toujours triste, mais parce que j'ai la certitude que tu es la femme de ma vie et que je ne connaîtrai jamais le bonheur qu'avec toi. D'abord, je voulais faire l'amour avec toi parce que tu es belle, charmante et désirable, mais maintenant je te veux parce que je t'aime. Je suis content que tu ne m'aies pas cédé, l'autre soir : cela m'a permis de comprendre que, si je te désire, c'est par amour. Comprends-tu, Jane ?

— Mais je ne dois pas... Tu ne dois pas non plus... » dit-elle en le regardant et en mettant toute la persuasion possible dans ses paroles. « Tu n'as pas le droit de me parler ainsi, Russ. Tu es marié. Ce n'est pas bien. Tu es marié, Russ... » Elle appuya sa joue contre la sienne. « Je ne sais pas quoi penser. J'ai envie de toi, moi aussi. Mais j'ai tort. Je ne sais plus où j'en suis. »

Il la prit par les deux épaules et la tint à distance en la scrutant au fond des yeux. Elle essaya d'éviter son regard, mais il était si attirant qu'elle ne pouvait pas s'en défendre.

« Jane, dit-il avec fièvre, tu comprends qu'il faut que nous soyons l'un à l'autre. Rien ne peut l'empêcher. Nous sommes faits l'un pour l'autre. Il n'y a rien à faire. C'est ainsi, Jane. Tu es à moi, je suis à toi. »

Elle ferma les yeux en sentant son cœur brûler d'amour pour lui.

Russ appuya les mains plus fort sur ses épaules.

« Jane, si je divorce, voudras-tu m'épouser ? »

Le souffle coupé, elle finit par dire :

« Tu divorcerais... pour m'épouser ?

— Oui, Jane, dit-il dans un flot de paroles. C'est exactement ce que je veux dire. Ne me comprends-tu pas ? Je veux t'épouser. Veux-tu de moi si je divorce ? »

Il était incroyable qu'un homme veuille divorcer pour lui proposer le mariage. Il était également incroyable que quiconque veuille l'épouser, elle, Jane Crockett, la fille de Chism Crockett, la sœur de Vickie Crockett, la belle-sœur de Nobby Hair. Mais les paroles de Russ résonnaient et bourdonnaient dans ses oreilles et elle finit par se dire qu'elle avait bien entendu.

« Dès que je serai libéré, nous partirons d'ici, Jane. Je trouverai une situation plus brillante, car je veux arriver à être capitaine d'équipe dans une Université. J'y pense depuis longtemps. Je rêve d'être à la tête d'une équipe plus forte et ce sera l'occasion. Tu m'aideras beaucoup par ta beauté et ta jeunesse et tu me seras ainsi d'un grand secours pour obtenir l'emploi que j'ambitionne. Je n'ai jamais été heureux avec ma femme (dès la première année je m'en suis aperçu) parce que nos caractères sont dissemblables, mais je ne me rendais pas compte de mon malheur avant la soirée que nous avons passée ensemble dans mon bureau. C'est là que j'ai découvert que je ne pouvais plus vivre sans toi. Tu es tout pour moi ! Ne vois-tu pas combien je tiens à toi, Jane ?

— Je ne sais que te répondre, Russ », lui dit-elle en se sentant calmée. Tout à coup elle se trouvait plus vieille et plus capable de comprendre le désir de Russ. « Je t'aime beaucoup. Il me semble que je ne m'en rendais pas compte avant cette promenade de ce soir.

Je sentais que je t'aimais bien, l'autre jour, mais j'avais peur. J'avais envie de rester avec toi, mais cela m'effrayait. Maintenant je n'ai plus peur. Mais il y a autre chose : tu es marié. Cela ne me paraît pas bien de t'enlever à ta femme. J'essaie de penser pour toi. Tu n'es pas libre, Russ. »

Il la serra doucement. « Tout cela n'a aucune importance, Jane. Rien ne doit t'arrêter. Il ne faut pas penser aux obstacles.

— J'en suis pas sûre, dit-elle avec perplexité. Je ne sais vraiment pas quoi faire.

— Dis-moi seulement que tu m'épouseras, Jane. C'est tout ce que je te demande.

— Je ne peux pas te le promettre, du moins pas encore.

— Pourquoi ?

— Parce qu'il faut que je réfléchisse. Je n'aurais jamais pensé que tu avais envie de m'épouser.

— Me promets-tu d'y réfléchir très sérieusement ? Plus sérieusement que tu n'as jamais pensé à quoi que ce soit ?

— Oui, Russ.

— Bravo, Jane ! C'est parfait. Tu me feras connaître ta réponse bientôt ? Le plus tôt possible ? »

Elle donna sa parole.

« Nous ne pourrions pas être heureux l'un sans l'autre, Jane, ne l'oublie pas.

— J'ai pitié de ta femme, Russ.

— Ne t'apitoie donc pas sur les autres : soyons heureux ! Notre amour est trop merveilleux : ne l'assombrissons pas ! Nous avons le droit d'être l'un à l'autre et je ne peux plus attendre. Il faut que tu sois à moi, Jane.

— Mais tu m'as donné un délai de quelques jours... »

Il posa les lèvres sur les siennes et, encore une fois, elle s'abandonna docilement contre lui. Une force impérieuse la poussait à lui rendre ses baisers sans penser à l'avenir.

Il était plus de minuit quand ils reprirent le chemin du retour. Ils firent tout le trajet sans dire un mot, appuyés l'un à l'autre, en regardant la lueur des phares percer l'obscurité. Une fois l'auto arrêtée devant la maison familiale, ils restèrent un instant silencieux, puis, d'un accord tacite, s'embrassèrent comme s'ils craignaient que ce fût pour la dernière fois.

Russ l'accompagna jusque sur le seuil. Elle entra, referma la porte, mais garda la main posée sur la poignée jusqu'à ce qu'elle eût entendu l'auto démarrer. Alors elle gagna lentement sa chambre. A mi-chemin, elle reconnut la voix de Nobby. Cette voix était brutale, autoritaire et toute la maison semblait en retentir. Elle s'arrêta. Un pincement douloureux lui serra le cœur. Le bruit des sanglots de Dorisse lui arriva en sourdine et, de nouveau, Nobby jura contre elle. Mettant les mains sur ses oreilles, Jane courut jusqu'à sa chambre et se jeta sur son lit. Les éclats de colère de Nobby ne lui parvenaient plus, mais elle restait envahie par la pensée terrifiante que, si elle épousait Russ, son sort pourrait être le même. Elle écarta ses mains et ce fut juste pour entendre Nobby hurler après Dorisse et, presque aussitôt, Dorisse le supplier de ne pas la battre. Jane se leva, les yeux fixés sur la porte qui séparait les deux chambres. Soudain, ne pouvant plus y tenir, elle s'élança vers le vestibule en appelant son grand-père.

Grandpa sortit de sa chambre, dans sa chemise de nuit de flanelle, en serrant sa longue barbe contre lui.

« Qu'y a-t-il, Jane ? demanda-t-il anxieusement.

— Grandpa, je t'en prie, empêche Nobby de battre Dorisse ! dit-elle tout en larmes. Je ne peux supporter cela. Je t'en prie, arrête-le ! »

Grandpa la ramena dans sa chambre et ils s'assirent côte à côte sur le lit. Nobby criait encore plus fort et d'une voix plus mauvaise.

« J'ai frappé à leur porte il y a un petit moment, dit Grandpa, mais elle m'a demandé de les laisser. Elle m'a dit que tout allait s'arranger.

— Mais il la brutalise, Grandpa ! On ne peut pas supporter cela ! »

Grandpa ne répondit rien. Tout à coup, elle se jeta dans ses bras et éclata en sanglots contre son épaule. Il lui donna de petites tapes réconfortantes. Au bout d'un bon moment elle leva les yeux vers lui.

« Grandpa, je vais m'en aller d'ici.

— Pourquoi, Jane ? dit-il sans paraître surpris. Dis-moi pourquoi, Jane.

— Je ne peux plus supporter la façon dont Nobby traite Dorisse. J'ai peur que la même chose m'arrive, Grandpa. » Elle se serra contre lui. « Je ne le voudrais pas.

— Comment cela, Jane ? demanda-t-il. Explique-toi.

— J'avais rendez-vous avec Russ Thornton, ce soir. Ou plutôt, pas exactement rendez-vous, mais je suis montée dans son auto en revenant de chez Maud Flower et il m'a emmenée hors de la ville. Je crois que je l'aime, je crois aussi qu'il m'aime. Et puis... enfin, il m'a demandé de l'épouser s'il divorce. Je ne sais pas quoi faire. J'ai peur. Il me maltraitera peut-être, comme Nobby. » Elle resserra ses bras autour de son grand-père. « Il faut que je m'en aille, Grandpa ! Si je reste ici, j'ai peur de l'épouser !

— As-tu vraiment envie de partir, Jane ?

— Oui, Grandpa, je suis décidée.

— Et tu crois que tu as raison de le faire ?

— Oui, Grandpa.

— Se lancer dans la vie n'est pas facile, Jane. Tu le sais bien, n'est-ce pas ?

— Oui, mais tant pis. Tout vaudra mieux que rester ici, parce que... parce que, si je reste ici, je l'épouserai malgré moi.

— Et, si tu pars, où veux-tu aller ?

— Chez tante Susan. Le dernier autobus de nuit m'y déposera demain matin. Elle acceptera de me garder près d'elle, le temps que je finisse mes classes. Je sais qu'elle acceptera.

— J'en suis sûr. Mais la question d'argent ? En as-tu un peu ?

— J'ai quinze dollars d'économies. Le billet d'autobus ne coûtera pas autant. J'ai plus qu'il ne me faut.

— Je ne possède pas un centime, dit Grandpa tristement. Je regrette de n'avoir rien à te donner. » Il baissa les yeux sur elle en lui caressant les cheveux. « Une fille de ton âge ne devrait pas quitter la maison paternelle, Jane. Ce n'est pas raisonnable. » Il hésita un peu et la regarda de nouveau. « Mais peut-être as-tu raison, tout bien considéré. J'ai idée que ta mère t'approuverait. Je crois qu'elle comprendrait ça. Mais rappelle-toi que la vie est pleine de bonnes et belles choses et que tu en auras ta part. L'important est de choisir ce que tu veux et de lutter pour l'obtenir. Cela peut être une erreur d'épouser Russ Thornton, mais le mariage peut être la plus belle chose du monde, bien que ce n'ait pas été le cas pour ta sœur. Si tu reviens et l'épouses, au moins tu sauras ce que tu fais. »

Il sortit de la chambre et s'éloigna. Dès qu'il fut parti, Jane se hâta de mettre quelques vêtements dans un petit sac. Elle vidait un tiroir quand son grand-père réapparut. Il s'approcha d'elle et lui tendit sa montre d'or.

« Je t'en fais cadeau, Jane, dit-il. Emporte-la. C'est tout ce que je possède au monde. Tu la vendras s'il le faut. Tu n'en tireras pas gros, mais tant mieux si cela peut te rendre service. Je suis content de l'avoir conservée pour te l'offrir. Mets-la dans ton sac et vends-la quand tu en auras besoin.

— Je penserai tout le temps à toi, Grandpa, dit-elle en se jetant à son cou, les yeux remplis de larmes. Je reviendrai peut-être un jour et je te retrouverai. Tu seras encore là, Grandpa ? Je t'en prie, ne me laisse pas toute seule au monde ! Je t'en supplie, ne meurs jamais, Grandpa ! Je ne veux pas rester toute seule ! »

Elle saisit son petit sac et traversa précipitamment le vestibule, tandis que la voix rageuse de Nobby retentissait encore. Grandpa la suivit jusqu'aux marches de la véranda et resta sur le seuil, palpant sa barbe du haut en bas en écoutant le bruit des pas décroître dans la nuit.

XVIII

Assise depuis une heure dans le bureau de Ross, Dorisse attendait qu'il rentrât du tribunal. Quand il arriva, il était plus de cinq heures. La nuit tombait. Ross alluma, lança son chapeau sur une chaise et posa rapidement sa serviette sur la table. Dès qu'il se retourna vers elle, il remarqua sa pâleur anormale et la nervosité de ses mains crispées l'une contre l'autre. En le voyant approcher une chaise et s'asseoir auprès d'elle, elle essaya de sourire à travers ses larmes. Il crut deviner pourquoi elle l'attendait en pleurant et, au lieu de l'interroger, il la laissa s'épancher. Elle leva les yeux vers lui.

« Oh ! Ross ! » s'écria-t-elle sur un ton de détresse.

Il lui prit la main, pour la réconforter.

« Ross, je ne sais vraiment plus que devenir !

— Rien ne peut t'arriver de pire que ta vie actuelle, n'est-ce pas ? » dit-il en souriant avec gentillesse pour l'apaiser.

« Mais si, je crains le pire », dit-elle avec gravité.

Ross s'avança sur le bord de sa chaise et la dévisagea, le visage anxieux, s'efforçant toutefois de lui cacher son inquiétude.

« T'a-t-il encore envoyé chercher de l'argent ? »

Elle leva les yeux un instant, puis aussitôt les rabaissa sur ses mains jointes.

« Réponds-moi, Dorisse.

— Oui, chuchota-t-elle.

— Il est temps de mettre une borne à ce scandale », dit-il avec toute son autorité et il ne lui fut plus possible de dissimuler son angoisse fraternelle. « Nous ne pouvons plus tolérer cette situation. Elle est devenue inadmissible. Il faut trouver le moyen d'y remédier. C'est bien ton avis, n'est-ce pas, Dorisse ?

— Je ne sais pas », répliqua-t-elle complètement désemparée. Elle ferma les yeux et fit un hochement de tête indécis. « Mais je veux sauver Noble !

— J'ai peur de perdre mon temps en te répétant ce que je t'ai déjà dit cent fois : Nobby ne mérite aucun secours de quiconque, pas même de toi, Dorisse. Il devient dangereux. Il faudrait le faire enfermer. Quand un homme s'enfonce dans l'ignominie, comme il le fait, on peut s'attendre à tout de sa part et, on aura beau faire, on n'arrivera pas à lui faire entendre raison. C'est pourquoi je le déclare dangereux. Il faut que tu te détaches de lui, Dorisse. »

Elle resta immobile. De ses yeux fermés, les larmes ruisselaient sur ses joues.

« Laisse-moi t'installer ailleurs, Dorisse. Laisse-moi te cacher loin de Nobby, pour qu'il cesse de t'exploiter ainsi. C'est le seul moyen pour toi d'en sortir. Tant que tu seras avec lui, il continuera à te dominer et à faire de toi une victime. Veux-tu accepter ce conseil fraternel ? Consentirais-tu à t'en aller tout de suite ? »

Elle mit ses mains sur sa figure et resta muette un

long moment. Quand elle découvrit de nouveau son visage, elle ne pleurait plus.

« Non, dit-elle avec calme, en hochant négativement la tête. Je ne pourrais pas quitter Noble et m'enfuir. Je l'ai épousé, Ross. Ce ne serait pas chic.

— Même si ta sécurité est en jeu ? »

Elle fit un signe volontaire. « Non, Ross, j'essaierai de tenir jusqu'à la dernière minute. »

Ross se leva et alla contempler le jour qui s'obscurcissait au-dehors. Une rafale provoqua une pluie de feuilles mortes qui tombèrent en tourbillonnant sur le sol. Un léger brouillard s'infiltrait partout et l'asphalte brillait et étincelait par moments sous les phares des autos. Dans les immeubles d'en face on fermait les bureaux et, une par une, les lumières s'éteignaient. Ross frissonna et baissa les stores.

Comme il se retournait, il vit la porte s'ouvrir et Nobby apparaître. Dorisse crispa ses doigts sur le bord de sa chaise. Nobby jeta des regards méfiants de tous côtés.

« Noble..., balbutia gauchement Dorisse.

— Bonjour, Nobby », dit Ross en forçant la voix pour couvrir celle de sa sœur. Il avança une chaise. « Assieds-toi donc.

— J'avais bien pigé que tu serais ici, dit Nobby à Dorisse en négligeant Ross.

— Noble, il fallait que je voie Ross.

— Eh bien ! Je n'aime pas ces façons-là. Qu'es-tu venue ficher ici ? »

Il plongea ses deux mains dans ses poches et défia Ross avec un sourire gouailleur.

« Qu'est-ce que vous complotiez contre moi ? reprit-il d'un air agressif. Quand vous êtes ensemble, il ne peut en sortir que du vilain. » Il se tourna vers Dorisse. « T'as qu'à te tenir tranquille, t'entends ? Si quelque chose te tracasse, t'as qu'à me le dire. C'est à moi de commander et je n'admets pas qu'il fourre son nez dans nos affaires. »

Dorisse fut sur le point de répondre, mais se ravisa.

« Tu ne me la feras pas, petite dinde, conclut Nobby.

— Ecoute-moi, Nobby, trancha Ross. Il faut que tu cesses de malmener ma sœur. Je ne te laisserai pas l'exploiter plus longtemps. Il y a des lois que tu ne ferais pas mal de connaître et le tribunal est à deux pas d'ici. Si jamais je te prends à l'accabler de sévices de toutes sortes, je te les ferai appliquer, ces lois, si vite que tu n'auras pas le temps de te retourner. Est-ce assez clair ?

— Ce genre de menace ne me fait pas peur. Je ne crains pas les morveux de ton espèce qui regardent par les trous de serrure et qui se pavanent avec des frusques de chiqué en se prenant pour Dieu le Père.

— T'occupe pas de moi, Nobby, mais, rappelle-toi que Dorisse est ma soeur. Et que je ne tolérerai pas qu'elle soit martyrisée, pas plus par toi que par quiconque. Je t'engage à retenir mon conseil. »

Avec une grimace de mépris à l'adresse de Ross, Nobby s'avança et prit Dorisse par le poignet. Un instant, elle regarda Ross d'un air indécis, mais Nobby n'eut qu'un signe de tête à lui faire pour qu'elle se lève d'un bond et le suive. Nobby éclata de rire en narguant Ross.

« Attends, Dorisse, reprit celui-ci. J'ai deux mots à dire à Nobby. Reste un moment.

— T'as pas à m'en remontrer, mon pote, dit Nobby avec un sourire goguenard.

— Mais peut-être Dorisse veut-elle m'entendre.

— T'as déjà beaucoup trop causé pour mon goût. Va donner tes conseils aux crétins qu'ont rien de mieux à faire que t'offrir leurs écoutilles. Moi, j'ai besoin de personne, mon petit.

— Dorisse, je t'en prie, reste, insista Ross. Prenons une décision une fois pour toutes. »

Elle regarda son frère. Il crut deviner qu'elle se rangeait de son avis et tiendrait bon pour l'écouter ; mais Nobby, d'une bourrade, lui fit tourner les talons et la poussa vers la porte. Elle quitta la pièce sans jeter un regard en arrière. Lançant un rire insolent, Nobby la suivit et claqua la porte si fort que la maison entière trembla.

De tout le trajet, Nobby ne lui dit pas un mot. Côte à côte, ils traversèrent la place, suivirent la Grande-Rue et tournèrent devant l'église presbytérienne. Bien avant d'arriver chez eux, Dorisse était distancée par lui et devait courir pour rester à sa hauteur.

Le vestibule était éclairé, mais elle ne vit ni son père, ni son grand-père en y passant. Aussitôt entré dans la chambre, Nobby ferma la porte à double tour et mit la clé dans sa poche. Puis il se retourna vers elle, défiguré par la colère. Elle recula, effrayée.

« Je croyais t'avoir interdit de fréquenter ton imbécile de frère, hurla-t-il. Qu'est-ce que vous maniganciez contre moi ? Vous me prépariez un traquenard ?

— Mais, Noble...

— Ferme ça ! C'est moi qui parle. Qu'est-ce que vous mijotiez, tous les deux, hein ? » Il sortit une cigarette et l'alluma nerveusement. Ses mains tremblaient. « J'ai du flair, tu sais. Il essaie de me traîner en justice, ou quoi ? Si c'est ça que vous complotiez ensemble, je te conseille de t'en tirer tout de suite : tu sais ce que je suis capable de faire à ceux qui me cherchent des crosses. Je ne l'ai jamais eu à la bonne, ton frère, mais je lui casserai la gueule s'il s'avise de m'asticoter.

— Noble, j'allais lui demander de l'argent.

— Ah ! Le beau prétexte !

— Mais, Noble...

— Pourquoi allais-tu le taper, lui ?

— Parce que je ne savais pas à qui d'autre m'adresser, gémit-elle humblement. Il est le seul à qui je puisse demander ça, le seul avec qui je l'ose. Tu ne comprends pas, Noble ?

— Quelle blague !

— Tu sais que je te dis toujours la vérité. »

Il s'accouda au pied du lit.

« Il ne manque pas d'endroits en ville où trouver du flouss et tu le sais bien.

— Noble, je t'en prie...

— Qu'est-ce que vous complotiez, tous les deux ?

— Rien, Noble.

— Tu mens. Vous vous liguez tous contre moi.

— Ross m'a donné un conseil, mais je ne l'ai pas accepté. Je lui ai dit que je voulais rester avec toi.

— Ça ne m'étonne pas de lui. C'est bien son genre, l'hypocrite. Mais, pour une fois, t'as été maligne : t'as refusé de marcher dans ses crétineries.

— Je ne veux pas te quitter, Noble, parce que je t'aime.

— Voilà bien ces forbans de la justice ! Ils feraient divorcer leur mère pour gagner sur le procès. Ils en seraient capables ! » cria-t-il d'une voix tonitruante.

Elle fit un signe de contradiction, trop épouvantée

pour parler quand ce n'était pas pour se défendre. Il vint se camper devant elle.

« Donne-moi l'argent que t'as ramassé, dit-il.

— Je n'en ai pas, Noble.

— Comment ? Tu n'en as pas ?

— Non, je n'ai pas pu. J'ai attendu Ross au moins une heure et il venait juste d'arriver quand tu es entré. Je n'ai pas eu le temps de lui en demander. J'allais le faire, mais j'ai eu peur de lui parler de ça devant toi. Si j'étais restée, j'aurais pu le faire. Je te jure que c'est la vérité !

— Tu es encore plus ingénieuse que ces morveux pour resquiller l'argent des autres ! Mais ça, tu ne le feras gober par personne. Tu mens, mais je les trouverai, les sous que tu cherches à planquer ! »

Il lui arracha son sac et se mit à le fouiller. Après avoir rejeté tout son contenu, il le lança de côté. Parmi les choses qu'il avait sorties du sac et lâchées par terre se trouvait une petite photo d'elle et lui enlacés. Elle eut envie de la ramasser avant qu'il la piétine, mais la peur l'empêcha de faire un mouvement et l'image fut tout écrasée sous ses yeux.

« Ou t'as rien fait pour avoir du fric, ou tu resquilles, brailla-t-il rageusement. Tu te figures que t'es capable de me rouler, hein ? Mais tu vas voir ! »

Elle comprit instantanément qu'il allait la battre et ne put que fermer les yeux en abritant sa figure derrière ses mains. Il la gifla de toutes ses forces et elle trébucha contre une chaise qui tomba en faisant un grand bruit. Mais ce coup brutal opéra une transformation en elle : pour la première fois depuis son mariage, elle jugea impossible de supporter cette douleur et se révolta contre tant d'injustice et de souffrance. Elle entrouvrit les yeux et le regarda : ce n'était plus son mari. C'était un autre homme et elle ne voyait aucune raison de laisser cet inconnu abuser d'elle et la maltraiter cruellement.

Elle se posta derrière la chaise renversée.

« Noble, écoute-moi, j'ai à te parler, dit-elle avec calme. Je vais te dire ce que j'ai décidé de faire. C'est très grave, Noble.

— Ah ! Ta gueule, hein ! Pas de sermon !

— J'ai un mot à te dire, reprit-elle avec fermeté. C'est très sérieux. »

Elle alla s'asseoir sur le lit et ferma les yeux un instant en crispant ses mains l'une contre l'autre. Nobby s'affala auprès d'elle.

« Eh bien ! Vas-y, parle, dit-il. Dis-moi ce qui te démange. J'écoute. »

Elle leva les yeux vers lui et vit qu'il grimaçait un sourire de mauvais augure. Une vague de tristesse l'envahit jusqu'au fond du cœur, car elle s'aperçut qu'elle ne l'aimait plus.

« Allons ! dit-il avec impatience. De quoi s'agit-il ?

— Noble, je vais te quitter. »

Il cessa de sourire et plissa les yeux.

« Hein ? dit-il. Qu'est-ce que tu chantes ?

— Je vais te quitter, Noble. »

Un muscle facial, entre sa joue et son œil, tressaillit nerveusement.

« Voyez-vous ça ! Qu'est-ce qui te prend ?

— Je suis décidée. Rien ne me fera changer d'avis.

— Eh bien ! Je vais te faire changer d'avis, moi, et d'une manière qui ne te donnera plus envie d'y penser. »

Elle le vit s'avancer vers elle, mais contrairement à

son habitude, elle n'essaya même pas de le supplier. Quand il leva la main pour la battre, elle fit un bond de côté et s'élança vers la porte. Ils y arrivèrent en même temps et il la repoussa avant qu'elle ait pu appeler au secours. Elle s'attendit à recevoir un coup, mais, au lieu de la frapper, il la bouscula si rudement qu'elle tituba et tomba sur la chaise.

« Tu ne m'empêcheras pas de partir, Noble, dit-elle résolument. Je ne peux plus rester avec toi. Inutile d'essayer de me retenir. Je m'en vais, Noble. »

Nobby devint livide. La gorge sèche, il passa sa langue sur ses lèvres.

« Mais qu'est-ce que je vais faire, si tu me lâches ? dit-il en se radoucissant. Tu ne peux pas m'abandonner : ton vieux me flanquerait à la porte tout de suite. Je pars avec toi, Dorisse. Je travaillerai. Je te jure que je vais me mettre à travailler. »

Elle l'observa, mais ne répondit pas.

« Tu ne peux pas partir et me laisser tout seul ! implora-t-il. Qu'est-ce que je deviendrais ? Je vais me mettre à travailler. Je te le jure. Crois-moi, Dorisse. »

Tout en le dévisageant, elle se dit et se répéta que quoi qu'il arrive, elle ne changerait pas d'idée. Lui aussi avait les yeux rivés sur elle, mais tout à coup elle décida d'éviter son regard, sachant que, s'il continuait à la supplier, elle s'apitoierait sur lui, le prendrait dans ses bras et lui promettrait de ne jamais le quitter. Elle ferma les yeux et pria pour qu'il n'ajoutât pas un mot.

Nobby tourna la tête. Son regard tomba sur le fer à repasser dont elle s'était servie l'après-midi. Il s'élança pour le saisir. Dorisse, l'entendant s'écarter puis revenir, essaya de se lever ; mais c'était trop tard. Il lui barra la route avant qu'elle ait pu faire un pas. Devinant ce qu'il projetait, elle poussa un cri strident.

Grandpa vint taper à la porte du bout de sa canne. Un instant plus tard, Chism arriva en courant du fond de la cour, anxieux de savoir ce qui se passait. A eux deux, ils enfoncèrent la porte et firent irruption. Nobby était penché sur Dorisse. Grandpa lui assena un vigoureux coup de canne, tandis que Chism lui arrachait le fer à repasser. Ni l'un ni l'autre ne se rendit compte du drame avant que Chism ait repoussé Nobby. C'est alors que Grandpa, vacillant sur ses jambes, essaya de se retenir au pied du lit ; mais, avant qu'il ait pu s'appuyer, il chancela et s'affaissa de tout son long. Au moment où Chism se précipitait pour le soutenir, Ross et Jarvis accoururent. Nobby avait reculé jusque dans le coin de la chambre et restait adossé au mur. Grandpa ne faisait plus un mouvement.

« Voilà le travail de Nobby, dit Chism en menaçant son gendre. Je l'ai vu ! Il a battu Dorisse à coup de fer à repasser. Pa l'a vu aussi, n'est-ce pas ? » Il baissa les yeux sur son père. « Pa ! » s'écria-t-il. Il releva la tête inerte et prit Ross à témoin. « Ross, je crois qu'il est mort... »

Ross s'agenouilla d'abord près de Dorisse, puis près de son grand-père. Au bout de quelques minutes, il se redressa.

« Voilà ce que je craignais, dit-il en passant sa main sur son front. C'est pour ça que j'ai eu l'idée de venir. Mais je suis arrivé trop tard ! Il se tourna vers Jarvis : Cours vite chez Ed Mitchell, Jarvis, et téléphone à un docteur, n'importe lequel. Dis-lui de se dépêcher. » Puis il se retourna et se pencha sur son grand-père.

« Il a eu un coup au cœur, dit Chism. Ce n'est pas

Nobby qui l'a frappé ; mais, dès qu'il est entré ici, il est tombé raide mort. Cette émotion a été trop forte pour lui. »

Nobby avança prudemment.

« C'est pas de ma faute, dit-il en tremblant de la tête aux pieds. Je jure devant Dieu que je ne me rendais pas compte. Je ne savais pas ce que je faisais, Ross. Je n'ai pas fait exprès.

— Je n'ai jamais eu de sympathie pour toi, Nobby Hair, dit Chism. Pas un grain d'estime depuis le jour où tu as refusé de venir chasser l'opossum avec moi. Quand tu as épousé Dorisse, je pensais que tu serais homme à m'accompagner chaque fois que j'irais à la chasse. Si j'avais su d'avance que t'étais plus porté sur les dés que sur la chasse, je me serais arrangé pour qu'elle en épouse un autre. J'ai eu beau te demander je ne sais combien de fois de venir avec moi, t'as toujours refusé. »

Nobby empoigna une chaise et la lança contre la vitre. Les morceaux de verre tombaient encore quand il sauta par l'ouverture et disparut dans la nuit.

« Voilà Nobby qui file ! cria Chism en désignant la fenêtre.

— Il n'ira pas loin, dit Ross. Il aura la police à ses trousses demain matin.

— Comme ça, dit Chism, il apprendra quand même ce que c'est que des chiens qui courent sur une piste. »

Tous deux savaient que le docteur ne pourrait rien pour ranimer Dorisse ni Grandpa. Ross s'écroula sur le lit et enfouit sa figure dans ses mains. Quant à Chism, il sortit d'un pas lourd et s'en alla jusqu'à la véranda. Il s'assit sur les marches, dans le noir. Au bout de quelques minutes, il entendit une auto s'arrêter devant la maison et quelqu'un se précipiter à l'intérieur. Ross et le docteur s'entretinrent à voix basse, mais il ne tendit même pas l'oreille pour écouter leur colloque. Prostré dans la nuit noire, la tête soutenue par ses deux mains, les yeux fermés, il eut l'impression d'être tout seul au monde.

Un quart d'heure plus tard, Ross apparut avec Jarvis.

« Ne me dis rien, Ross, c'est pas la peine, fit-il sans sourciller. Tout va de mal en pis. Personne n'aurait pu croire que tant de malheur s'acharnerait sur la famille Crockett : deux filles qu'ont quitté la maison, Dorisse qu'est morte, Grandpa qu'a fini comme ça... »

Ross s'assit à côté de son père.

« As-tu pris une décision, Papa ? » demanda-t-il avec flegme.

Chism fit un signe évasif.

« Je vivrai seul, ici, avec Jarvis », déclara-t-il.

Jarvis vint s'asseoir tout près de son père.

« Pa disait qu'il était responsable de nos malheurs, dit lentement Chism, mais c'est pas lui qu'est le plus fautif. Je suis le seul à blâmer. Etre chef de famille, c'était une charge trop compliquée pour moi. J'aurais échoué de même si j'avais pris un petit commerce ou accepté l'emploi du gouvernement que Dan Blalock me promettait. J'aurais jamais dû écouter les Ku-Klux-Klan : ils ont fait mon malheur. J'ai jamais vraiment été de leur bord et, s'ils m'ont poussé à vendre la ferme et à venir en ville, c'est parce qu'ils voulaient avoir le plus possible d'hommes à eux. On dirait que la seule chose que je puisse faire dans cette garce de vie, c'est la chasse à l'opossum. Les seuls moments où j'aie été vraiment heureux, je les ai passés à suivre mes chiens.

Certains diront que c'est pas une grande ambition, mais j'y peux rien si j'aime ce petit plaisir simple de la vie plus que tout le reste. Je sais qu'il y en a d'autres dans mon cas et qu'auraient honte de le reconnaître. Voilà ce qui a été mon erreur : j'ai eu honte de mes goûts. J'avoue que j'ai pas l'air de grand-chose, dans ce monde où les autres ne se démènent que pour devenir riches ou célèbres ; mais j'aurais mieux fait d'être fier des goûts que j'avais plutôt qu'honteux de ne pas en avoir d'autres. Si seulement j'avais eu assez de bon sens pour comprendre ça vingt ans plus tôt... »

Il se redressa et donna une petite tape amicale sur le bras de Jarvis. Puis, sans ajouter un mot, il se pencha, resserra ses lacets de souliers, en consolida les nœuds et siffla ses chiens. Liz, Rocky et Margie accoururent du hangar, le nez au vent, et restèrent devant lui en le regardant avec avidité. Chism se pencha sur eux et les flatta de la main à tour de rôle, puis il se leva et partit dans la nuit.

DU MÊME AUTEUR

Aux Éditions Gallimard

LE PETIT ARPENT DU BON DIEU.
LA ROUTE AU TABAC.
NOUS LES VIVANTS.
UN PAUVRE TYPE.
BAGARRE DE JUILLET.
TERRE TRAGIQUE.
UN CHÂTELAIN DES HAUTES TERRES.
UN P'TIT GARS DE GEORGIE.
LES VOIES DU SEIGNEUR.
LE DOIGT DE DIEU.
SOLEIL DU SUD.
UN PATELIN NOMMÉ ESTHERVILLE.
... MAIS L'ART EST DIFFICILE.
LA RAVAGEUSE.
JENNY TOUTE NUE.

COLLECTION FOLIO

Dernières parutions

1461.	Jorge Luis Borges	*Le livre de sable.*
1462.	Stendhal	*Lamiel.*
1463.	Fred Uhlman	*L'ami retrouvé.*
1464.	Henri Calet	*Le bouquet.*
1465.	Anatole France	*La Vie en fleur.*
1466.	Claire Etcherelli	*Un arbre voyageur.*
1467.	Romain Gary	*Les cerfs-volants.*
1468.	Rabindranath Tagore	*Le Vagabond et autres histoires.*
1469.	Roger Nimier	*Les enfants tristes.*
1470.	Jules Michelet	*La Mer.*
1471.	Michel Déon	*La Carotte et le Bâton.*
1472.	Pascal Lainé	*Tendres cousines.*
1473.	Michel de Montaigne	*Journal de voyage.*
1474.	Henri Vincenot	*Le pape des escargots.*
1475.	James M. Cain	*Sérénade.*
1476.	Raymond Radiguet	*Le Bal du comte d'Orgel.*
1477.	Philip Roth	*Laisser courir*, tome I.
1478.	Philip Roth	*Laisser courir*, tome II.
1479.	Georges Brassens	*La mauvaise réputation.*
1480.	William Golding	*Sa Majesté des Mouches.*
1481.	Nella Bielski	*Deux oranges pour le fils d'Alexandre Lévy.*
1482.	Pierre Gripari	*Pierrot la lune.*
1483.	Pierre Mac Orlan	*A bord de L'Etoile Matutine.*
1484.	Angus Wilson	*Les quarante ans de Mrs. Eliot.*
1485.	Iouri Tynianov	*Le disgracié.*
1486.	William Styron	*Un lit de ténèbres.*

1487.	Edmond Rostand	*Cyrano de Bergerac.*
1488.	Jean Dutourd	*Le demi-solde.*
1489.	Joseph Kessel	*La passante du Sans-Souci.*
1490.	Paula Jacques	*Lumière de l'œil.*
1491.	Zoé Oldenbourg	*Les cités charnelles ou L'histoire de Roger de Montbrun.*
1492.	Gustave Flaubert	*La Tentation de saint Antoine.*
1493.	Henri Thomas	*La vie ensemble.*
1494.	Panaït Istrati	*Domnitza de Snagov.*
1495.	Jean Racine	*Théâtre complet,* tome II.
1496.	Jean Freustié	*L'héritage du vent.*
1497.	Herman Melville	*Mardi.*
1498.	Achim von Arnim	*Isabelle d'Egypte* et autres récits.
1499.	William Saroyan	*Maman, je t'adore.*
1500.	Claude Roy	*La traversée du Pont des Arts.*
1501.	***	*Les Quatre Fils Aymon ou Renaud de Montauban.*
1502.	Jean-Patrick Manchette	*Fatale.*
1503.	Gabriel Matzneff	*Ivre du vin perdu.*
1504.	Colette Audry	*Derrière la baignoire.*
1505.	Katherine Mansfield	*Journal.*
1506.	Anna Langfus	*Le sel et le soufre.*
1507.	Sempé	*Les musiciens.*
1508.	James Jones	*Ce plus grand amour.*
1509.	Charles-Louis Philippe	*La Mère et l'enfant. Le Père Perdrix.*
1510.	Jean Anouilh	*Chers Zoiseaux.*
1511.	Stevenson	*Dans les mers du Sud.*
1512.	Pa Kin	*Nuit glacée.*
1513.	Leonardo Sciascia	*Le Conseil d'Egypte.*
1514.	Dominique de Roux	*L'Harmonika-Zug.*
1515.	Marcel Aymé	*Le vin de Paris.*
1516.	George Orwell	*La ferme des animaux.*
1517.	Leonardo Sciascia	*A chacun son dû.*
1518.	Guillaume de Lorris et Jean de Meun	*Le Roman de la Rose.*
1519.	Jacques Chardonne	*Eva ou Le journal interrompu.*
1520.	Roald Dahl	*La grande entourloupe.*

1521.	Joseph Conrad	*Inquiétude.*
1522.	Arthur Gold et Robert Fizdale	*Misia.*
1523.	Honoré d'Urfé	*L'Astrée.*
1524.	Michel Déon	*Le Balcon de Spetsai.*
1525.	Daniel Boulanger	*Le Téméraire.*
1526.	Herman Melville	*Taïpi.*
1527.	Beaumarchais	*Le Mariage de Figaro. La Mère coupable.*
1528.	Jean-Pierre Chabrol	*La folie des miens.*
1529.	Bohumil Hrabal	*Trains étroitement surveillés.*
1530.	Eric Ollivier	*L'orphelin de mer.*
1531.	William Faulkner	*Pylône.*
1532.	Claude Mauriac	*La marquise sortit à cinq heures.*
1533.	Alphonse Daudet	*Lettres de mon moulin.*
1534.	Remo Forlani	*Au bonheur des chiens.*
1535.	Erskine Caldwell	*Le doigt de Dieu.*
1536.	Octave Mirbeau	*Le Journal d'une femme de chambre.*
1537.	Jacques Perret	*Roucou.*
1538.	Paul Thorez	*Les enfants modèles.*
1539.	Saul Bellow	*Le faiseur de pluie.*
1540.	André Dhôtel	*Les chemins du long voyage.*
1541.	Horace Mac Coy	*Le scalpel.*
1542.	Honoré de Balzac	*La Muse du département. Un prince de la bohème.*
1543.	François Weyergans	*Macaire le Copte.*
1544.	Marcel Jouhandeau	*Les Pincengrain.*
1545.	Roger Vrigny	*Un ange passe.*
1546.	Yachar Kemal	*L'herbe qui ne meurt pas.*
1547.	Denis Diderot	*Lettres à Sophie Volland.*
1548.	H. G. Wells	*Au temps de la comète.*
1549.	H. G. Wells	*La guerre dans les airs.*
1550.	H. G. Wells	*Les premiers hommes dans la Lune.*
1551.	Nella Bielski	*Si belles et fraîches étaient les roses.*
1552.	Bernardin de Saint-Pierre	*Paul et Virginie.*

1553.	William Styron	*Le choix de Sophie, tome I.*
1554.	Florence Delay	*Le aïe aïe de la corne de brume.*
1555.	Catherine Hermary-Vieille	*L'épiphanie des dieux.*
1556.	Michel de Grèce	*La nuit du sérail.*
1557.	Rex Warner	*L'aérodrome.*
1558.	Guy de Maupassant	*Contes du jour et de la nuit.*
1559.	H. G. Wells	*Miss Waters.*
1560.	H. G. Wells	*La burlesque équipée du cycliste.*
1561.	H. G. Wells	*Le pays des aveugles.*
1562.	Pierre Moinot	*Le guetteur d'ombre.*
1563.	Alexandre Vialatte	*Le fidèle Berger.*
1564.	Jean Duvignaud	*L'or de la République.*
1565.	Alphonse Boudard	*Les enfants de chœur.*
1566.	Senancour	*Obermann.*
1567.	Catherine Rihoit	*Les abîmes du cœur.*
1568.	René Fallet	*Y a-t-il un docteur dans la salle ?*
1569.	Buffon	*Histoire naturelle.*
1570.	Monique Lange	*Les cabines de bain.*

Impression Bussière à Saint-Amand (Cher),
le 29 mai 1984.
Dépôt légal : mai 1984.
Numéro d'imprimeur : 2790.
ISBN 2-07-037571-4/Imprimé en France.

33677